家政魔導士の異世界生活
～冒険中の家政婦業承ります！～5

文庫 妖

illustration なま

ICHIJINSHA IRIS NEO

CONTENTS

この作品はフィクションです。
実際の人物・団体・事件などには関係ありません。

第一話　聖夜の歌姫

第一章　陰謀の前夜祭

1

　十二月七日。国内最大級の祭りとも言われるトリス大聖堂の聖女生誕祭を翌日に控え、北の領都トリスは多くの人々で賑《にぎ》わっていた。炙《あぶ》り肉や煮込み料理、焼菓子などの屋台を眺めて歩いていたシオリは、楽しげで華やいだ空気に顔を綻《ほころ》ばせた。ルリィもうきうきと屋台料理を吟味している。

「仕事が終わったら買って帰ろうね」

　嬉《うれ》しそうにぷるるんと震えたルリィに微笑《ほほえ》み返したシオリは、華やぐ街路に視線を戻した。

　この生誕祭には遠く離れた王都や南部からも観光客が押し寄せる。貴族や富裕層だけではない、平民ですらもたまの贅沢《ぜいたく》に観光旅行ができるほど、ストリィディアは平和で豊かな国だ。

　一年の半分近くが雪に覆われるこの国は、かつては貧しい国だった。帝国に侵略された過去も相《あい》俟《ま》って、長く貧しい生活を強いられていた。それを憂いて改革に乗り出したのが先々代の王だ。農業改革や交通網の整備、輸送技術の向上に尽力したほか、特権階級で独占していた技術や知識の一部を解放したという。それから数十年、三代掛けて行った改革の末に今の豊かさがある。

（私でもなんとかやってこれたのは、この国が豊かで暮らしやすいからっていうのもあるよね）

　豊かな国には余裕がある。暮らしにも、人の心にも。この生誕祭に訪れる観光客の多さと溢《あふ》れる笑顔は、その象徴とも言えるだろう。

――豊かで安全な日本から、ある日突然見知らぬ世界に身一つで投げ出された自分。落ちたのが恵まれた国だったのは、不幸中の幸いだったのだろう。辛《つら》いことは多かったけれど、温かく優しい人々に助けられてなんとか生きてこれた。本当に運が良かったのだ。そして――。冒険者ギルドの扉を押し開くと、栗毛《くりげ》の偉丈夫が真っ先に気付いて笑顔を向けた。恋人のアレク・ディアだ。

――身寄りもなく細かな風習にも疎く、弱い魔力で身の回りの世話をするのが精一杯な後方支援職の自分。立場が弱いがゆえに「パーティ」を隠れ蓑《みの》にした恐ろしい事件に巻き込まれてしまったシオリのひどく傷付いた心を癒し、ゆっくり溶かしてくれた優しい人。愛《いと》しい人。

「おはようシオリ。よく休んだか？」

「おはようアレク。ちゃんと休んだよ」

愛を込めて名を呼び合い、温かな手を重ね合う最愛の人と出会えたことは、きっと奇跡のように幸せなことだ。愛しさを精一杯込めて、アレクの優しい紫紺色の瞳《ひとみ》を見つめ返す。

「今日《きょう》はどうする？　何か依頼受ける？」

「そうだな……」

アレクは室内をぐるりと見回した。外は人で溢れているというのに、ギルド内は常になく人が疎《まば》らだ。生誕祭の影響で道案内や護衛依頼が増えて、皆出払っているらしい。

「日帰りの依頼でも受けるつもりでいたが……これは待機にした方がいいかもしれんな」

年末の繁忙期だからと数時間ほどで終わる依頼を見繕うつもりだったが、思ったよりも人手が足りないようだ。緊急依頼に対応できる人間は残っていた方がいいだろうとアレクは言った。

「それにしても今年はやけに人が少ないね。依頼がいつもより多いのかな」

「俺《おれ》は何年か留守にしていたから最近の事情は分からんが……」

生誕祭の人出はいつもと変わらないように思えたが、今年は特に関連依頼が多く入ってでもいるのだろうか。去年や一昨年はもう少し余力があったはずだ。

「あー……それなんだけどよ」

閑散とした室内で二人が首を傾《かし》げていると、横合いからザックが口を挟んだ。依頼票を仕分けする手を止め、がしがしと頭を掻《か》く。

「出稼ぎ組が遅れてんだよ。ブロヴィート村の事件の影響らしくてな」

「え……ああ、そういえば今年はまだ見てないね」

出稼ぎ組とは特別枠の冒険者のことだ。大工や農閑期の農民のように厳冬期の仕事が少ない職に就いている者が、期間限定で冒険者として働くことができる仕組み。活動期間は年の半分弱と短くランクはあまり高くない者が多いが、本業で鍛えた腕や豊富な専門知識は確かで信頼できる。採集や護衛といった細々とした依頼が増える冬には貴重な人材だった。例年なら十一月半ば頃《ごろ》から集まり始めるこの出稼ぎ組が、今年はまだほとんど来ていないらしい。

「蒼《あお》の森周辺がまだ落ち着いてねぇからな。さすがに雪狼《ゆきおおかみ》の襲撃はもうねぇだろうが、普段見ねぇ魔獣がまだ人里近くをうろついてるらしくてな。どうもその対策で時間食ってるらしいぜ」

冬の初めに起きたブロヴィート村の雪狼襲撃事件が、意外な形で影響を及ぼしていた。

「そうなんだ……大変だなぁ……」

生誕祭後も忙しい日が続くかもしれない状況に二人は苦笑いする。普段なら一般市民でもできる採集などの小さな仕事も、雪が積もる冬は命懸けだ。それに街道を外れた先の小さな村への移動には、冬季限定の魔獣対策に腕の確かな護衛が必要だ。そういった理由から、冬は夏以上に細々とした依頼が冒険者ギルドに寄せられるのだ。

待機していた同僚と共に溜《た》まりに溜まった依頼票を眺めて、誰《だれ》からともなく溜息《ためいき》を吐《つ》く。と。俄《にわ》かに外が騒がしくなり、同時に扉が開いて体格の良い男達が雪崩《なだ》れ込んだ。

「おっ……ようやくお出ましか。待ちかねたぜ」

どこかほっとしたような笑みを浮かべてザックが手を振り、彼らはそれに応えて日に焼けた顔に豪快な笑みを浮かべてみせた。噂《うわさ》の出稼ぎ組だ。皆満面の笑みで半年ぶりの仲間達を出迎える。

「いやぁ、悪かったなぁマスター。柵《さく》の設置やら家畜小屋の補強やらで大分手間取ってなぁ」

「おまけに来る途中で観光客の護衛を頼まれてな。今朝《けさ》早くに出発してさっき着いたところなんだ。しかしまぁなんとか生誕祭に間に合って良かったよ」

「いや、助かった。見ての通りほとんど出払っちまってな。急ぎじゃねぇ依頼はいくつか待ってもらってる状況だったんだ」

「アレクも久しぶりだな。四年ぶりか？」

「ああ、長い仕事をようやく片付けてな。夏に帰ってきたんだ」

「シオリも元気そうじゃないか。ルリィもな」

「はい、お陰様で」

半年ぶりの再会。談話室に短い近況報告と力強い握手が飛び交った。

「俺の村はブロヴィートから大分距離があるだろ？　だから心配はないとは思ったんだけどね」

「俺んとこは結構近いからな。村の連中がどうにも不安だってんで、柵を増やしたり家や家畜小屋の扉を頑丈にしたりとまぁ、大変だったよ……っと、それにしても」

出稼ぎ組の男――オロフという名の農夫兼剣士の男はシオリとアレクに目を向けた。

「アレクが帰ってるとは聞いてたけど、なんというか……ちょっと雰囲気変わったな。それに」

彼は二人を交互に見比べ、首を傾げる。

「……なんかお前ら、距離近くない？」

視線が一気に二人に集中して、あまりの圧の強さにシオリはたじろいだ。けれどもアレクはそれをものともせずにやりと笑い、ぐっとシオリの肩を抱き寄せ黒髪に口付ける。

「まぁ、こういうことだ。そんな訳だからシオリには手を出すなよ」

「ちょ、アレクっ」

公衆の面前での暴露にシオリは首筋まで真《ま》っ赤《か》になった。アレクは涼しい顔だが、彼の言葉は爆炎魔法級の衝撃を与えたらしい。一瞬の沈黙の後、悲鳴とも絶叫ともつかぬ驚愕《きょうがく》の声が響き渡った。

「はあああああ!?」

「アレクに恋人!?」

「どんだけいい女に言い寄られても素っ気なかったこいつに彼女!?」

「うっそだろ!?　この男前っぷりで女の影の一つもないまさかの素人童《しろうと》ふごっ!?」

何か言い掛けたオロフの口を勢いよくアレクが塞《ふさ》いだ。何事かと目を丸くしたシオリに、ふごふごともがくオロフを押さえ付けていた彼は取り繕うように笑った。

「え、何？　素人？　何が？」

「いや、お前は気にするな。大したことじゃ……いや、大したことか……いやいや、うーん……」

何か口の中でもごもごと呟《つぶや》き始めた彼から視線を外してザックを見ると、何故《なぜ》か彼もまた気まずそうに視線を逸《そ》らした。曰《いわ》く言い難い雰囲気の中ルリィと顔を見合わせていると、ようやくアレクの拘束から抜け出したオロフが深呼吸する。そして、日に焼けた顔に皺《しわ》を寄せて笑うのだ。

「でもまぁ……良かったな」

何がとは言わなかった。しかしその言葉一つに込められた想《おも》いを感じ取って、シオリは微笑む。

「――はい。ありがとうございます」

彼らもまたシオリの苦境を知っていた。そんなシオリに支え合える人ができたことを喜んでくれたのだ。騒がしかった場の空気が穏やかなものに変わった。

「あー……っと、そうだ、これを。いつもの土産《みやげ》だ。収めてくれ」

言いながらオロフは荷を解いて中身を卓の上に並べ始めた。出稼ぎ組の大荷物から取り出されたのは茸《きのこ》や木の実の瓶詰に川魚の燻製《くんせい》、干し肉等々。本業は農夫である彼ら謹製の保存食だ。中には生肉の塊もある。ギルドの備蓄用として、毎年こうして多くの保存食を持ち込んでくれるのだ。

「おっ、いつも悪いな。助かるぜ。最初の報酬に上乗せしとくから受け取ってくれ」

「ああ。ありがとよ」

「生肉は食堂に運んでくれ。残りは貯蔵庫に頼むな」

職員に指示を出して土産の品を運ばせたザックは、カウンターの上に載せたままになっていた依頼票の束を卓の上に広げた。人手が足りずに期限を延ばしてもらっていた依頼だ。

「じゃあ早速で悪いが、溜まってた採集依頼を――」

ザックの言葉に被《かぶ》さるように馬の嘶《いなな》きが聞こえた。通りに面した窓の外に、横付けした雪馬車が見える。扉が開いて中から眼鏡《めがね》の青年が顔を出し、焦った様子で慌ただしく馬車を降りる。

「依頼人か？」

「かなぁ」

皆が見守る中、飴色《あめいろ》に変色した扉が開いて青年が強張《こわば》った顔を覗《のぞ》かせた。仕立ての良い外套《がいとう》の襟元から見覚えのある白い詰襟が見える。トリス大聖堂の祭服だ。

「あれは……」

「うん。大聖堂の人……かな？」

後ろ手に扉を閉めた青年は視線を彷徨《さまよ》わせ、そしてこちらに気付いて動きを止めた。彼と視線が絡む。青年は口を開いた。

「あの……急ぎの依頼をお願いしたいのです。家政……魔導士のシオリさんという方に」

指名での緊急依頼だ。会うのは初めてのはずだが、人相特徴を誰かに聞きでもしたのか青年は明らかにシオリを見て言葉を発した。

「シオリは私です。どのようなご依頼でしょうか？」

「――すみません、できればあまり話を大きくしたくないので……」

後ろで様子を見守っている同僚達の視線が気になるのか、青年は彼らとシオリの顔を交互に見ながら言葉尻《ことばじり》を濁した。

「それでしたら奥の部屋で伺います」

依頼は基本的にはカウンターで受け付けている。しかし価格交渉や複雑な日程調整が必要なもの、込み入った依頼の場合は応接間に通すことになっていた。

大規模な祭典を翌日に控えている大聖堂からの緊急依頼だ。何かデリケートな問題が起きたに違いない。青年は指名依頼だと言ったけれど、自分一人では荷が重い可能性も考慮しなければならない。

ちらりとアレクを見上げる。彼は小さく頷《うなず》いた。

「私をご指名ということですが、パートナーを同席させてもよろしいでしょうか。内容によっては一緒に担当させて頂くことになるかと思いますので」

パートナー。その言葉を口にすることに多少の気恥ずかしさを覚え、ほんの少し体温が上がったような気がした。それに気付いたのか、アレクの手がそっと背を撫《な》でて離れていく。

青年は一瞬躊躇《ためら》う素振りを見せたが、すぐに頷いた。

背後を振り返ると、ザックは頼むなと言ってひらりと手を振り、手元の依頼票に視線を戻してオロフ達と打ち合わせを始めた。

「ではこちらへ」

内心の焦りをどうにか押し留《とど》めている様子の青年を応接間へ案内する。外套を脱ぎ席に着くのを見計らって職員が紅茶と茶菓子を出してくれた。それらが配られる間に自己紹介を済ませる。

「トリス大聖堂典礼部所属のコニー・エンヴァリと申します。生誕祭の催事を担当しております」

位階は司祭ということだったが、襟を縁取る月と小鳥の金糸の刺繍《ししゅう》は確か要職にある者に許されたものだ。顔見知りの司祭の服にこの縁取りがないのは、司祭職の中では下位にあるからのようだ。

「改めまして、私はシオリ・イズミと申します。B級、家政魔導士です。後方支援担当で冒険中の炊事洗濯を含む家事全般を請け負っております。こちらは使い魔のルリィ。そしてこちらが……」

「アレク・ディアという。魔法剣士、Ａ級。シオリのパートナーだ」

「Ｂ級にＡ級ですか。では安心してお願いすることができますね」

冒険者のランクはそのまま信頼度に繋《つな》がっている。特にＢ級以上は昇格の条件として人間性も重要視されていた。つまり、素行に問題がある冒険者はどう足掻《あが》いてもＣ級止まりということになる。

コニーはそれを知っていたのだろう。眼鏡の奥の蒼眼《そうがん》に安堵《あんど》の色を浮かべた。それから勧められた紅茶を「失礼」と断って先に口に含み、ほっと息を吐く。どことなく落ち着かない様子だった彼は、それで多少の冷静さを取り戻したようだった。

「すみません、こういったことは初めてなので緊張してしまって」

「いえ、大丈夫ですよ。どうぞお気を楽にしてくださいね」

私設の騎士団を持つトリス大聖堂は、よほどのことがない限り冒険者ギルドを頼ることはない。こうしてわざわざ訪れたということは、何か彼らの手に余る事態が起きたのだ。

「実は生誕祭関連の催事でトラブルが起きまして……そうしたらイェンス司祭が、シオリさんならもしかしたらどうにかできるかもしれないと教えてくれました」

「イェンスさんが」

まさに先ほど思い出していた顔見知りの司祭イェンス・フロイセンは、大聖堂併設のトリス孤児院の運営を任されている男だ。ギルドの慰問活動で知己になった彼は優れた人柄で人望も厚い。その彼の紹介だというのなら、無理難題を吹っ掛けられたりはしないだろう――と思っていたのだが。

「明日《あす》開催予定の音楽会の出演者に問題が起きましてね。それでシオリさんにご足労願いたいと」

「聖歌隊とは違うんですか？　ポスターを見て気になってはいたんですが」

聖女に扮《ふん》した娘達で編成される聖歌隊の合唱は、生誕祭の山場とも言える催事だ。壮麗な講堂で清雅な聖女達によって奏でられる調べは荘厳にして圧巻。この聖歌隊を目当てに生誕祭に訪れる者は多いらしいが、それとは違うのだろうか。

「ええ。あれは祭儀の一部として行われているのですが、近年は参列希望者が非常に多く……満員で毎年多くの方々に諦《あきら》めて頂いている状況なのです。祭儀ですから回数を増やす訳にもいかず、それでせめて別の形で楽しんで頂けるように、今年から音楽会を開催することになりました。しかし」

心底困ったというようにコニーは眉尻《まゆじり》を下げた。

「トリに王都の歌姫と交響楽団を呼んだのですが、楽団員のほとんどが質の悪い風邪で臥《ふ》せってしまったのです。どうも途中の宿で感染《うつ》ったようなのですが、腹にくる風邪らしく、その……」

彼は明言せずに言葉を濁したが、概ねを察したシオリは眉尻を下げた。茶菓子をもらって食べていたルリィが、困ったねというようにぷるんと震える。

「……それは……大変ですね。それだと座っているのも辛いのでは」

「そうなんです。吐き気と腹痛でとても出演できる状況ではありません。無理に出て感染者を増やしても困りますし。幸い歌姫を含む女性の皆さんは彼らとは馬車も宿泊した部屋も別でしたので無事でした。しかし今からでは編成を見直すのも別の楽団を手配するのも間に合いません」

「お話は分かりました。でも、そこでどうして私が？」

家政魔法で看護を手伝えというのなら分からなくもないが、どうやら違うらしい。

「イェンス司祭から貴女《あなた》のお噂はかねがね伺っております。聞けばシオリさんは幻影魔法が得意だとか。幻影魔法を駆使して素晴らしい音楽と絵を表現されると聞きまして、それで是非楽団の補助をお願いしたいと伺った次第です。大聖堂でも『活弁映画』は噂になっているのですよ」

孤児院の慰問で披露している「活弁映画」は、物語のワンシーンとBGMを幻影魔法で再現するという独自の魔法だ。噂を聞きつけて密《ひそ》かに覗き見ていた者もいるという。

子供達以外にも観覧者がいたことにも驚かされたが、予想以上の大仕事にシオリは動揺した。国内最大級の祭りで催される音楽会の、トリを務める歌姫の演出を手伝えということなのだ。それも明日午後の上演。覚悟するにも準備するにも、あまりにも時間が足りなかった。

「歌姫は自分達の落ち度なのでなんとかするとは言っておりますが、ごく少数の弦楽器と木管のみであまりにも小規模で……いかな王都一の歌姫といえど、トリを任せるには盛り上がりに欠けるのではないかと不安視する声が上層部から出たのです」

コニーは眼鏡を押し上げながら厳しい表情を作った。

「聖職につく身で語るには生々しい話で恐縮なのですが、音楽会には開催の趣旨に賛同された有力者から多額の寄付が寄せられました。その方々をがっかりさせてしまえば寄付を打ち切られてしまうかもしれません。最大の支持者である辺境伯ご夫妻やエンクヴィスト伯はご観覧される予定ですし、有名なロヴネル女伯などの芸術方面で活躍される方々からも寄付を頂いているのです。それに、辺境伯夫人からは辺境伯家とはまた別にポケットマネーでご寄付頂いておりますので……」

失敗は許されないのです、そう言ってコニーは膝《ひざ》の上で両の拳《こぶし》を握り締めた。この音楽会に聖歌隊と同等に注力しているということが窺《うかが》えた。

「我々としてはもうシオリさんに頼るよりほかはないのです。アレクさんに同行して頂いても構いません。ですから」

ちら、とアレクがこちらに視線を向けた。決断を待っているのだ。

――噂に聞く辺境伯夫妻は温厚で領民からも好かれ、秋の迷子騒動で一度だけ会ったことがあるエンクヴィスト伯も幼いながらも優れた人柄。シルヴェリアの旅で親しくなったロヴネル女伯に至っては言わずもがなだ。事情を聞けば失敗したとしてもそう目くじらを立てることはないだろうが、どの家もかなりの影響力を持っているということは調べて知ってしまった。とすれば、それに追従する寄付者の顔ぶれもおおよそ想像できる。失敗は許されないというコニーの言葉は十分に理解できた。

受けるか否かをこの場で即決しなければならない大きな依頼。しばしの間考え込んだシオリは、やがてゆっくりと頷いた。やりようは、ある。

「……分かりました。お引き受けします」

おお、とも、ああ、ともつかない声交じりの嘆息を漏らしたコニーはぱっと顔を綻ばせた。

「ありがたい！　では早速大聖堂へお連れします。ともかくまずは歌姫に会って頂きたい」

歌姫自身は自力で解決すると言ったらしいが内心不安はあったのだろう。大聖堂側からの提案に二つ返事で頷いたということだった。

急《せ》かすコニーを宥《なだ》め、依頼票の記入と契約書へのサインを促す。金額に糸目は付けないらしく、提示した依頼料はそのままの金額で了承された。

「では参りましょう。馬車へ」

コニーに促され、アレクと頷き合う。足元のルリィがぷるんと震えた。

2

圧雪された雪道を滑るように雪馬車が走る。街で時折見掛ける大聖堂の馬車にあったはずの紋章が車体にはなく、一見すると普通の箱馬車のようだ。

「催事や外交以外ではこの馬車を使うのですよ。敢《あ》えて大聖堂関係者だと喧伝《けんでん》する必要はありませんからね。今回も無事に音楽会を終えるまではトラブルを公にしたくなかったものですから」

コニーは苦笑した。歌姫と楽団は王都ではかなり有名らしく、当日そのメンバーのほとんどがいないとなれば、何かトラブルがあったと思われても不思議はない。

「音楽会を成功させてしまえば、多少騒がれたとしてもそれほど問題にはならないでしょう。しかし開催前に外部に漏れて質《たち》の悪い新聞社にうろつかれたり、ゴシップ目当ての連中に会場に押し掛けられては困りますからね。なるべく参加者が集中して演奏できる環境にしなくては」

どこの世界にも質の悪いマスコミや野次馬はいるものらしい。シオリは苦笑してしまった。

話しているうちに雪馬車は宗教地区に入り、やがて裏門らしき場所に停車する。聖堂騎士が詰める検問所での簡単な受け答えの後に雪馬車はすぐに走り出したが、いくらも行かないうちに停車した。

「すみません。今日明日は人が多いものですから、ここからは徒歩で」

構内は広く、普段は馬車で各施設の前まで乗り付けるらしい。しかし前夜祭の準備で人々が忙《せわ》しなく行き交う中を馬車で走るのは少々危険のようだ。各施設を繋ぐ渡り廊下を早足で歩く途中、白壁の建物の前を通り掛かった。見るからに医療施設といった造りだ。

「これは施療院です。ここで楽団員の方々は治療を受けています」

　王都から数日掛けてやってきたというのにとんだ災難に遭ったものだ。

「重症なのか？」

「いえ、そこまでは。ほとんどはもう快方に向かっています。しかし吐き気や胃腸の調子がまだ……なので落ち着いて演奏できる様子ではないですね。あと二、三日は療養して頂かないと」

　コニーはなんとも言えない微妙な苦笑いを浮かべた。

「一昨日に泊まった宿で、嘔吐《おうと》した宿泊客を介抱して差し上げた楽団員さんがいたようでしてね。感染源はそこでしょう。そのお客さんね……シェーナ貝を召し上がったらしくて」

「ああなるほど、シェーナ風邪か……貝の美味《うま》い季節だからな」

　アレクもまたコニーのように微妙な半笑いになった。

「ええ、恐らくそうでしょう。その楽団員さん、酔っ払いだと思って介抱したのがどうやらシェーナ風邪らしいと翌日知らされて青くなったそうですよ」

「シェーナ風邪？」

　何か難しい病なのだろうか。首を傾げるシオリにアレクは説明してくれた。

「シェーナ貝が原因で罹《かか》る胃腸炎のことだ。この貝は湖で採れる二枚貝でな。王都に面したシェーナ湖や、この辺だとエンクヴィスト領のモーネ湖産が有名だが、酷《ひど》い食中《しょくあた》りを起こすこともあるんだ。これがまた患者の吐瀉《としゃ》物や排泄《はいせつ》物から簡単に感染る厄介な代物でな。その因果関係が分からなかった時代にはシェーナ湖周辺の風土病として扱われていて、シェーナ風邪と呼ばれていた。今でも当時の呼び名をそのまま使ってるんだ」

「ははぁ……なるほど。ノロみたいなものなんだね。それは大変だぁ……」

それなら無理せず症状が落ち着くまで療養してもらった方がいいだろう。こんな人が多く集まる祭りの最中では、感染者をいたずらに増やすだけだ。

「ノロ？」

「ああ、うん。私の故郷にもそういう名前のシェーナ風邪に似た胃腸炎があったの。やっぱり二枚貝の生食で感染することがあって、感染力が強いから食品関係の職場は規則で二枚貝の生食を禁止してるところもあるくらい。家族に感染者が出た場合は本人が平気でも休まなきゃいけないの」

「随分と慎重だが、王国でもそうするべきなのかもしれんな。毎年旬の季節には大流行するんだ。値が張るせいか、よせばいいのに仕入れの怪しい安い貝を食べて……って奴《やつ》が多くてな」

「ですねぇ」

アレクの言葉にコニーは深々と頷く。

「ともかく、シェーナ風邪かもしれないと聞いて慌てて可能な限りの対策はしたようですが、一晩明かしてしまったので同室者の感染は防げなかったようですね。移動中に次々と発症して、昨日《きのう》トリスに到着したときは大変だったのですよ。本来なら感染者と接触したと分かった時点でその場に留まるべきだったのでしょうが……状況が状況だけに、なかなか難しい判断だったのでしょう」

国内外に有名な祭りの催事でトリを務めるとなれば、未発症の状態で欠場するという決断は確かに難しかったかもしれない。

「気持ちは分からんでもないが……」

「ええまぁ……しかし対策が功を奏したのか歌姫や女性団員への感染は防げましたし、彼らも万一に備えて可能な限り他人との接触は避けていたようですから、幸い市内や街道沿いの村での感染は確認されませんでした……っと、おや、どうしました」

コニーは目を丸くした。施療院に隣接する洗濯場から白衣の女達が鬼気迫る様子で駆け出てきたからだ。施療院の看護師だろうか。白帽にマスク姿の彼女達は洗濯物を山盛りにした籠《かご》を抱えている。

「ああ、コニー様！　汚れ物があんまり多くて洗濯が間に合わないんです。聖堂騎士団や来客用のリネン類を出して頂いてはいるんですけど、もうこれ以上は貸し出せないって」

「お借りした暖房機とアイロンをフル稼働させてるんですが、量が量だし大きいからなかなか乾かなくて……これもほとんど生乾きなんですけど、もう替えがないのでやむを得ず」

「ああ……それは困りましたね」

至急業者を手配して新しいリネン類を取り寄せるかどうかというところまで切羽詰まっているらしい。大聖堂の施療院は基本的には内部関係者用の施設だ。外部から二十人近くの感染症患者を一度に受け入れたことで、医療者の人手不足よりも先にリネン類が不足してしまったらしい。まず手洗いで汚物を落とし、熱湯消毒して乾燥させるという手間に加えて、大物のシーツは乾きが遅い。速乾性の高い麻やガーゼ製だとしても冬場では限界がある。

ちらりと隣を見るとアレクと目が合った。彼は微笑み、好きにするといいと視線で言った。

「コニーさん。皆さんのお手伝いをさせて頂いても構いませんか。この方々が持っている分だけなら短時間で済みますから」

「え。いやしかし」

「私は魔法で家事を請け負う家政魔導士です。こういうことは得意なんです。時間は掛けません」

驚いたコニーはシオリを見つめ、取り出した懐中時計で時間を確かめる。

「十五分。最大でも二十分までなら」

「ありがとうございます」

万一の感染を避けて洗濯場には入らず、玄関の屋根下を借りて作業を始めた。生乾きのシーツは全部で九枚。この程度の湿り気なら十分間に合う。躊躇いがちな看護師達に二つ折りにしたシーツの両端を持たせたシオリは、火力を強めた温風魔法を当てた。目を丸くする彼女達の前で瞬く間にシーツが乾いていく。

「凄《すご》いわ。もう乾いてる」

要領を覚えた看護師達は乾いたシーツを手際良く畳み、次々に生乾きの洗濯物を持って並んだ。あっという間に九枚全《すべ》てが乾く。

「あの、魔法での家事って仰《おっしゃ》ってましたけど、煮沸消毒も魔法で簡単にできたりします？」

「勿論《もちろん》です」

懐中時計をちらりと見たコニーは「あと八分弱です」と言った。

下洗い済みの患者着を入れた大盥《おおだらい》を持って現れた看護師は、「煮沸消毒用の大鍋も全部使用中なんです。だからせめてあとこれだけでも」と言ってシオリの前に置いた。飛沫《ひまつ》を浴びないようアレクに背後から追い風を起こしてもらいながら、水魔法でたっぷりの水を張り一気に沸騰させた。こぽこぽと泡立つ熱湯の中で麻の患者着が躍る。煮沸時間は余裕を見ておよそ三分。

「ああ、ありがとう！　これで後の作業も少し捗《はかど》るわ」

「お役に立てて何よりです」

目下の懸案事項を解消してひとまず安堵した看護師達の笑顔に見送られ、その場を後にする。

「――家政魔導士の能力の一端を拝見させて頂きました。いやはや、驚きましたよ」

歌姫の待つ場所へと向かいながら、コニーは緊張気味の表情を緩めて笑った。本題に入る前に幾許《いくばく》かの信用を得られたようだ。

いくつかの施設の前を通り過ぎ、二人と一匹は優美な意匠の建物に案内された。入口の両脇《りょうわき》に立つ聖堂騎士が敬礼する。その片方は何度か孤児院の守衛室で見た顔だ。彼はシオリを見て微笑んだ。

「こちらは迎賓院です。彼女達にはここに滞在して頂いています」

「ほかの出演者の方々もこちらに？」

「いいえ。本来なら彼女達も市内のホテルに宿泊する予定だったのですが、こういう状況ですから」

来賓もこの迎賓院に宿泊しているらしいが、出払っているのか人気はほとんどなかった。

上品な設《しつら》えのエントランスに入ると、見覚えのある男が出迎えた。トリス孤児院の院長イェンス・フロイセン。しゅるりと触手を伸ばして挨拶《あいさつ》したルリィに手を振りながら、彼は柔らかく微笑んだ。

「ああ良かった。来てくださったということは、引き受けてくださるのですね」

「はい。イェンスさんはどうしてこちらに？」

「貴女を紹介しておいて丸投げする訳にはいきませんからね」

昨晩、定時報告と夜の礼拝に訪れた彼は、楽団員の受け入れとその後の対応に駆け回っていたコニーと鉢合わせたそうだ。そこで粗方の事情を聞き、彼にシオリの名を教えたのだという。

「所用でこちらに呼ばれましたので、せっかくだからとお待ちしていたのですよ。ところで……」

イェンスの視線がアレクに向けられた。

「アレクさんでしたね。いつぞやはありがとうございました。見事な演武に皆大喜びでしたよ」

「そう……なのか？」

「ええ。あれを見て剣士に憧《あこが》れる子が増えましたよ。よろしければ今度お話を聞かせてやってはくれませんか。子供達も喜びます」

アレクは目を丸くし、それから照れ臭そうに笑った。

「……ああ。機会があったらまた伺おう」

「ええ、是非。……しかしアレクさんはどうしてこちらへ？　シオリさんのお手伝いでしょうか」

再会の挨拶と次の慰問の約束をし終わったところで、イェンスはもっともな疑問を口にした。

「まぁそのようなものだ。最近一緒に仕事をするようになってな」

気恥ずかしさから口籠《くちご》もったシオリに苦笑しながら、アレクが代わりに説明してくれた。

「そうでしたか。なるほど、そういうことなら……いえ、むしろアレクさんにも来て頂いて良かったと言うべきでしょうか」

彼らしからぬ何か含みのある物言いには、微《かす》かに不穏な響きが交じっていた。

「どういうことですか？」

「……フェリシアさん――ああ、歌姫のお名前です――が、ひどく不安がっているのですよ。今回の騒ぎは陰謀なのではないかと仰って」

予想外の物騒な言葉が飛び出して息を呑《の》む。

「陰謀とはどういうことでしょう。僕は聞いていませんが」

優しげなコニーの表情が硬くなった。聖職者としても催事責任者としても聞き捨てならないのだ。

歌姫が滞在する部屋に向かいながら、声を潜めて会話を続けた。

「どうも様子がおかしいからと、手隙《てすき》の私が『話し相手』に呼ばれましてね。それとなく訊《き》き出してみたらそういうお話だったのですよ」

複雑な事情のある子供達を世話しているイェンスは、悩み事を訊き出すのが得意らしい。冒険者ギルドに出掛けたコニーと入れ違いに歌姫のご機嫌伺いに訪れた大司教オスカル・ルンドグレンが、彼女達のただならぬ様子を気遣い、相談相手にとイェンスを呼び出したということだった。

「ライバル歌手の仕業ではないかとそう仰るのです。トップスターの座を巡って争っている方で何度も嫌がらせをされているそうで……今回も生誕祭に招かれたことで色々言われたようですね」

著名な生誕祭に招かれたとなれば、かなりの箔《はく》が付くという。トップの座を争う者からしてみれば面白くはないだろう。大きく差をつけられてしまう。

「何人かの歌手が候補に挙げられていたのは事実です。ですが最終的にフェリシア嬢が選ばれたのは最も相応《ふさわ》しいと判断されたからなのですよ。流行歌から童謡、古典派音楽に宗教歌まで幅広くカバーできるのは彼女だけでした。ライバルと仰る方がどなたかは存じ上げませんが、選ばれなかったというのであれば、それは……そういうことなのだとご理解頂きたいものです」

コニーが不快そうに顔を歪《ゆが》め、自らの些《いささ》か聖職者らしからぬ言動に気付いて「すみません、お見苦しいところを」と慌てて謝罪の言葉を口にした。

「しかし陰謀というのは確かなのか？　わざと感染症を出したというなら騎士隊案件になるぞ」

アレクの問いにイェンスは眉尻を下げ、困ったように首を振る。

「……確証はないようです。しかしタイミングが良過ぎるとひどく不安そうでした。事実なら大問題ですが、著名で高ランクのお二人がそばにいれば安心なさるのではないかと思いますよ」

著名で高ランク。突然飛び出た過剰な誉め言葉についびくりと反応してしまい、アレクが苦笑いしながら背を撫でた。イェンスはその様子に気付いて目を細め、口元を優しい笑みの形に引き上げた。

「アレクさんはS級のザックさんに並ぶほど秀でた方だと聞いております。シオリさんも最近ではよくお名前を耳にするようになりました。きめ細やかな気配りでどのような些細《ささい》な仕事でも大変丁寧になさる方だとね。言葉も分からないところから大変な努力をして、ほんの数年で今の地位を築き上げた——そのことに感銘を受けたという者も少なくありません。もっと胸を張って良いのですよ」

イェンスの温かい言葉。意外なところでも見てくれていた人がいるのだと気付いて、じんわりと胸が温かくなる。彼の言葉を素直に受け止めて小さく頭を下げると、背を撫でていたアレクの手がそっと肩に回された。優しく何度か叩《たた》き、そうして離れていく。

「——あちらの部屋です。まずはお話を聞いて差し上げてください」

二階廊下の突き当たりの部屋。その扉の両脇を聖堂騎士が護《まも》っている。形式的な警備では決してないということが彼らの表情から窺えた。事情を知った大司教直々の指示でこの場の警備を任されたようだ。コニーが聖堂騎士と一言二言言葉を交わし、それからこちらに振り返った。

「参りましょう」

彼の手で重厚な木製の扉が開かれ、「コニーです。お連れしました」という言葉の一拍後に、「どうぞお入りになって」というたおやかな女の声が聞こえた。

足を踏み入れた室内。柔らかな線を描く蔦《つた》模様と月の周りを舞い飛ぶ小鳥を浮き彫りにした重厚な柱が真っ先に目に飛び込んだ。しかし重苦しくはない。優しい象牙色《ぞうげいろ》の壁紙が全体の印象を和らげている。位の高い来賓用らしいその部屋中央の長椅子《ながいす》には、緩く波打つ金茶色の髪を結い上げた優しげな顔立ちの女が腰を下ろしていた。その隣には鳶色《とびいろ》の髪を背中で束ねた銀縁眼鏡の家庭教師風の女、そして周囲を数人の女達が囲むように座っている。恐らく中央の女が歌姫だろう。ほかは感染を免れたという楽団員だろうか。

ふと、銀縁眼鏡の女の瞳に一瞬鋭い敵意のようなものが見えたような気がして、シオリは小さく息を呑んだ。けれどもそれも束《つか》の間、彼女は取り澄ました表情に戻る。珍しい東方人の女に警戒心でも抱いたのかもしれないと思い、いつものことだと気にしないように努めた。

「──よくおいでくださいました。どうぞこちらへ」

立ち上がって優雅に一礼した歌姫は、片手を差し伸べてふわりと微笑む。ふわふわとした砂糖菓子のように甘い容姿ながらも、一本通った芯《しん》の強さを感じさせる確かな光を湛《たた》えた瞳。

(聖女様がいるとしたら、こんな感じなのかな)

そんな感想を抱きながら招かれるままに近寄ったそのとき、理知的だったその瞳がとろりと熱を帯びてどきりとする。こちらに向ける視線──正確には自分の隣を見ているその瞳に浮かぶのは仄《ほの》かな熱だ。その視線が意味するところを痛いほどに察したこの胸がちくりと痛む。

(……何か、ちょっと嫌だな……)

覚えた不快感はしかし、仕事中だからと表情には出さなかった。けれども僅《わず》かに不安を覚えてちらりと隣を見たシオリは、はっと息を呑む。

女の情欲を浮かべる歌姫とは対照的に、アレクの端正な顔にあるのはシオリが覚えたものと同種のものだ。寄せられた眉根《まゆね》、鋭く細められた瞳、歪《いびつ》に引き結んだ口元。努めて抑えているようではあったが、隠しきれない嫌悪がそこにはあった。

「……アレク」

さすがに露骨過ぎると窘《たしな》めると、アレクははっと我に返ったようだった。次の瞬間には表情を取り繕い、何食わぬ顔で歌姫に歩み寄った。相変わらず熱を宿した瞳のままの彼女はアレクに向けて艶やかに微笑む。対してアレクは、まるで興味がないといった体で歌姫を見据えた。

何とはなしに漂う緊張感にシオリははらはらし、イェンスとコニーが困ったように目配せし合う。と。くすりと誰かが忍び笑いする声が響いた。その微かな忍び笑いは徐々に伝播《でんぱ》し、やがてさざめくような笑い声になる。女達は楽しげに、あるいは苦笑しながら歌姫を揶揄《やゆ》した。

「……ちょっと。相変わらず悪趣味ね、フェリシア」

銀縁眼鏡の女が窘めると彼女の碧眼《へきがん》からすっと熱が消え、代わりに悪戯《いたずら》っぽい笑みが浮かぶ。

「ごめんなさいね。申し訳ないとは思ったのですけれど、少し試させて頂きましたの」

フェリシアは先ほどまでとはうって変わって親しげな笑みを浮かべ、綺麗《きれい》に淑女の礼を取った。

「わたくしはフェリシア・アムレアン。エルヴェスタム・ホールの歌手ですわ」

「……シオリ・イズミです。冒険者ギルドトリス支部所属B級、家政魔導士。こちらは使い魔のルリィです」

「アレク・ディア。同じくA級、魔法剣士。シオリのパートナーだ。試したとは一体どういうことかご説明頂きたい」

戸惑いと呆《あき》れが滲《にじ》むアレクの問いに、椅子を勧めたフェリシアは種明かしをしてくれた。

「殿方がいらした場合は雇うに値する方か否かを確かめさせて頂いているの。今までにも何度か護衛を雇ったことがあるのですけれど、お仕事以上のお付き合いを望む方が意外に多くて……」

綺麗な弧を描く眉《まゆ》が、心底困ったというように下げられる。

「……それで、ああいった形で試しているということですか？」

「ええ」

「だが、あれだけで分かるものなのか？」

試験をパスしたとしても、そのうち気が変わることもあるだろうにとアレクは胡乱《うろん》げだ。

「分かりますわ。これでも人を見る目はあるつもりですの。大抵の方は案外あれだけでその気になってしまうか、変に無関心を装うかのどちらかですわね。こうなってしまうと仕事中もどこか気がそぞろでお話になりませんわ」

フェリシアは小首を傾げてにっこりと微笑んだ。

「でも貴方《あなた》は文句なしの合格ですわ。わたくしに見つめられてあんなお顔なさる方なんて、初めて」

くすくすと笑う王都の女達。なんとも独特な雰囲気だ。これも芸術家ゆえの気質だろうか。

微妙な気分になってアレクを見ると、眉を顰《ひそ》めた彼は溜息を吐いて肩を竦《すく》めた。足元のルリィが何やら哀れみを帯びた気配を出しながら、アレクの足をぺたぺたとつついている。

(それにしても……なんか空元気みたいな感じもするなぁ)

シオリは女達をさり気なく観察した。一見すれば女同士の悪ふざけのようでもあるが、不自然なほどに高揚していることが素人目にも分かる。何か精神的な不安を押し殺しているように見えた。

「……フェリシアさん。そろそろ本題に」

居心地が悪そうにコニーが促すと、笑い声がぴたりと止《や》んだ。途端に張り詰めた空気が辺りに満ちる。やはり不測の事態に緊張していたようだ。

「ここからは私が説明させて頂きます」

銀縁眼鏡の女が場を取り仕切るように言った。先ほど感じた敵意はどこにもなく、シオリを見てにこりと微笑む。装いこそ地味で目立たないものだったが、洗練された物腰と凛《りん》とした笑顔が美しい。

「私はカリーナ・スヴァンホルムと申します。フェリシアのマネージャーを務めております。いらっしゃるのはシオリさんだけとお聞きしておりましたが、殿方とお二人でいらしたということは、もしやもう話はお聞きに？　……その、フェリシアの身に危険が迫っているかもしれないという――」

「いえ、まだ詳しくは何も。彼は仕事のパートナーなんです。基本的には一緒に行動しますので」

「そうでしたか。ですが剣士の方もいらしてくださって本当にようございました。今回依頼したいお仕事は二つ。演奏の補助と――護衛をお願いしたいのです」

話の最中、フェリシアは背筋を真っすぐに伸ばして毅然《きぜん》としていた。けれども膝の上に揃《そろ》えた細い指先が微かに震えているのが見えて、そのことが内心の不安を如実に表していた。カリーナは気遣わしげにフェリシアに視線を流し、そっとその肩に手を触れる。

「まずは護衛の依頼についてお話ししてしまいましょう。その方が皆安心するでしょうから」

不安げに見上げたフェリシアにカリーナは力強く頷いてみせてから、話を再開した。

「フェリシアにはトップスターの座を巡り対立している相手がおります。ヒルデガルド・リンディというのがその歌手の名です。歌唱力や表現力は拮抗《きっこう》しておりますが、幅広いジャンルを歌えるという点でフェリシアが一歩抜きん出ているのです。ですがそれが気に入らないのでしょう、彼女は事あるごとに難癖を付けてくるのです。それだけではありません」

そこまで一息に言うと、一度言葉を切ってからカリーナは続けた。

「どうしてもトップの座が覆らないことに業を煮やしたのでしょう、卑劣にも彼女はフェリシアに嫌がらせをするようになりました。最初は私物を隠すといったごく些細なものでした。しかし――最近はエスカレートして、命の危険を感じるほどのものになってきたのです」

「……命の？　穏やかじゃないな」

「ええ。舞台用の靴に細工がされていてヒールが折れて階段から転落しかけたり、衣装に針が仕込まれていたり――一度などはリハーサル中、照明が落ちてきたこともありましたわ」

カリーナの声が震えた。そのときのことを思い出したのだろう、傍らのフェリシアの薄く頬紅《ほおべに》を差した顔が色味をなくした。頬紅の鮮やかさがいっそ不釣り合いなほどに肌が蒼褪《あおざ》めている。

シオリは眉を顰めた。嫌がらせというレベルを超えてそれはもはや犯罪だ。

「騎士隊には届け出なかったんですか。そこまでいくと殺人未遂なのでは……」

「……本当は通報したかったのです。けれども幸い怪我《けが》もなく大事には至りませんでしたし、ホール内での事故はスキャンダルになると言って支配人に強く止められたものですから」

ホールの評判が落ちることを危惧《きぐ》してのことだろうが、放置するのはあまりにも危険過ぎる。

「次は通報することをお勧めします。何かあってからでは遅いですから」

「……ええ、その通りですわ。次は必ずそのようにいたしましょう」

物憂げにカリーナは頷いた。

「ともかく、そういったことが続いた末の騒ぎですから何かかかわりがあるのではないかと。そういう訳ですので専門の方にフェリシアの護衛をお願いしたいのです」

ちらりとアレクに目配せすると、彼は小さく頷いた。

「話は分かった。引き受けよう」

「まぁ……良かった。ありがとうございます」

フェリシアが肩の力を抜いた。同席している女達の間にも安堵の空気が広がる。

「では次に、演奏の補助について説明させて頂きます」

ここから先はアレクと共同ではなく、自分一人が請け負う領域だ。シオリは口を開いた。

「その前に、私からいくつかよろしいでしょうか」

「なんでしょう？」

「お仕事は受けさせて頂きます。ですが対応できない部分もありますので、あらかじめ説明させて頂ければと」

「……と申しますと？」

不安げに顔を見合わせる彼女達に、説明を続けた。

「まず一つ、私は音楽についてははっきり申し上げて素人です。音楽鑑賞や歌を多少嗜《たしな》む程度ですので、聴き慣れた曲でなければ幻影魔法で再現することはできません。本番までに一日しかない状況では、プロの楽団の音楽を補強することは現状不可能と思ってください」

「まぁ、それでは！」

さっと蒼褪めて腰を浮かせたフェリシアを、説明途中だとカリーナが押し留める。

「その代わり、皆様の音楽に合う映像を舞台に投影します」

「映像……？　それは……？」

聞き慣れない単語に皆怪訝《けげん》な表情だ。

「動く絵を舞台に展開します」

「絵が……動くんですの⁉」

驚いたフェリシアは作法も忘れて大声で言い、カリーナは口をまぁ、という形に開く。

「はい。これは実際にお見せした方が分かりやすいかと思います。ええと……」

少し考えてから、シオリは紙芝居ほどの大きさの幻影を出現させた。華やかで美しいお伽噺《とぎばなし》のワンシーンだ。

みすぼらしい娘が優しい魔女によって美しいドレス姿の淑女になり、城の舞踏会に参加する。見目麗しい王子とダンスを楽しんだ娘は、時間切れを示す時計の鐘の音に慌てて会場から立ち去った。そして取り残された王子は片方だけ残されたガラスの靴を拾い上げ、切なげに瞳を揺らすのだ。

音楽も台詞《せりふ》もないサイレント映画のようなそれ。けれども瞬《まばた》きすら忘れて食い入るように映像を見つめていた女達は、幻影が解かれた後もしばらく夢見心地でぼうっとしていた。数秒の間を置いて我に返り、次の瞬間わっと歓声を上げた。

「……凄いわ！　わたくし、こんな凄いものを見たのは初めてよ！」

「なんて素敵なの！　まるで物語の世界に入り込んだ気分だわ」

ある程度見慣れているイェンスは愉快そうに頷いているが、初見のコニーは目を丸くしたまま固まっている。相当に驚いたらしい。女達は興奮気味に感想を言い合い、カリーナに宥められてようやく落ち着きを取り戻した。フェリシアは興奮冷めやらぬといった様子で頬《ほお》を紅潮させて言った。

「これをわたくしの歌に合わせて出してくださると仰るのですね。ええ……ええ、これなら小編成でもきっとお客様にご満足頂けるわ」

「はい。物語だけではなく風景や、こういった幻影も出すことができます」

再び幻影魔法を展開する。テレビの歌番組でよく見たような演出だ。朝靄《あさもや》のような幽玄な霧を棚引かせたり、沢山のしゃぼん玉や鳥の羽をひらひらと散らしてみたり――。

深々と感嘆の吐息を漏らしたフェリシアは、女達と顔を見合わせて頷き合う。

「すぐにも曲の選定に入りますわ。シオリさんに聴いて頂いて、その曲に相応しい映像を付けてもらいましょう。映像はこちらの希望したものを出して頂くこともできますの？」

「ええ、可能な限り対応いたします」

不安しかなかった明日の舞台にようやく希望が見えたのだろう。真剣な面持ちで早速相談を始めようとしたフェリシア達を、苦笑気味にカリーナが再び窘める。

「ほらほら、説明途中よ。まだ注意事項があるのでしょう？」

（……なんだか皆のお姉さんみたいな人だな）

フェリシアと歳《とし》は近いらしいが、冷静で落ち着いた立ち居振る舞いが随分と年上のようにも見せていた。微笑んだシオリは促されるままに説明を続けた。

「もう一つは時間についてです。お恥ずかしい話ですが私はあまり魔力量は多くありませんので、一曲につき――そうですね、五、六分程度を目安にして頂ければ助かります」

本当は音楽付きでももっと長く展開できるのだけれど、万が一ということもある。念のため少なめに見積もっておいた方がいいだろう。

「ええ、では五分程度の曲から選びましょう。少しお時間をくださいましね」

本来なら音楽会のために用意した曲が既にあったのだろうに、それでもすぐに別の曲に切り替えられる辺り、さすがはプロといったところか。

曲選びはフェリシア達に任せ、カリーナがこちらに向き直る。

「選定には一時間ほどもあれば十分かと思いますが、その間お二人はどうなさいますか？」

「護衛もありますので、できればこの部屋で待たせて頂ければと」

「ええ、分かりましたわ」

「では窓際に席とお茶を用意させましょう。少々お待ちください」

そう言い置いてコニーが慌ただしく部屋を出ていき、その場に残されたシオリ達は歌姫を邪魔しないようそっと窓際に移動した。

「さて……私はここで失礼しましょう。ルリィ君はどうします？　一緒にお散歩でもしますか？」

手持ち無沙汰《ぶさた》になると気遣ってくれたのだろう、イェンスが提案してくれた。

「うーん、どうする？　アレクもいるからお散歩してきても大丈夫だよ？」

訊くとルリィは少し思案するようだった。しばらくじっと考えてから、しゅるりと触手を伸ばして棚の隙間《すきま》を指し示した。

「うん？　……ああ、害虫駆除してくれるの？」

その通りと言うようにルリィはぷるんと震え、まさかの返事にイェンスが噴き出す。

「なるほど、そうきましたか。お願いできるのでしたら是非。厨房《ちゅうぼう》や食料庫を見てくれますか？」

どれだけ綺麗にしても、餌《えさ》の匂いを嗅《か》ぎ付けてどこからともなくやってくる黒い害虫。輸入船に紛れていた何匹かが寒冷地に適応して繁殖したそれは、餌の少ない寒い季節にはしつこいほどに食料のある場所を狙《ねら》って湧《わ》いて出るのだ。大聖堂専属の料理人達も困り果てているという。

「行ってらっしゃい。お仕事が終わったら一人で戻ってこれる？」

勿論だと言わんばかりにルリィはぷるんと震えた。仕事のし甲斐《がい》がありそうだと勇ましくぷるんぷるんと震えるスライムを伴って部屋を出ていくイェンスを見送り、歌姫に視線を戻す。

真剣な眼差《まなざ》しのフェリシアの横顔。

「――ねぇ。本当にライバルの仕業だと思う？」

シオリの問いに、アレクは女達から視線を外さないまま答えた。

「なんとも言えんが……些か話ができ過ぎだとは思ったな」

「でき過ぎ？」

「ああ。まず気になったのが、感染範囲が極めて限定的なところか」

やはり、とシオリは思った。アレクもまた同じ疑念を抱いたのだ。

「感染力が強いんでしょ？　最初に感染した楽団員さんが機転を利かせたとは言ってたけど、それにしてもって私も思った」

「そうだな。感染者が見事にそいつの同室者だけだ。生誕祭前後のトリスに通じる街道沿いの宿はどこも盛況なはずだ。嘔吐した客を介抱したという話だったが、すぐ医者に運んだとしても、その間ほかの誰とも接触しなかったとは考え辛い。嘔吐したのだって、その場が初めてだとは限らんしな」

それにその楽団員がいくら親切だったとしても、汚物の始末はさすがに宿の人間を呼んだはずだ。単なる酔客の粗相だと思っていたのなら、後始末にはそれほど気を使わなかっただろう。にもかかわらず、掃除しただろう従業員にもほかの宿泊客にも全く感染していないのは不自然だ。

しかし件《くだん》の楽団員が、介抱した相手が初めからシェーナ風邪だと知っていたならどうだろうか。ある程度は意図的に感染範囲を限定することが可能なのではないだろうか。

「もっとも仮にわざとだとして、どうしてそんなややこしいことする必要があるのかは分からないけれど。単純に邪魔したいだけなら、フェリシアさんに感染させた方が手っ取り早いし」

命にかかわるほどの嫌がらせを繰り返すような相手なら、真っ先に歌姫を狙うはずだ。これではまるで騒ぎを大きくしたくないようにも思える。

「……ないとは思いたいが」

アレクはぽつりと言った。

「フェリシア殿の自作自演の可能性も考えられなくはない」

「……え」

そんなことがあるだろうか。伴奏の楽団に被害が出れば困るのは自分なのだ。

「そういう姑息《こそく》な手段もあるということだ。見ただろう、俺に対する演技を。大した役者だぞ。周りには自分が被害者だと思わせることくらいは容易《たやす》いだろうさ」

彼は眉間《みけん》に皺を寄せたまま、苦々しく言った。

「自分が危害を加えられたように見せかけて、ライバルに疑いが掛かるように仕向けることだってできるはずだ。例えば……そうだな、人気のない階段にライバルを呼び出して、自分から悲鳴を上げながら転がり落ちてみせるとかな。多少は痛い思いをするかもしれんが、これで相手が自分を突き落としたと周囲に思わせることができる。そうすれば自分は悲劇のヒロインとして同情を集め、ライバルはめでたく犯罪者として表舞台から消えてくれるという寸法だ」

「うっわぁ……」

シオリは苦笑するしかない。

「古典的で単純な手口だが、これがまた案外効くんだ。やったかもしれないと周囲を疑心暗鬼にさせるだけでも効果はあるからな。便乗して誇張した悪評を吹聴してくれる輩《やから》は必ずいるものだ」

彼の言う通り、あり得ない話ではない。儚《はかな》げで清純な女性そのものに見えるフェリシアだが、意外に強《したた》かな一面もあることは先ほどの出来事でよく分かった。そもそも、激戦区だろう王都でライバル競争に勝ち抜きトップの座を手にしたのだ。ただか弱いだけの女では決してないだろう。

「ライバルの陰謀によって苦境に立たされた歌姫が、それにも屈さず見事舞台を成功させることができたとする。そうすれば卑怯《ひきょう》なライバルの評判は地に落ち、自分は陰謀に打ち勝ったヒロインとして確固たる地位を築けるという訳だ」

「ちょっとそれ……意地悪く考え過ぎじゃないかなぁ……」

「……第一印象が良くなかったからな。つい」

苦笑しながら言うと、彼は少しばかりばつが悪そうな顔で視線を逸らす。ああいう計算高い女は苦手なんだとアレクはぶつぶつと呟いた。

（……そういえば、実家にいたときに女性関係で嫌な思いをしたって言ってたっけ）

別れ話に激昂《げっこう》して暴言を吐いたというかつての恋人も然《しか》り、彼の立場目当てに手のひらを返したように群がったという女達も然り。今の彼の話のように、姑息な策略を用いてライバルを蹴落《けお》とそうとした女もいたのかもしれない。

妙に具体的だった彼の説明をぼんやりと思い出しながら、ちらりとその横顔を見る。眉根を寄せてどこか遠い目をしていた彼は、何かの記憶を断ち切るかのようにふっと強い溜息を吐いた。

「……まぁ現状推測の域を出ないが、もし本当に陰謀だというのなら、その嘔吐したという宿泊客や介抱した楽団員を調べさせた方がいいかもしれんな。そいつらも共犯かもしれないんだ」

「うん。そうだね」

考え過ぎであれば良いのだけれど。なにやら推理小説じみてきた展開にシオリは嘆息した。

どちらからともなく向けた視線の先。そこには真剣な面持ちで話し合いを続けるフェリシアと、それを静かに見守るカリーナの姿があった。

3

「――シェーナ風邪が関係者の仕業かもしれない？」

運び込んだ布張りの椅子に腰を下ろして紅茶を一緒に啜《すす》っていたコニーは、内部犯行の可能性を示唆されて目を剥《む》いた。さすがに歌姫本人も容疑者に含まれるとまでは言わなかったけれど、言わんとすることは理解したようだった。

「それは……いや、しかし確かに言われてみれば不自然ですね」

「ええ。考え過ぎならそれに越したことはないんですけれど、でも」

コニーはしばらく思案するようだった。ちらりとフェリシア達に視線を流す。

「昨日彼らを受け入れてすぐ市の防疫課には通報しましたが、確認と注意喚起のために我々も街道沿いの小教区に伝書鳥を飛ばしましてね。しかし今朝までに届いた返事では、それらしい集団感染は今のところどこにも出ていないということでした」

極めて感染力の強いシェーナ風邪の発症者が、特定の団体の男性のみというごく狭い範囲にしか出ていない。最初に発症者を出したその宿ですら誰一人として感染していないのだ。その不自然さがコニーも気になり始めたようだ。

「……発症したのは馬車に乗ってからだったか」

「ええ。出発から三時間ほど経《た》ったあたりから次々にということでした。潜伏期間が数時間程度ということを考えれば、まぁ妥当でしょうね。トリスまで来れば医療施設が充実しているから、なんとか耐えて目的地まで行ってしまおうと励まし合ってここまで来たそうです。あまり大事にはしたくないからという気持ちもあったようですね。症状が出てからは町や村には立ち寄らず、用足しは全て途中の雪の中で済ませたそうですし」

「うわぁ……それはまた……」

シオリは彼らに心底同情してしまった。

それにしてもとシオリは思った。問題の宿からトリスまでは馬車でおよそ五時間。最初の発症者が出るまでは一度だけ途中の村で休憩したという。感染防止に可能な限り人との接触を避けていた――ということだったが、全員が気配りを徹底できたかどうかといえば、正直怪しいところではある。

「――昨日彼女達が到着して以降は、ずっと各所への対応でばたばたしていて深く考える余裕はありませんでしたが……なるほど、考えれば考えるほどおかしな点がありますね。感染範囲を考えるとそもそもあれが本当にシェーナ風邪なのかどうかも疑わしくなってきます」

「だな。とすれば……」

毒を盛られた可能性に思い至り、三人は表情を険しくした。摂取すれば似たような症状を呈する毒草はいくらでもある。公園や道端などに生えているようなものもあるのだから、その気になれば素人でも簡単に手に入れられるはずだ。

「……大丈夫なんですか？　命の危険は……」

訊くと、コニーが答えてくれた。

「既に回復傾向にありますから大丈夫でしょう。しかしもし毒であるなら話は簡単です。魔法で解毒できますからね。それに解毒できたら毒物であることは確定です」

早速手配しますと言ってから残りの紅茶を飲み干した彼は眉根を寄せた。

「毒にしろシェーナ風邪にしろ、これがもし本当に陰謀だとしたら……到底許されることではありません。私欲のために他者を害するなど決してあってはならないことです」

人々の健やかで平穏な暮らしを日々祈っている聖職者らしい言葉。言いながら彼は懐から取り出した手帳にペンを走らせた。指示内容を書き記しているのだろう。

シオリは目を伏せて無意識に二の腕をさすった。気付いたアレクがそっと背を撫でる。しばらく撫でていた大きな手のひらが、元気付けるように何度か優しく叩いてから離れていった。

「……警備はどうなっている？」

アレクが訊いた。

「警備内容は本来部外秘なんですが……この部屋と病室に四人ずつ交代で見張りを立てています」

「巡回と会場の警備は？」

「生誕祭関連で部外者の出入りも増えていますから、普段よりも巡回頻度は高いです。が、迎賓院と施療院周辺は特に重点的に警備しましょう。念のため会場の警備も増員します。毒物だった場合は騎士隊へも通報しなければなりませんね」

「ああ。それから、歌姫の関係者の出入りも制限した方がいいだろうな。誰と誰がどうかかわっているかも分からん。外部との接触もありうる」

「……ええ。思い過ごしであればいいのですが」

熱心にペンを走らせていたコニーはやがて短く息を吐くと、書き付けを手帳から切り離して丁寧に折り畳んだ。彼が席を立ち扉に向かって歩いていく姿を、何人かがふと顔を上げて視線で追う。コニーは扉の外を護る騎士に書き付けを預けて何事か指示を出した。真剣な面持ちで言葉を交わす二人の様子は扉の陰になって、フェリシア達からは見えないだろう。彼女達はすぐ興味をなくしたように、話の輪の中へと戻っていった。

敬礼した聖堂騎士が立ち去るのを見送り、コニーは席に戻ってくる。

ミルクを垂らした紅茶を啜りながら彼を眺めていたシオリは、ふと窓の外に視線を向けた。庭園に面した窓の向こう側は木陰で薄暗く、灯《あか》りを点《とも》した室内の様子が窓ガラスに映っていた。何気なく眺めた窓に映る室内。楽譜を繰りながら話し合いを続けるフェリシアの横に立つカリーナが何故かこちらを見ていることに気付いたシオリは、はっと息を呑む。振り返って確かめたくなるのをぐっと堪《こら》えて、ガラス越しに彼女の様子を窺った。向こうはこちらが見つめ返していることには気付いていないようだった。気付かない程度にはガラスに投影された室内の様子は不鮮明で、彼女の表情までは分からない。ただこちらを向いているということが分かるくらいだ。

と、フェリシアが顔を上げてカリーナに話しかけ、彼女の視線が外された。フェリシアの言葉に何度か頷いた彼女は、やがてこちらに向き直る。

「お待たせいたしました。どうぞこちらへ」

話が纏《まと》まったらしい。アレクとコニーに視線を流すと、彼らは頷いた。

「……シオリ」

表面上は何食わぬ様子を装いながら、真剣な声色で低くアレクは言った。

「俺達も気を付けよう。もしこれが本当に陰謀だとしたら、邪魔になる俺達も狙われる可能性があるからな。なるべく別行動は避けるんだ。飲食物も注意しろよ。解毒剤をすぐ出せるようにしておけ」

シオリはごくりと唾《つば》を飲み込んだ。

「う……分かった。気を付ける」

フェリシア達は手元に楽譜を広げて待ち構えていた。皆頬が上気している。かなり熱心に話し込んでいたのだろう。

「決まりましたわ。全部で七曲。童謡と歌謡曲が二曲ずつ、あとは声楽曲を続けて三曲。譜面がないものもございますから、なるべく短い曲を選びましたの」

言ってからフェリシアはふふ、と小さく笑った。

「それに曲数が多ければ沢山『映像』を見られるでしょう？」

これには苦笑するしかなく、シオリは微妙な半笑いになった。それを見てアレクも噴き出す。

「良かったじゃないか。今を時めく歌姫殿に認められたということだからな」

「……なんだか妙に引っ掛かる物言いですわね……」

じろ、と半眼になったフェリシアからアレクはふいっと目を逸らした。否定はしないらしい。

「まぁ、いいですわ」

つんとそっぽを向いて溜息を吐いた彼女は、女達に目配せして立ち上がった。

「ではこれから演奏いたしますから、聞いてくださいましね」

「はい。お願いします」

女達が備品の椅子を半円に並べて楽器を手に座り、その中央前にフェリシアが立つ。ダブルリードの音に合わせて木管と弦楽器の音合わせが始まった。

「……木管と弦楽器だけかぁ。確かに少し迫力に欠けるかもなぁ……」

大聖堂前の広場に面した講堂を開放しての音楽会は著名な音楽家達が招かれている。そして歌姫とエルヴェスタム交響楽団の共演は大々的に宣伝されているのだ。それを室内楽のようなこの小編成では、主催者が不安視するのも分かる。

「詳しいのか？　いや、しかし素人同然と言ってたか……」

ぽつりと落とした呟きに、アレクが首を傾げた。

「何回かコンサートに行ったことがあるくらいだよ。あとは学校祭の音楽会で聴く程度かなぁ」

何気ない言葉だったのだけれど、それを聞いた彼は目を丸くした。

「お前、楽団を所有する学校に通っていたのか？　結構な上流階級じゃないか」

「えっ？　あー……うーんと」

またやってしまった。この国で学校に通うことができるのはほとんどが貴族や富裕層だ。経済や教育水準の違いによる常識のずれは、時折こうして人を驚かせてしまう。今でこそあまり踏み込んでは訊かれなくなったけれど、初めの頃はザック達に随分と不思議がられたものだった。

「音楽系の課外活動があるのは割と普通だったから、あんまり特別なことではなかったかも。自前の楽器を持ってる人もいたもの。国そのものが豊かだったから」

ぽかん、とアレクは口を開け、それから何か言い掛けて黙り込む。

「ご……ごめんね、あんまり色々話せなくて。まだ少し覚悟が……」

彼はほんの少しだけ眉尻を下げ、それから苦笑いした。

「……いや。だがいつかは話してくれるんだろう。俺だってまだ言えないことがあるからな」

おあいこだ。そう言って彼は笑ってくれた。

「さあ、始まるぞ」

音合わせを終えて静まり返った室内。一拍置いてから、演奏が始まった。

豊かな四季の美しさや幼い日の想い出を歌う童謡、甘く切ない恋歌や舞台の主題歌などの流行歌、そして王国を代表する著名な作曲家の子守唄やアリア、賛美歌。木管と弦楽の調べに合わせて優しく朗らかに、ときには甘く切なく、そして伸びやかに朗々と歌い上げられる歌に、緊急時だということも忘れて聴き入った。歌姫の透き通るような素晴らしいソプラノはやがて、演奏の終わりと共に静かな余韻を残して消えていった。

一瞬の間。

小首を傾げたフェリシアに悪戯っぽく微笑まれて、シオリははっと我に返った。割れんばかりの拍手を彼女達に送る。

「凄い！　凄いです、フェリシアさん！　いや、これはお呼びした甲斐があったというものです！」

「見事なものだな。人は見掛けによらんとはよく言ったものだ」

「アレクってばもう……」

惜しみない心からの称賛に、彼女達ははにかみながら微笑み合った。

「これ……幻影魔法いらないんじゃないかなって思うくらいなんですけど……」

それほどまでに素晴らしい歌だった。大編成のオーケストラも幻影魔法による演出なども、かえって邪魔になるのではないかと思うほどだ。

「まぁ！　嬉しいですけれど、そんなこと仰らないでくださいまし。わたくし、どんな素敵な映像を付けて頂けるのかとっても楽しみにしておりますのよ」

興奮気味に詰め寄った彼女の熱意に当てられそうになりながらもシオリは微笑んだ。

「……では、合いそうな幻影を出してみましょう。皆さんも遠慮なくご意見をくださいね」

「ええ！」


賑やかに打ち合わせを始めた女達から視線を外さないまま、アレクはそっと距離を取った。コニーも無言で追従したが扉を叩く音に気付き、目礼して静かに戸口に向かった。開いた扉の向こうには聖堂騎士の姿。背を向けているコニーの顔は見えなかったが、向かい合う聖堂騎士の険しい表情から、残念ながら事態が予想通り良くないものであったことが察せられた。

やがて会話を終えたコニーは扉を閉じて静かに戻ってくる。状況にそぐわない微笑は女達に勘付かれないよう意識して作ったものだろう。聖職者の割には表情のよく動く男だと思っていたが、いざとなればこのくらいはやってのけるらしい。アレクのそばまで来た彼は、笑みを崩さないまま横に並んだ。アレクもまた笑みを浮かべる。傍目には談笑しているように見えるだろう。

「――全員解毒できたそうです。市の防疫課からも担当者がすっ飛んで来たそうですよ。分析の結果、毒草の成分が検出されたとね。あれはシェーナ風邪ではありません」

「やられたな。シェーナ貝に当たった患者と接触したと言われれば――」

「ええ。お恥ずかしい話ですが、当然シェーナ風邪だと信じてしまいましたよ。症状もまるきり同じものでしたから。こうなると、宿で介抱した泥酔者というのも本当に疑わしくなってきますね」

「だな。それで患者は？」

「かなり動揺しているようです。施療院の関係者には箝口令《かんこうれい》を敷き、厳重な警備で固めることになりました。上の指示を待って騎士隊に通報する予定です」

簡潔に結果だけを述べてから、コニーは笑みをやや引き攣《つ》らせて溜息を吐いた。

「事件です。大事件ですよ。神聖なる祭りに便乗して犯罪を目論《もくろ》むなど、恐ろしいことです」

「……まったくだ」

「……彼女達の警備も強化します。色々不審な点がある以上、実質監視ということになりますがね。残念ながらエルヴェスタム・ホール関係者は全員容疑者になりますから」

単純に歌姫への妨害なのか、それともそれ以外の目的があるのかは分からない。だが、これ以上の被害を出す訳にはいかないのだ。

「音楽会へは参加させるのか？　騎士隊に通報すれば何人かは連行されるかもしれんぞ」

コニーは前髪で隠れた眉を僅かに下げてみせた。崩れそうになる笑みをどうにか取り繕っている。

「上層部に交渉してもらうことになるでしょう。事情が事情なので難しいかもしれませんが……王都に出向かなければ聴くことができない歌姫の歌を聴けるとあって、楽しみにされている方は多いのです。我々としてはできうる限り参加して頂く方向で考えておりますよ」

「……そうか。分かった、では俺達もそのつもりでいよう」

「ええ。お願いします。彼女達にはこの打ち合わせが終わり次第伝えます。動揺して演奏に差し支えるかもしれませんが……仕方がありません。自衛のためにも知っておいた方がいいでしょうから」

「ああ。そうだな」

するべき会話を終えてしまうと、後には沈黙が残された。

（……陰謀、か。罪深く欲深い生き物だな、人間は）

まさに謀《はかりごと》で以って一国を滅びに導く手引きをした己が言うことではないかもしれないが、己が欲、利益のために他者を傷付けることを厭《いと》わない人間が少なからずいるという事実は、アレクをひどく打ちのめした。聖なる日を目前に控えた今このときでさえ、何者かが策謀を巡らせている。

アレクは恋人に視線を向けた。フェリシアが何か言い、それに応じてシオリが幻影を出す。舞台のワンシーンを切り出したその幻は、黒髪の乙女《おとめ》を腕に抱く凛々《りり》しい騎士の姿を映し出している。

アレクはほんの僅か、目を眇《すが》めた。

――真剣な面持ちで魔法を繰る恋人を、カリーナが無表情にじっと見下ろしていた。

第二章　宵闇《よいやみ》の歌姫

1

シオリをアレクに任せて別行動することになった使い魔のルリィは、害虫駆除の「緊急依頼」に着手するためにイェンスに連れられて厨房《ちゅうぼう》へと向かった。大聖堂で生活する人々の食事を賄う厨房では常日頃《つねひごろ》から清潔に保つことを心掛けてはいるが、餌《えさ》の匂いを嗅《か》ぎ付けてどこからともなく湧《わ》いて出るその不潔な害虫にはずっと悩まされていたという。そういえば神聖な大聖堂の構内で殺生は構わないのだろうかとルリィは思ったが、その疑念を察したのか「やむを得ない場合は目を瞑《つむ》ってもらえるのですよ」とイェンスがこっそり教えてくれた。

「そもそも我々の衣食住その全《すべ》てがほかの何かの命を使わせて頂いているのですから……この辺りの解釈は教派ごとに少しずつ異なるのですがね。大切なのは、この命を生かしてくれる全てのものに日々感謝することなのですよ」

そう言って彼は微笑《ほほえ》んだ。そんな訳でルリィは遠慮なく仕事をさせてもらうことにした。スライムであるルリィにとって狭い隙間《すきま》での作業は些末《さまつ》なことだ。棚の裏や隙間、食料庫をあらかた駆除した後に侵入経路と床下の巣まで探り当てたルリィは、「単騎での掃討作戦」を無事終えて床上に顔を出す。しゅるんと伸ばした触手で駆除完了を告げる丸を作ってみせると、顔を見合わせた人々はほっと安堵《あんど》の息を吐いて破顔した。

「いやぁ、助かった！　あいつらには本当に困ってたんだよ」

「床下に巣食ってたとはなぁ。いくら駆除しても出てくる訳だ」

料理人達が口々に言い合う中、盥《たらい》いっぱいの湯を用意して待っていた厨房長に近寄った。勧められるままに湯に浸かると、彼は綺麗《きれい》に埃《ほこり》を洗い流してくれた。繊細な食材を扱い慣れているからなのかどうか、その手付きや力加減は絶妙で驚くほど心地よい。ぷるんぷるんと震えて堪能していると、上からイェンスと厨房長の小さな笑い声が降ってきた。

一仕事した後の入浴を楽しむルリィの後ろでは、料理人達が真剣な面持ちで話し込んでいる。流し台と壁の接合部に生じたほんの僅《わず》かな亀裂が、害虫の出入り口になっていたのだ。

「こんなところに隙間があったとはなあ……とりあえず詰め物でもしておこう」

「営繕部に頼んでおくか。すぐ対応してもらえるといいが」

微妙な隙間に布切れと虫除《むしよ》けの薬草を押し込んでいる彼らを見守っていたイェンスが、「しかしこれでしばらくは安心ですね」と呟《つぶや》く。ルリィを洗う手を動かしながら、厨房長は頷《うなず》いた。

「定期駆除をお願いしたいところだね。月に一度でも来てくれるとありがたいんだけどなあ……」

勿論《もちろん》だと震えてみせると、その動作を見慣れているイェンスが代わりに答えてくれた。

「では私から彼の主人に伝えておきましょう。ルリィ君もそれでいいですか？」

訊《き》かれてもう一度ぷるんと震えて返事する。それを見た厨房長は愉快そうに声を立てて笑った。

「本当に賢いんだな。我々の言うことは全部理解しているんだね」

「ええ。それにとても冷静で思慮深い。子供達と接している彼を見ていると心底そう思いますよ」

誉められて悪い気はせず、もう一度ぷるるんと震える。

ちゃぷちゃぷと洗い流され、埃っぽかった身体《からだ》がつやつやのぴかぴかに戻った。

「さて、綺麗になったことだしお茶でもどうだい？　生誕祭の特別なケーキもあるんだ。どうかな」

特別なケーキ。シオリの焼菓子や、時々買ってもらうエナンデル商会の使い魔用クッキーも特別に美味《おい》しいけれど、ここの「特別」も美味しいのだろうか。

ぷるぷる身体を揺すって返事すると、相好を崩した厨房長は保冷庫から真っ白なケーキを取り出した。真四角な土台に純白のクリームを塗って、その上にはやはりクリームで蔦《つた》と小鳥の模様が描かれている。砂糖と乳の甘く優しい香り。これは美味しそうだ。

ぷるんぷるんとうきうきしながら待っているルリィの前に、切り分けられたケーキが置かれた。ふわふわの卵色の生地の隙間にはクリームと新鮮なベリーがたっぷりと挟まっている。

「さあどうぞ。口に合うといいんだが」

ぺこりとお辞儀してから、触手を伸ばしてケーキを取り込んでいく。ふわふわで甘くて、時々じゅわっと滲《にじ》み出るベリーの甘酸っぱさが堪《たま》らない。

「『聖女のケーキ』は高貴な方々しか口にできないものでしたが、本当に豊かになったものです。我々のような庶民でもこうして楽しめるようになったのですから」

言いながらも孤児院で待っている子供達に遠慮してか、紅茶だけをもらって啜《すす》っていたイェンスがぽつりと言った。

「まったくだ。これも陛下や先代様、先々代様のお陰だよ。あの方々の尽力で飢えを知らずに暮らしていられるんだ。食事だけじゃない、旅行や観劇、音楽、本……上流階級だけのものだった娯楽を享受できる豊かな国に生を与えてくださったことを神々に感謝しなければね。勿論歴代の陛下にも」

陛下という単語が聞こえてルリィはぷるんと震えた。その陛下の使い魔になった桃色の同胞は元気だろうか。後で連絡してみよう、そう思いながらしゅわしゅわとケーキを溶解していく。皿にこびりついたクリームまで綺麗に舐《な》めとってから、ぷるんと食後の挨拶《あいさつ》をする。綺麗に食べてくれたねと厨房長は笑いながら皿を片付けてくれた。

「ご馳走《ちそう》様でした。……さて、ではそろそろお暇《いとま》しましょうか」

「ああ。じゃあ、害虫駆除の件、頼むよ」

「ええ、伝えますよ」

厨房長や料理人達に見送られて、触手を振って返しながら厨房を後にする。

「さて、戻る前にシオリさんに伝言を届けなければ。また一緒に行きましょう」

美しい円柱が規則的に並ぶ回廊を歩いて迎賓院に向かっていたそのとき、急ぎ足にやってくる聖堂騎士の姿が見えた。孤児院を警備している騎士の一人だ。彼はイェンスの姿を捉えて足を速める。

「――イェンス司祭！　こちらにいらっしゃいましたか」

「どうなさったのです。もしや子供達に何か？」

「いえ……それが」

駆け寄った騎士は一旦言葉を切り、一瞬だけ躊躇《ためら》うように足元のルリィを見てから言った。

「トビーが若い女性を連れてきましてね。孤児院近くで迷っていたから連れてきたというのですが、随分と思い詰めた様子でどうしたものかと」

トビーは孤児院で生活している少年だ。年明けにはとうとう成人を迎えるらしく、憧《あこが》れの冒険者になるべく冒険者登録試験の願書を取りにいった帰りにその娘を「保護」したということだった。彼女はひとまず詰め所で休ませているという。

「思い詰めた……ですか。分かりました、すぐ戻りましょう」

イェンスの言葉に聖堂騎士はほっとした様子を見せた。聞き上手のイェンスのもとには時折こうして悩み事を抱える人が訪れるらしい。今回もそうなのだろうか。

「……そういう訳ですので申し訳ありませんがルリィ君。少しお時間を頂けますか。なんなら一人で戻ってくださっても構いませんよ」

ルリィは一瞬だけ考え、それからぷるんぷるんと身体を左右に揺らして否定した。シオリにはアレクが付いているから安心だし、話し合いの最中に自分がいてもできることはほとんどない。

――それに、なんだか行った方がいいような気もするし。

「おや。一緒に来てくださいますか。では後で一緒にシオリさんのところに戻りましょう」

ぷるん、と震えて返事すると、微笑んだイェンスは「参りましょう」と言った。

司祭と聖堂騎士、そしてスライムという風変わりな一行は、構内の林を抜けた先にあるトリス孤児院に向かった。孤児院をぐるりと囲む堅牢《けんろう》な塀は、決して子供を閉じ込めるためのものではない。安全対策としての塀だ。迷子――そして人身売買組織による誘拐を防ぐためのものだという。

「三、四十年ほど前まではそういうこともよくあったそうです。悲しいことですね」

そう言ってイェンスは悲しそうな苦い笑みを浮かべた。

かつては僧房だったという質素な造りの孤児院の門には、聖堂騎士の小さな詰め所があった。敬礼して出迎えた顔見知りの立哨《りっしょう》は、ルリィを見下ろして一瞬目を丸くしてから「今日は一人なんだね」と言って中に案内してくれた。詰め所の奥に設けられた休憩室には、故郷の蒼《あお》の森のような色合いの銀髪を緩く三つ編みにした若い娘が、一人腰を下ろして紅茶の入った茶器を見下ろしていた。

彼女を連れてきたというトビーの姿はない。既に孤児院に帰されているようだ。

こちらに気付いた彼女は顔を上げて小さく会釈する。それからイェンスの足元にいるスライムに驚き、はっと息を呑《の》んで身を引いた。

「大丈夫ですよ。彼は知人の使い魔です。温厚で人懐っこく、とても聡明なのですよ。子供達の悩み事を聞いてくれたりもするのです」

確かに「ルリィちゃん、きいてくれる？」と相談してくる子供がいる。アレクやザック達も自分相手に独り言を言ったりもするけれど、彼らの場合は悩み相談なのか愚痴なのか正直よく分からない。

「……スライムが？　凄《すご》い」

触手を伸ばして挨拶すると、彼女はぱっと顔を綻《ほころ》ばせた。少しだけ顔色の悪かった頬《ほお》に朱が入る。

「可愛《かわい》い。ね、触ってもいい？」

いいよ、とばかりにぷるんと震えると、彼女は恐る恐る伸ばした手を瑠璃《るり》色の身体に触れた。ぷにぷに、ぷよぷよ。何度かつついて感触が気に入ったのか、次第に手付きが大胆になってくる。触りやすいように卓の上によじ登ると、とうとう彼女はルリィの身体に顔を埋めてしまった。

「あぁ……癒されるぅ……」

その様子にイェンスと聖堂騎士は噴き出してしまい、彼女ははっと顔を上げて真っ赤《まっか》になりながらごめんなさい、と言った。

「いいのですよ。落ち着いたのなら何よりです」

言いながらイェンスは椅子《いす》を引き、彼女に向き合うように座った。気を使った聖堂騎士は静かに休憩室を出ていった。

「……さて。私はこの孤児院の院長イェンスと申します。近くで迷っていたと伺ったのですが、誰《だれ》かにご用事でも？」

本題に入ると彼女は居住まいを正した。しかしその片手だけはルリィの身体に触れたままだ。不安なのかもしれない。触手を伸ばして彼女の手をぺたぺたと触ると、少し驚いた表情を作ってから、すぐに小さく笑ってくれた。

「私は……ヒルデといいます」

彼女は言い掛けてほんの少し躊躇った後、名前だけを名乗る。なんとなく最近聞いたことがあるような気がする名前だ。ぷるんと震えると、イェンスも微《かす》かに眉根《まゆね》を寄せた。

「友人に会いに来たんですけど、泊まる予定だった宿を変えたらしくて……それで迷ってしまって」

「宿を？　行き先は聞いたのですか？」

「はい。あの、大聖堂に。予定が変わったとかで当日キャンセルしたみたいなんです。だからここまで来たんですけど、騎士様に追い返されてしまいました。知り合いだから会わせろって入り込もうとする人が多くて困ってるみたいで……本当に知り合いなんですけど信じてもらえなくて。せめて彼女に会わせてもらえれば証明できるんですけど」

イェンスは瞠目《どうもく》した。宿泊先を変えて大聖堂に来たのは歌姫一座だったからだ。

「ヒルデさん……と仰《おっしゃ》いましたね。もしかして、お友達というのはフェリシアさんですか？」

訊けばヒルデは驚いたようだ。

「私達のことご存じだったんですか。ええ、彼女に会いたいみたいなこと言われて、それで。でも騎士様は『皆そうやって知り合いみたいな顔してくるんだよね』って全然取り合ってくれなくて」

――ヒルデ。フェリシアの知り合い。

ほんの少しだけ困惑した表情になったイェンスは、しばらくの沈黙の後に言った。

「ヒルデさん。貴女《あなた》の正式なお名前は、ヒルデガルド・リンディさんでよろしいですか？　王都でご活躍中の歌手の」

「わぁ！　ご存じなんですか！」

ヒルデ――ヒルデガルドはしょんぼりしていた顔をぱっと輝かせた。

「確かに王都で少しは名前は売れています。でもフェリスの方がもっとずっと有名ですもん。わぁ、なんだか嬉《うれ》しいなぁ……こんな遠いところにもご存じの方がいるなんて」

にこにこと無邪気に微笑んでいるヒルデガルドを前に、イェンスは本格的に困ったような顔になった。聖職者らしく目の前の「相談者」を不安にさせないような、ほんの僅かな表情の変化だ。けれどもその纏《まと》う気配は明らかに困惑気味だ。

聞いていた話とは何か違うなぁとルリィは思った。きっとイェンスも同じように感じたのだ。

彼女はフェリシアと対立しているのではなかったか。それどころかトップの座を狙《ねら》って悪質な嫌がらせをしていると聞いた。にもかかわらず、ヒルデガルドは彼女を友人と言い、親しげに愛称で呼んだ。目の前で屈託ない笑みを浮かべている彼女に、陰謀を企《たくら》むような陰湿さは欠片《かけら》もない。

ルリィは思った。多分この人はいい人だ。魔獣としての勘が告げている。同胞を傷付けるような悪い人ではない。しかしイェンスは、今この場で矛盾点を問い質《ただ》すようなことはしなかった。

「実はトラブルが起きましてね。それで面会を厳しく制限しているのですよ」

「……トラブル、ですか？」

ふわふわと小花でも飛び散りそうな気配を纏っていたヒルデガルドの表情が、すっと曇った。

「ええ。旅の途中で楽団の方々が体調を崩しましてね。感染症の疑いがあるので大聖堂の施療院に隔離して治療中なのです。フェリシアさんを含めた女性の方々は幸い皆ご無事ですが、念のためこちらの宿泊施設に滞在して頂いているのですよ」

イェンスの言葉に彼女は目を見開いてゆっくりと腰を浮かせ、みるみるうちに蒼褪《あおざ》めた。しかしそれも束《つか》の間、すとん、と気が抜けたように腰を落とす。

「じゃあ手紙は本当だったんだ……どうしよう、こんなことならもっと早く来れば良かった」

「手紙？　本当だったとはどういうことです？」

まるで感染を予見していたかのような台詞《せりふ》。イェンスは穏やかに問い質した。怯《おび》えさせないよう柔らかな表情を崩さないのは、常日頃から子供と接している彼らしい気遣いだ。

「フェリスが出発したちょうどその日に、あの子から手紙が届いたんです。なんだか狙われてるみたい、音楽会で何かありそうだから怖いって。実際、最近あの子の周りで変なことばかり起きてるから私、居ても立ってもいられなくなって……」

「そのお手紙は今お持ちですか？」

「はい。本当は読んだらすぐに燃やしてって書いてあったんですけど、それどころじゃなくってそのまま持ってきてしまって……ええと、これです。どうぞご覧になって」

小さな旅行鞄《かばん》の中から、何度も読み返したのかすっかり擦れてしまった封筒を取り出す。優美な紋章が刻印された上品な封筒。中の白い便箋《びんせん》には短い文章が記されている。イェンスは「女性の筆跡ですね」と呟きながらその内容に視線を走らせた。読み終わってから、微かな吐息を漏らす。

「ヒルデガルドさん、これは私が預かっても？」

「あ、はい、どうぞ。あの、それで……」

不安げに瞳《ひとみ》を揺らめかせた彼女にイェンスは微笑んだ。

「会わせて差し上げられるかどうかはお約束できませんが、相談してみますよ。今日の宿は？」

「いえ、急に決めて来たものですから、まだ。でも凄く混雑してて、どこも空いてなさそうで……来る途中の宿もあんまり空いてなくて、結局無理を言って夜行馬車に乗せてもらったんです」

「トリスには何度か？」

「いいえ、初めてです。だからこんなに沢山人がいてびっくりしちゃって」

「そうでしたか。生誕祭前後のトリスはとても混雑していますので、今から宿を取るのは難しいでしょう。お部屋を用意させますから、今夜はこちらにお泊まりなさい」

ヒルデガルドは目を瞬《まばた》かせた。

「え、いいんですか？」

「ええ。空いているお部屋は尼僧房か聖堂騎士団の宿舎になると思います。事情が事情なので護衛の騎士を付けますから多少は不便かもしれませんが、それでもよろしければ」

ぱっと顔を綻ばせてお願いしますと頷いたヒルデガルドを伴い、ルリィはイェンスと共に迎賓院に引き返した。関係者以外立ち入り禁止の区画に難なく入ることができてしまい、彼女は拍子抜けしたようだ。「イェンス殿が身元を保証してくださるのでしたら問題ありません」とその立哨の聖堂騎士は言った。彼の信頼が厚いのだということが窺《うかが》い知れる。

「……さっきあんなに苦労したのが嘘《うそ》みたい。イェンス様のお陰です。ありがとうございます」

きょろきょろと辺りを眺めていたヒルデガルドは、イェンスを見上げてにっこりと笑った。

「いえいえ」

雪が降るような冷たい空気の中でも、この場所だけは柔らかな木漏れ日の下にいるかのようにほわほわと温かな気配を感じた。なんだか春みたいな人達だなぁとルリィは思った。

しかし、すっかり安心しきっているヒルデガルドに比べて、イェンスの纏う気配は常よりも硬い。微かに滲む緊張感と警戒心は彼女に対するものか、はたまた別の何かへのものか。

ぺしぺしと彼の足元を叩《たた》くと、ルリィを見下ろしたイェンスはふっと微笑んだ。大丈夫ですよとでも言いたげだ。けれどもそれも束の間、彼の表情が曇る。

施療院の出入口に険しい表情の聖堂騎士が立ち、周辺を巡回する騎士の姿も多く見えた。何かあったのだろうか。その物々しい様子にイェンスは微かに眉《まゆ》を顰《ひそ》めたけれど、何食わぬ顔してその前を通過する。歩哨《ほしょう》の騎士がすれ違いざまにちらりと鋭い視線を向けた。ヒルデガルドはびくりと身を竦《すく》めたが、騎士はすぐに視線を外して自らの仕事に戻っていく。

「……警備が厳しいんですね」

「ええまあ」

不安そうなヒルデガルドの問いに、イェンスは落ち着かせるような穏やかな声で言った。

「生誕祭は著名人や有力者の来賓が多いですからね。この時期は特に警備を強化しているのですよ」

そうなんですねとヒルデガルドは曖昧《あいまい》に相槌《あいづち》を打つ。

「……ホールでも同じです。舞台がある日には警備の人を沢山置いて、臨時で強い冒険者を雇ったりもするんです。ファンの中には過激な人もいて、歌手や役者に強引に近付こうとしたり楽屋に忍び込もうとする人もいますから」

聖堂騎士に、まさにその過激なファンの一人だと誤解されてしまった彼女は苦笑いした。

「フェリスなんか、おうちの人が心配して専属のボディガードを付けようって話もあったみたいなんです。でもやっぱりあの子くらいの人気者になると募集しても変な人も来ちゃうみたいで、どの人が信頼できるのか判断しかねるって……冒険者ギルドにも依頼してみたけど、ランクが高くてちゃんとした人だと、荷が重いってかえって逆にお断りされちゃうらしいですし」

「……なるほど、それは……人気商売も大変なのですね」

同情を滲ませてしみじみと呟いたイェンスは話題を変えた。

「ところで、お仕事は大丈夫なのですか？　急に思い立って出てきたということですが」

「はい。年末まで少し予定が空いていますから。さすがに仕事があったら来ませんよ」

ヒルデガルドは眉尻《まゆじり》を下げて小さく笑う。

「でも、ランナルさん――あ、私のマネージャーさんです――には書き置きしてきただけだから、今頃大騒ぎしてるかも。歌のレッスンをさぼっちゃったから」

悪戯《いたずら》っぽく笑ってぺろりと舌を出してみせた彼女には、イェンスも苦笑するしかないようだ。

「帰ったらよく謝るのですよ。誠心誠意謝ればきっと相手も分かってくれるでしょう。それだけお友達が心配だったのですね」

「はい。デビューした頃からのお友達でしたから。でも」

笑顔が一転して寂しげなものになる。

「お互いに人気が出始めた頃から忙しくてあんまりお話できなくなっちゃって。それに……」

何か言い掛けてから彼女はふと口を噤《つぐ》んだ。言うべきか否かを迷っているようだった。

「どうしました？　何か気掛かりなことでも？」

「……うーん……ちょっと悪口みたいになっちゃうかなって……」

言いながらもイェンスにそっと促されて、躊躇いがちに口を開く。

「私、カリーナさんってちょっと怖くて……って、あ、カリーナさんはご存じですか？　一緒に来てると思うんですけど」

「ええ、お会いしましたよ。フェリシアさんのマネージャーさんですね」

「はい、そうです。なんていうか、センミンイシキ？　っていうんですか？　歴史のある男爵家のお嬢様みたいで、そういうのが強いんです。私みたいな下町育ちがフェリスに近付くのを良く思っていないみたいで。最近はなんだかんだ言って門前払いされてすっかり縁が遠くなっちゃって」

言葉を続けるヒルデガルドは、両の手の指をもじもじと絡めては開きを繰り返している。この場にいない誰かを悪し様に言っていることに、居心地の悪さを覚えているらしい。眉尻を下げて見下ろしているイェンスに気付いて、彼女は少し困ったような顔になった。

「私も一応男爵家のお嬢様ってことにはなってるんですけど、母さんはお屋敷の下働きで私は随分大きくなるまで下町で暮らしてたの。だからいまいちお嬢様にはなりきれなくって。フェリスも孤児だったのを、今のお養父様《とうさま》に気に入られて養女になったらしいんです。やっぱりお嬢様生活に慣れるまでは大変だったって。だからなんとなく境遇が似てるねって、それで仲良くなったんです。でもやっとトップスターになれてこれからどんどん売り出していくときに私みたいなゲセン？　なのが近付いたら、せっかく作り上げたイメージが悪くなるって」

「……それはカリーナさんに言われたのですか？」

「実際はもうちょっと遠回しな言い方でしたけど……私は下町育ちなのを隠してないけど、あの子はお嬢様路線で行きたいみたいで、私と一緒にいてもし素が出たら困るからって。元は旅芸人だなんて知れたら……って、あっ」

そこまで言い掛けて、彼女はぱっと両手で口を塞《ふさ》いだ。言うべきではないことまで口にしてしまったことに気付いたのだろう。血の気が引いて、焦ったようにイェンスを見上げた。

「……こういうところが育ちが悪いんだって、よく家でも叱《しか》られるんです」

イェンスの手が躊躇いがちに伸び、ヒルデガルドの肩の辺りで止められた。そのまま静かに背の方に下ろされ、子供をあやすようにぽんぽんと軽く叩く。

「今聞いたことは私の胸にしまっておきますから安心なさい。誰しも隠しておきたいことはあるものです。自分で理解しているのなら、少しずつでもいいから直すように心掛けるのですよ」

「……はい」

ルリィは触手を伸ばしてぺたぺたと彼女の手を撫《な》でる。二人とも優しいなぁと、彼女はしょんぼりしていた顔を幾分無理をして微笑ませた。

「——それで、せめて文通できれば良かったんだけど、手紙も決まりでマネージャーが中身をチェックしてから渡すことになってるからそれも難しくって。だから、久しぶりにフェリスから手紙が来て凄く嬉しかったんです。本当に困ったときにはちゃんと頼ってくれたんだって。だからどうしても力になりたいの。私ができることは少ないけど、そばにいれば少しは違うんじゃないかなって」

「そうでしたか……」

それからしばらくは会話もなく無言で歩いた。少しでも元気を出してもらおうと、ぽよんぽよんと弾んでみせるとヒルデガルドはくすくすと笑ってくれた。

やがて着いた迎賓院。玄関脇《わき》に設けられている聖堂騎士の詰め所に彼女を預けると、見知らぬ人々の中に取り残されることを不安に思ってか、ヒルデガルドは途端に不安げな表情になった。

――自分が付いていてあげよう。迷子や困ってる人を助けるのは冒険者の義務だし。

少し考えてから、ルリィは触手を伸ばして彼女を指し示してみせる。驚いたようだったが、イェンスは察してくれた。では彼女をお願いしますね、そう言い置いて彼は詰め所を出ていった。

2

打ち合わせを概ね終わらせ、運び込まれた昼食を幾分警戒しながらも歌姫一座と共に楽しんでいたシオリは、扉を叩く音に顔を上げた。コニーが席を立ち、訪問者に応対する。ぼそぼそと話し込む声が半開きの扉越しに聞こえ、しばらくしてから顔を出した彼は「お二方、ちょっと」と呼んだ。

フェリシアに断りを入れて立ち上がったシオリ達の代わりに、聖堂騎士が中に入ってくれた。席を外している間の護《まも》りを引き受けてくれるようだ。

部屋の外では困惑した様子のコニーとイェンスが待ち構えていた。促されて隣の空き部屋に入る。

「どうしたんですか？　何かまたトラブルが？」

「ええ。いよいよ本格的に我々の手に余る事態になってきたかもしれません。上の判断を急いでもらいますと。お二人にも一応ご意見を伺いたいと」

眉間《みけん》を揉《も》みながら言うコニーの言葉を継いで、イェンスが言った。

「ヒルデガルドさんと仰る方がフェリシアさんを訪ねてきたのですよ」

「ヒルデガルド……？」

つい最近聞いた覚えのある名前だ。シオリはアレクと顔を見合わせた。

「王都の歌手ですか？　例のライバルとかいう……」

「ええ。しかし聞いた話とは随分と様子が違いましてね。フェリシアさんから危険を知らせる手紙が届いたと言って追い掛けてきたそうです。今は一階の詰め所でルリィ君と一緒に待っていてもらっていますが……恐ろしいことです」

「ええ。あれが毒と分かった以上、この手紙は決して無視できません」

些《いささ》か顔色を悪くしたコニーの言葉に、シオリはぎょっと目を見開いた。

「毒⁉　本当に毒だったんですか？」

「ああ。お前が打ち合わせ中に連絡があってな。解毒魔法で全員綺麗さっぱり完治したそうだ」

ぞっと身を竦ませたシオリの肩をアレクが抱き寄せた。そのまま鋭い視線を二人の司祭に向けた。

「さっき手紙と言ったが……無視できないとはどういうことだ？」

これですと言ってイェンスが懐から問題の手紙を取り出した。皺《しわ》が寄っていたが、紋章が刻印された封筒も中の便箋も真っ白で地のきめが細かく、上質なものだと分かる。

「見ても構わないか？」

頷いたイェンスから手紙を受け取り、アレクは封筒の裏表を確かめてから中を検《あらた》め始めた。封筒と便箋を見比べ、文章に視線を走らせる。若い女の手によるものらしい可愛らしい筆跡の手紙だ。

少しだけ爪先《つまさき》立つと、彼は手紙を背の低いシオリにも見えるよう目線に合わせてくれた。


『――親愛なるヒルデへ。

お久しぶり。あまりお話しすることもなくなってしまったけれど、お元気かしら。

私の方は最近おかしなことばかり起きてとても不安よ。今度の音楽会でも何か起きそうな気がして怖いの。あんまり不安過ぎて昨日は夢を見てしまったわ。皆が次々と急病で倒れて、私一人で舞台に立って、歌えなくてお客さんに笑われる夢よ。私、怖い。一番のお友達の貴女が一緒にいてくれたらどんなに心強いか……。貴女、確かしばらくはお仕事がなかったのではなくて？　お願いよ、私と一緒にトリスに――いいえ、これではヒルデを巻き込んでしまうわね。それにこんな弱気では歌姫を名乗れないわ。私、頑張る。だから貴女も応援してちょうだいね。貴女の親友フェリスより。

追伸、こんなお手紙を誰かに見られて貴女にまで何かあっても大変だから、念のため読んだらすぐ燃やしてください――』


「――一見すると普通の手紙だな。予知めいた意味深長な内容以外は」

「うん、そうだね。読んだらすぐ燃やしてってっていうのも何か引っ掛かるけど」

「ああ。やけに思わせぶりな内容だが、これを持ってきたのは本当にヒルデガルド本人なのか？　この手紙の字がフェリシア殿のものなのかどうかも気になるところだ」

アレクの問いにイェンスは虚を突かれたような顔をした。

「それは……私には判断いたしかねます。ただ最初は身元は明かさずヒルデとだけ名乗りましてね。王都の歌手のヒルデガルドさんかとお訊《たず》ねしたら、そうだと。お話を伺った限りではそれほど不審に思いませんでしたよ。手紙の送り主はフェリシアさんだと信じているようでしたし」

「フェリシアさんなら当然お分かりになるでしょうが――今会わせるのは得策ではありませんね。もう少し落ち着いてから……というよりは会が無事終了してからにしたいのが本音です。それに……」

彼の言わんとすることを察して頷く。

「そうですね。双方の言うことに食い違いがありますし」

「手紙にある通り、実際事件が起きてしまった訳だしな。今会わせても混乱を招くだけだろう」

「でしょうね」

二人の司祭は同意した。

「どうしましょう。とりあえずお会いしてみますか？」

「ああ、頼めるか。俺《おれ》に何か分かるといいが」

イェンスがそっと部屋から出ていき、アレクは再び手紙に視線を戻した。紫紺の瞳を鋭く細めてしばらく考え込んでいた彼は、今度は便箋を裏返して何かを確かめている。

「……何か分かる？」

その場に残ったコニーと二人で興味深く彼がすることを眺めていると、やがてアレクはふっと短く息を吐いた。

「……この手紙。恐らく偽造だ」

「え!?」

「どういうことです？　誰の筆跡かも分からないのに偽造と分かるものですか？」

「ああ。歌姫の筆跡は勿論俺も知らんが、誰が見ても彼女からの手紙だと認めるように偽造されたものではないかと思う。よく見てみろ。不自然なところがいくつもある」

アレクは卓の上に封筒と便箋を並べて指し示した。

「まず一つ目。封筒と便箋が合っていない。封筒は高級品でアムレアン家の紋章と飾り罫がカラー印刷されている。歌姫の家は相当な富豪なんだろう、随分と金を掛けた特注品だ。それに比べて便箋の方は、品質は良いが大量生産品だ。レターヘッドの印字もない。封筒にこれだけ金を掛ける家の便箋が、無地の大量生産品というのは妙だとは思わないか」

「便箋を切らした……とか？」

「上流階級では社交にとても気を使うんだ。よほどの貧乏か粗忽者《そこつもの》ならともかく、こういった特注のレターセットを使うような家が、切れるまで補充せずにいたとは少々考えにくい」

「ああ、なるほど……」

日本の庶民であるシオリにその辺りの事情はよく分からないが、彼が言わんとすることは理解できた。確かに封筒は手触りの良い象牙色《ぞうげいろ》で、優美な紋章の下には飾り文字でアムレアンと印刷されている。紋章や植物を模した繊細な飾り罫には着色までされている凝りようだ。対して便箋は真っ白で飾り気がなく、薄っすらと罫線が印刷されているのみだ。繊細で優美な封筒とはまるでそぐわない。

「次にこの文面。文体こそ流暢《りゅうちょう》だが文字は全体的にぎこちない。特に大振りに書く癖があるこれとこの文字が顕著だな。カーブとはね、はらいが歪《いびつ》だ。流れるように書いたとは言い難い」

「うーん……そう言われてみればそうかも。直線はそうでもないけど、曲線とかはねはらいの部分は線がなんだか歪《ゆが》んでる？」

　どの文字も力んで書いたかのような歪さがある。

「あ……これ、あれだ。書き取りの練習したときの字みたい」

　ふと気付いたシオリは声を上げた。筆運びに緩急がなく、丁寧でありながら躍動感のない、覚束《おぼつか》なさを感じさせる文字。それは四年前、必死に練習していた頃の自分の字を連想させた。

「さらにだ。筆記体の文字の繋《つな》がりが不自然な単語がいくつかある。巧妙に繋げているが、よく見ると繋げ文字を何故《なぜ》か一文字一文字切って書いてるんだ。急病、倒れる、念のため、の三語だな」

「ほんとだ。文字の繋ぎ目が重なって濃くなってるところがある。でも、どうして？」

「トレース用の書類からその三つだけ単語が拾えなかった。だから一文字ずつ拾って繋げたんだ」

「トレース……拾って繋げるって、それじゃ、まさか」

　そこかしこに違和感のある手紙。継ぎ接《は》ぎのある単語。これらの意味するところは即ち。

「ああそうだ。つまりこの手紙は、何者かがフェリシア殿の文字を上からなぞって書いたんだ。その証拠に、見ろ」

　アレクは手紙を裏返し、指先で指し示した。

「あっ……！」

「なるほど、これは……！」

　そのつもりで見なければ分からないほどのその痕跡《こんせき》。便箋の裏面をよく見れば、青い粉が薄っすらと文字の形にこびり付いている。

「トレースに使った書類のインクだろう。安いインクは乾いても簡単に擦《す》れる。安宿か……いや、この場合はホールのものかもしれんな。豪奢《ごうしゃ》なホールやホテルでも、従業員用の備品には経費をけちって安物を使うところも意外と多いんだ」

「するとつまり、フェリシアさんがホールの楽屋あたりで書いた書類を使って偽造した、と？」

「ああ。便箋だけが大量生産品だったのは、アムレアン家の便箋では透かしてなぞり書きするには向かなかったからじゃないかと思う。多分紙の材質か何かの関係で透けなかったんじゃないか」

「わぁ……凄い。アレク、まるで探偵みたいだよ」

シオリは感嘆の声を上げた。心からの称賛に彼はうっと声を詰まらせ、次いでほんの僅かばかり頬を赤らめた。照れ臭そうに指先で頬を掻《か》く。

「……まぁ、その、なんだ。大したことじゃない。実家で家業の手伝いをしていたときに覚えさせられたんだ。偽造書類の見抜き方をな」

「えっ……仕事でそんなことも覚えるの？」

絶句したシオリにアレクは苦笑いした。

「不正防止に必要な技能だったんだ。筆跡を真似《まね》て不正をでっちあげる例もあるしな」

――たとえばこの手紙のようにだ。

「しかしまあ、この手紙は正直分かりやすい。多分こういうことはやり慣れていない素人《しろうと》だろう」

「でも、アレクがいなかったら気付かなかったかもしれないよ。騎士隊なら調べるだろうけど……」

「……それも、この文面の指示通りに燃やしてしまっていたら、騎士隊はおろか誰にも分からなくなる訳ですね。ヒルデガルドさんが誰かに呼ばれて来たという証明ができなくなる」

極めて不自然な状況で次々と楽団員が「感染症」に倒れ、伴奏を失い音楽会への参加が難しい状況に置かれてしまった歌姫。そこにライバル歌手が単身乗り込んできたとなればどうなるか。このライバル歌手が歌姫を陥れるために策を弄《ろう》したのではないかと勘繰る者は必ず出るはずだ。

コニーの陰鬱《いんうつ》な声で落とされた言葉を最後に、沈黙が下りた。しばしの間の後、あああ、と呻《うめ》きながらコニーは頭を掻き毟《むし》った。

「なんでこういうことになるかなぁ。僕達はただ皆さんに楽しんで頂ければそれで良かったんです。こうして年末を皆で楽しく過ごしているところを神々にお見せしたかったんですよ。なのになんでこんな水差すようなことするかなぁ……なんでこんな罪もない人達を苦しませるようなことするかなぁ……毒まで使うとかマジないわ。ないない」

とうとう最後の方は聖職者らしからぬ今どきの若者らしい言葉遣いになってしまっていたが、当の本人は気付いていない。それだけ悔しかったのだということが窺い知れた。

「よし！　決めました。僕はやりますよ」

勢いよく顔を上げたコニーは、ずり下がった眼鏡《めがね》を押し上げるときりりとした表情を作った。

「音楽会はなんとしても成功させます。参加者の皆さんには気持ち良く演奏して頂いて、お客さん達には目一杯楽しんで頂きます。そして誰一人傷付けさせはしません。神聖な日に悪事を企むような不届き者の思うようにはさせません！」

顔を上気させて宣言した彼の、その双眸《そうぼう》に宿るのは強い決意の色だ。

「しかしそのためにはお二人の助力が必要です。歌姫の舞台を成功させるためにはシオリさんの演出は必要不可欠。それにアレクさんはこういったことには慣れておられるようだ。ご協力のほど、よろしくお願いいたします！」

癒しの聖女を奉る教団の信徒らしく、春の日差しのように穏やかな青年だと思っていた。しかしその身の内には夏の太陽のような熱い心を秘めていたのだ。見事な直角に腰を折って頭を下げたコニーに、微笑んだ二人は力強く頷いた。

「こちらからも是非。協力させてください」

「よろしく頼む」

熱い握手を交わし合う三人に、ヒルデガルドを伴って戻ったイェンスが何事かと目を丸くする。ヒルデガルドは首を傾《かし》げてきょとんとし、足元のルリィがぷるるんと震えた。

3

イェンスに勧められるままにヒルデガルドが椅子に座り、向かい合ってシオリとアレク、そしてコニーも腰を下ろした。最初アレクは立っているつもりだったらしいけれど、長身で目付きが鋭い彼が見下ろすようにして立つと威圧感があるからと、多少強引に座らせた。イェンスはまるで彼女の保護者のようにヒルデガルドの隣に座り、ルリィはシオリと彼女の間に陣取った。

不安げだったヒルデガルドは、ルリィにぺたぺたと足元を叩かれてふっと笑い、ほんの少しだけ肩の力を抜いた。別行動していた間に随分と仲良くなったようだ。

（……迷子とか心細そうにしてる子とか、そういう子の扱いが上手なんだよね）

元々人懐こく、陽気で優しい気質のスライムだったが、街でしばらく暮らしているうちにどこで覚えてきたものか、まるで人間のような気配りを見せることが多くなった。優しく親切な者が周りに多いからかもしれない、そう思いながらシオリはくすりと笑った。

皆が腰を下ろして落ち着いたところで、コニーが眼鏡を押し上げながら切り出した。

「さて、ではあまり時間もありませんので手短に参りましょう。僕は典礼部所属のコニー・エンヴァリと申します。生誕祭の催事責任者を務めております」

「冒険者ギルドトリス支部所属、シオリ・イズミです。音楽会のお手伝いをさせて頂いています。そちらのスライムは私の使い魔のルリィです」

「同じく、アレク・ディアだ。参加者の護衛を引き受けている」

「……私はヒルデガルド・リンディです。王都のエルヴェスタム・ホールの歌手です。あの……」

いまいち置かれている状況が分からないらしいヒルデガルドは、不安げに皆の顔を見回す。

「このようなことをお訊ねするのは心苦しいのですが……貴女がフェリシアさんのお知り合いで、歌手のヒルデガルドさんである証拠は？　何か証明するものはお持ちですか？」

「えっ……」

コニーの問いに言葉を詰まらせてしまった彼女はしばらく考えてから、いいえ、と呟いた。

「フェリシアさんに会いに来たということですが、身元の分からない方を彼女に会わせる訳には参りません。知り合いだと偽って彼女に近付こうとする方も少なくないものですから」

「それはさっきも言われました。それに私も同じような経験がありますから分かります」

ファンだから、昔の知り合いだからと何かしらの理由を付けて、贔屓《ひいき》の歌手や役者に会おうとする輩《やから》がいるのだと彼女は言った。

「ホールに問い合わせてもらうのが一番いいんですけど、時間が掛かりますしね。あとは名刺か……

先月発売したシェルヴェン出版の歌手年鑑に絵姿付きで載せてもらいましたから、もしこっちでも売られてたらそれを見てもらうくらいしか……あ、それとも何か歌いましょうか？」

イェンスとコニーが意見を求めるようにこちらに視線を流す。じっと彼女を見据えていたアレクは受け取ったホールの紋章入りの名刺をちらりと見てから、いや、と首を振った。

「とりあえずは信じていいと思う。これでそつなく身元の証明になるようなものを用意してきていたら、かえってそっちの方が怪しいところだったが」

あまりに用意周到ではむしろ不自然だと彼は言った。

「ただ、じゃあフェリシア殿に会わせてやれるかというと、それはまた別問題なんだが」

「え……っと、どういうことですか？」

「実は今少し差し迫った状況になっておりましてね。結論から申し上げますとヒルデガルドさん、貴女は今かなり難しい立場に置かれています。ある事件の容疑者、という意味です」

場の責任者であるコニーが説明を引き受け、彼の言葉にヒルデガルドは身を硬くした。

「エルヴェスタム交響楽団のメンバーほとんどが感染症の疑いで現在治療中です。ここまでは貴女もお聞きになっておられるのですよね？」

「……はい」

「この感染症ですが、感染経路やその後の状況に疑わしい点がありまして——調べた結果、毒物による中毒症であることが判明しました。市の防疫課の検査結果からもそれは確かです」

「ど……毒!?」

飛び上がったヒルデガルドをイェンスが宥《なだ》め、彼女は蒼褪めたままゆっくりと腰を下ろした。

「皆さんは……大丈夫、なんですか」

瞳を恐怖に見開き唇の端を戦慄《わなな》かせて訊くその様子を見て、シオリは眉尻を下げた。

とても演技であるようには見えない。もしこれが演技だというならよほどの女優だ。けれどもそれを否定できるほど彼女に関する情報を持たない以上、この件に何のかかわりもないと断言できないのも事実だ。あるのは「トップスターの座を巡ってフェリシアと対立し、悪質な嫌がらせを繰り返している」というカリーナの言葉のみ。

（――カリーナさん、かぁ……）

気のせいかもしれないが、時折彼女に観察されているような気がするのだ。信頼に足る人物かを見定めているだけなのかもしれない。しかし、冒険者としての勘――というよりは、かつて重大事件の被害者となったその経験が、何かが違うと告げていた。

「――魔法で完全に解毒しましたよ。皆さんかなり動揺しておられましたが、少なくとも身体の方は後遺症もなく疲労以外に特に目立った問題はないようです」

「そう……ですか。良かった、楽団にはお友達もいるんです。でも、毒なんて、どうして……」

知人の無事を聞いてほっと胸を撫でおろし、そして再び表情を曇らせたヒルデガルドにコニーは痛ましげな視線を向けた。ほんの僅かに躊躇い、それから言いにくそうに口を開く。

「それはまだ分かりません。が……今回のこの騒ぎを、フェリシアさん達は貴女の仕業ではないかと疑っているのですよ。貴女が彼女を妬《ねた》んでやったことなのではないかと」

ヒルデガルドは目を見開いて何か言い掛け、そのまま言葉が出ずにゆっくりと口元を押さえる。

「――これまでにあった嫌がらせも貴女によるものだと、そう伺いました」

重苦しい沈黙が下りた。そのまま俯《うつむ》いてしまった彼女を二人の聖職者が気遣わしげに見やる。ちらりと見た隣のアレクは顎先《あごさき》に手を当てたまま眉間に皺を寄せ、じっと彼女を観察していた。

「……確かに、どんどん人気が出ていくフェリスに嫉妬《しっと》していたときもありました。少し嫌味っぽいことを言ってしまったこともあります。私があの子に嫌がらせしてるって噂《うわさ》が立ったこともあったけど、それでむしろ逆に迷惑だって思ったくらいなの。でも、あるとき歌に対する覚悟が私とは全然違うんだって気付いて――そういう嫌な気持ちは全部吹き飛んじゃいました」

ヒルデガルドの手を、しゅるりと伸びた瑠璃色の触手が優しく撫でる。泣きそうな顔で見下ろした彼女は、しばらくじっとルリィを眺めてから少し無理をして口元を笑みの形に引き上げた。

「私みたいにのんびり屋で今が良ければいいやーって、そういうのとは全然違うの。ずっと先のことまでちゃんと考えてて……だから、あそこまで頑張るのは無理でも、あの子の背中を追い掛けるくらいならできるかなって。そうして頑張ったら、あの子の次くらいにはなれたんです。今では感謝してるの。だから嫌がらせなんて……まさか毒まで使うなんてそんなこと。でも、そっかぁ……」

じわ、と滲んだ涙がぽろりと落ちる。

「やっぱりフェリスには疑われてたんだ……」

嗚咽《おえつ》し始めたヒルデガルドの背を、子供をあやすようにイェンスがそっと撫でた。

静かに立ち上がったシオリは、ヒルデガルドのそばに寄ってハンカチを差し出した。彼女は俯いたまま、ありがと、と小さく言い、受け取ったハンカチで目元を拭《ぬぐ》った。しゅるりと膝《ひざ》の上に上ったルリィを、そのままぎゅっと抱き締めて顔を埋める。

彼女の言うことを全て信じた訳ではない。良い人だと思っていた人達に裏切られて恐ろしい思いを

したからこそ、初対面の人間にあまり信用も期待も寄せないようになってしまったけれど、でも。

(――信じたいって、思うなぁ……)

ヒルデガルドがフェリシアに寄せる、その想《おも》いを。この流す涙を。

「……アレク」

「……ああ」

ずっと考え込んだままのアレクに声を掛ける。彼は頷き、背凭《せもた》れに預けていた身体を起こした。

「ヒルデガルド殿」

「……は、い」

しゃくり上げながらも顔を上げた彼女に、アレクは言った。

「貴女が言ったことを全て信じた訳ではない。が、だからと言ってフェリシア殿を全面的に信じている訳でもない。双方の言い分に食い違いがあり、現状王都での出来事について検証することができない以上、こちらとしては慎重に対応せざるを得ない――というのは分かってもらえるか」

「……はい。私は、フェリスには会わせてもらえないということですよね」

「ああ、そうだ。だが、このまま帰す訳にもいかないんだ」

アレクの言葉にヒルデガルドは涙に濡《ぬ》れたままの目を見開いた。

「えっ……あ、そうなんですか?」

「全面的に信用するだけの確証が得られない以上、ヒルデガルド殿を容疑者から外すことはできないからな。それどころかむしろ、逆に巻き込まれた被害者である可能性もあるんだ。このまま一人帰すのは危険かもしれない」

ぎょっとして身を強張《こわば》らせ、力が入ってしまった彼女の腕の中でルリィがぴこぴこと苦しげに身動《みじろ》ぎした。それに気付いて慌てたヒルデガルドが腕を緩めると、ずるりと這《は》い出たルリィは気にするなとでも言うようにぷるんと震える。

それを横目に見ながら、アレクは預かっていた手紙を取り出して卓の上に広げる。

「これを見せてもらったが……これは本当にフェリシア殿からの手紙か？」

「えっ？　でもこれ、フェリスの字ですよ？　封筒も彼女の家のものですし」

「間違いないのか？」

その問いにヒルデガルドは少し考え、旅行鞄の内ポケットから花模様の表紙の手帳を取り出した。目当ての頁《ページ》を探して見やすいように広げると、こちらに示してみせる。

「……これ、フェリスに書いてもらったんです。あの子の家の住所」

失礼と呟いてそれを受け取ったアレクは、鋭い視線で問題のその頁を眺めている。彼の手元を覗《のぞ》き込むと、同じようにしてコニーも身を乗り出した。

手紙と手帳、一目見てそれは同じ人物の筆跡だと分かる。アレクが指摘した不自然な点に気付かなければ、同一人物が書いたものだと言い切れるものだ。

「……青いインクだね」

「ですね。あ、触ったら少し擦れますよ。指に付いた」

「だな。ヒルデガルド殿、これはどこで書いたものだ？」

「ホールです。仲良くなったばかりの頃に、あの子の楽屋で書いてもらいました」

コニーが意味深長な視線を向けた。ホールの青いインク。手紙の裏にこびり付いていた、青いインクの粉。

おや、と首を傾げたイェンスが疑問を口にした。

「しかし住所交換したのなら、家に直接手紙を送れば良かったのでは？　それならマネージャーさんの手は通らないでしょう？」

聞けば彼女とヒルデガルドの仲を良く思わないカリーナは、二人の接触を制限しているという。手紙のやり取りもマネージャー権限で先に開封され、処分されてしまっていたようだ。

イェンスの問いにヒルデガルドは苦笑いした。

「カリーナさん、彼女の家に住み込みなんですよ。元は孤児で上流階級の付き合いには疎いだろうからって、あの子の交友関係の管理も任されてるんだそうです。だから直接お屋敷に手紙を出しても、多分フェリスの手元には届かないんじゃないかなぁ」

「なるほど。じゃあこの手紙はどこからどうやって届いたんだ？」

「朝早く、私の家に。郵便配達の人がフェリスに頼まれたって持ってきたんです。急ぎだから局を通したら間に合わないって直接頼まれたらしくて……」

「……小遣い稼ぎか。そっちも調べさせた方がいいな。手紙を託した人間が何者だったのか」

小遣い稼ぎ。局の規定で私的に郵便物を預かってはいけないことになっているらしいが、金欲しさに客から直接仕事を請け負ってしまう配達人がいるという。怪しげな手紙はこの少々行儀が悪い配達人を使って届けられたようだ。

手帳に書かれたフェリシアの文字を指先で触れながら、ヒルデガルドは問わず語りに話し始めた。

「カリーナさんってフェリスのお養父様の親戚《しんせき》らしくて、元々はあの子の家庭教師を兼ねたお話相手だったんだそうです。歳《とし》が近くて話も合うだろうからって引き合わされて、そこであの人の趣味だった声楽を少し教えられて、才能があるから習ってみたらって勧められたとかで。フェリスの才能を見出したのは彼女なんだそうです。大事なお友達で、恩師でもあるんだって。あの子、事あるごとに言っていました。あの人がいなかったら今の自分はないんだって……って、あ」

はっと口を押さえた彼女は、何故かちらりとイェンスを見た。彼は苦笑いしている。

「……話を本題に戻すぞ」

「あ、はい。すみません」

若干呆《あき》れ気味なアレクに、ヒルデガルドは首を竦めた。

「ええと……私も被害者かもしれないって話ですよね」

「ああ。この手紙は偽造の可能性が高い。そう判断した理由については省かせてもらうが、そもそも悪質な嫌がらせを繰り返していると疑っている相手に、助けを乞《こ》う手紙を送るのはおかしい」

フェリシアが出発した当日に「ライバル」に届くように送り、しかもそれを読んだ後は焼き捨てるように指示している――。

「歌姫に同行した楽団員がタイミング良く病に倒れ、窮地に立たされた彼女の前にここにいないはずのライバルが現れれば……そのライバルが歌姫を蹴落《けお》とそうと仕組んだように見えるだろうな」

手紙を焼き捨ててしまえば呼び出されたという証拠も残らない。それどころか、万一手紙を焼き捨てなかったとしても、これから起きる事件を予見する内容がフェリシアの字で書かれていたら――。

「――彼女が自作自演で目障りな二番手を潰《つぶ》そうとしているようにも見える……」

次々と明かされる内情。自らが置かれた状況を理解したヒルデガルドは震え上がった。

「……そんな。え、でも、それじゃあ一体誰が何のために」

「残念ながら分かりません。判断材料が少な過ぎて。ただ、一つだけ言えることは――」

「――嫌な話ですが、フェリシアさんとヒルデガルドさん、そのどちらも潰したいと思っている第三者がいるかもしれない……ということですね」

コニーが話を統括した。

「そういう訳だから、もしこの仮説が正しかった場合、貴女の身にも危険が及ぶ可能性がある。相手が何者か分からない以上、ここに留《とど》まってもらった方がいい。少なくとも騎士隊に引き渡すまでの身の安全は保証できる」

「僕はこれからすぐ上に相談してきます。騎士隊に通報はしましたが、僕としては音楽会はなんとしても成功させるつもりですから、引き渡しの時期は交渉しなければなりません。ああ、ヒルデガルドさんには聖堂騎士を護衛に付けましょう。最低でも二人態勢で警護できるよう手配します」

ヒルデガルドは神妙な顔で頷いた。

「ヒルデガルド殿。俺達としてはなるべく判断材料は多く欲しい。恨みを持つ人間や、二人が消えることによって得をする人物に心当たりはあるか？　なんでもいいから気になることがあれば全て教えて欲しいんだ。判断はこちらでする」

「う、うーん……人気商売だからどこでどう恨まれているか分からないし、私達がいなくなったら得をする人って正直沢山いると思うんですよね。これでも一応ツートップだし」

ヒルデガルドは視線を彷徨《さまよ》わせながらも必死に考えているようだった。

「……でも、待ってくださいね。恨んでるかどうかは分からないけど、フェリスに言い寄って振られた人なら何人か知ってます。楽団員さんの中にもいました。えーと……チェロのコンラードさんにフルートのヘルゲさん。ファンの方になるとちょっとお名前までは分かりません。私の方は、ビオラのマウリッツさんとホルンのポントゥスさんに一時期アプローチ掛けられてましたけど……でもポントゥスさんは最近結婚したからどうかなぁ。得をする人は……すみません、ちょっと分からないです。心当たりが多過ぎて。あんまり仲が良くない同僚は皆怪しく見えちゃう」

つらつらと挙げられたいくつかの名をアレクは手帳に記していく。コニーがぼそりと耳打ちした。

「――例の泥酔者を介抱して感染したという方のお名前が、確かヘルゲさんでした」

視線を手元に落としたままの彼は、ペンを走らせながら小さく頷いた。記した名前の脇に、今得た情報をメモ書きする。

それを確かめてから、コニーは席を立った。

「では僕はこれから上に掛け合ってきます。フェリシアさん達に事件をお知らせするのはこちらの方針が決まり次第ということで」

「ええ、分かりました」

「それなら、俺達は一旦彼女達のところへ戻ろう」

当面の方針は定まった。フェリシアは予定通り音楽会に参加する。自分達はその彼女の演出と護衛を担当し、ヒルデガルドは護衛と監視を兼ねて聖堂騎士団に身柄を預けられることになった。

「私はさすがにもう子供達のところに戻らなければ」

イェンスもまた席を立つと、コニーに促されて立ち上がったヒルデガルドはひどく不安そうな顔で彼を見上げた。少しでも心を許した相手と離れることが不安なのかもしれない。

(――私もそうだったなぁ……)

四年前の自分を思い出したシオリは苦笑いした。環境に慣れるまでの最初の数ヶ月は、親切に面倒を見てくれたザックやナディアがほんの少し席を外しただけでひどく心細く思ったものだった。

ふと足元を見る。ルリィがぷるんと震えた。

「……ね、ルリィ。もし良かったら、ヒルデガルドさんに付いていてあげてくれる？」

シオリの言葉にルリィは「いいよ！」と言うように、もう一度ぷるんと震えた。

「そっか。ありがと」

ルリィは頷くように震えてから、触手を伸ばしてアレクをつついた。それからシオリを指し示してぷるるんと震える。目を丸くしたアレクは、ルリィの意図を察して頷いた。

「ああ。シオリは任せておけ。お前も彼女を頼んだぞ」

しゅるりと伸びた触手がアレクの手元に触れた。拳《こぶし》をつき出した彼と、触手を突き合わせる。

それはまるで男同士の誓いの儀式のようで、シオリは小さく微笑んだ。それに応えるようにしてぷるんと震えてから、ルリィはヒルデガルドの足元に陣取った。

「えっ、いいの？」

ルリィにも心を許していたらしい彼女は、蒼褪めた顔をぱっと綻ばせた。伸ばされた触手をぎゅっと握る。まるで大人《おとな》の手に縋《すが》り付く迷子のようだとシオリは思った。

「……あの。ありがとうございます、シオリさん」

「いいえ。じゃあルリィ、よろしくね」

コニーに参りましょうと促され、ヒルデガルドは護衛のルリィを伴って部屋を出ていく。イェンスも微笑みながら頭を下げると、彼らの後ろを追うようにして立ち去った。

――室内に下りた静寂。

「……どう思う？」

落とされた問いに、シオリは正直に答えた。

「……嘘は言ってないんじゃないかなぁって思う。色んな意味で凄く素直な人のような気がするよ。ルリィも懐いてたし。フェリシアさんはちょっと分からない。悪い人ではなさそうだけど」

アレクは頷いた。

「同感だ。ヒルデガルド殿は良くも悪くも嘘が吐《つ》けない人間のようだ。彼女にこれだけの陰謀を考えて遂行できるようにはとても思えない。何か企んでいるなら自由でいたいだろうが、事実上拘束状態になっても特に嫌がる様子もなかった。あれが演技だとしたら相当なものだ。逆にフェリシア殿には些か油断ならないものを感じるな」

貴族家の出身らしいアレク。貴族同士の化かし合いや腹芸は日常茶飯事だっただろう彼がそう判断したのなら、その通りなのだろうと思ったけれど、「もっとも、どちらも遥《はる》かに上手で俺なんぞはいいように手のひらで転がされているだけかもしれんがな」とアレクは苦笑気味だ。

「お前は内部に下手人がいると思うか？」

「内部の人かどうかは分からないけど……ここまでするほど恨んでる人の仕業だとしたら、相手が罠《わな》に掛かるところを自分の目で確かめたいって思うかもしれない。だとすれば近くにいるかも」

「なるほどな」

「アレクはどうなの？　誰か怪しいって思う人はいる？」

逆に問い返されて、彼は一瞬押し黙った。考え込んでいるあたり、心当たりはあるが確証がないのかもしれない。果たして、彼は遠慮がちに言った。

「――挙動が妙だと思った人物ならいるな。ほんの些細《ささい》なものなんだが」

「誰？」

「カリーナ・スヴァンホルム。歌姫のマネージャー殿だ」

無表情に、それでいて何か得体の知れない情念を垣間見せる女。漠然と思い浮かべていた名にシオリは息を呑む。

「どうした。心当たりがありそうだな」

「うーん、まぁね。気が付くとこっちを見てるときがあるの。見てるときは無表情で何を考えてるか分かりにくいんだけど……ちょっと、なんていうか……好意的ではない気がしたなぁ」

そうかと呟きながら、彼は眉間に皺を寄せた。

「実はな、俺も見たんだ。フェリシア殿を恨んでいるようには思えなかったが、少なくともお前に対しては何か含むところがありそうに見えた」

「そうなんだ？　アレクも気になったってことは、やっぱり何かあるのかなぁ。一体何だろう」

アレクは肩を竦めた。

「分からん。しかし不自然にお前を見ていることが多いのは確かだ。何か他意があるとみておいた方がいいだろうな。単なる考え過ぎならそれでいいんだ」

シオリはきゅっと唇を引き結んだ。事実はどうあれ、依頼は完遂しなければならない。否、完遂したかった。コニーの熱意を無駄にしたくはないのだ。生誕祭を、音楽会を楽しみに待っている人々のためにも、彼らのその楽しみをつまらない理由で台無しにしたくはなかった。

「シオリ」

アレクの節くれ立った武骨な手が、シオリの肩を力強く掴《つか》む。

「お前も――それに歌姫も、俺が護る。だが、十分に気を付けてくれ」

「……うん、分かった。アレクを信じてる。私も絶対油断はしないから」

静かに身を屈《かが》めた彼の唇が近付く。シオリもまた彼に身を寄せて爪先立ち、自身の唇でその熱い唇に触れた。そっと差し込まれた舌先が、優しくシオリの口内を撫でていった。

4

あと十数分で午後三時という時刻。遅い昼食後の茶を飲み終えて一息吐いた頃には、既に日は沈みかけていた。年末近くは日の出が午前八時を過ぎ、午後三時前には日没を迎えるこの国は、日本と比べて随分と日照時間が短い。

（本当に日が短いんだなぁ……）

フェリシア達が練習の準備をする間、薄暗くなった窓の外を眺めていたシオリは雪の中を巡回する聖堂騎士の姿に目を止めた。

「……増えたな」

主語はなかったけれど、アレクの言葉の意味は十分に分かる。

「うん。警備を強化したんだね」

「ああ」

午前中より明らかに増えた歩哨の数は、厳戒態勢と言ってもよいほどだ。歌姫一座の騒動に事件性が認められたということだ。

「事と次第によっては損害賠償ものかもしれんな」

「そうだね……」

外部の人間の仕業ならまだしも、もし本当に内部の者による犯行だとしたら。

王都のトップスターと交響楽団を呼び寄せるために支払った依頼料は決して安くはなかったはずだ。それを当の彼女達によって音楽会を台無しにされたとなれば、聖職者と言えどもさすがに黙ってはいないだろう。毒物によって楽団は現状ほとんど機能せず、それを補填《ほてん》するために別料金を支払って冒険者を雇わなければならなかったのだ。しかも緊急の指名依頼は特別料金が高くつく。失敗は避けられたとしても何らかの抗議はなされるだろう。

二人して憂鬱《ゆううつ》な気分で窓越しの光景を眺めていると、入口の扉が軽く叩かれた。フェリシアの入室を許可する声を待って、些か疲れた表情のコニーが入ってくる。彼は奥のフェリシア達に向かって小さく会釈しながら、こちらに足早に歩み寄った。

「……いやはや……大変でした」

言いながら彼は、眼鏡を押し上げて草臥《くたび》れた顔をへにゃりと崩した。

「騎士隊との交渉はなんとか上手《うま》くいきました。これ以上の騒ぎを起こされては困ると大分渋られましたが、最終的には大司教猊下《げいか》にまでお出まし頂き、出資者である辺境伯閣下のお名前も出してどうにか本格的な事情聴取は明日《あす》の音楽会以降ということにして頂きました」

厳格な日本の警察だったらそうもいかなかっただろうが、騎士隊にはある程度の事情は考慮してもらえたようだ。訊けば辺境伯は有事の際には北方騎士隊を率いる立場にあるという。騎士隊としては彼の顔を立てる必要もあったのだろう。

「それは……良かったです。では音楽会は予定通りに？」

「ええ勿論。しかし交換条件として北方騎士を聖堂騎士団に紛れ込ませることになりました。それに簡単な聴取と証拠品の回収はしておきたいということで、今楽団の方々は施療院で取り調べを受けています。終わり次第フェリシアさんと合流する予定ですが、何人かは精神的なショックが大きく、恐らく明日まで待っても回復は難しいでしょう。しかし楽団員の復帰に関しては僕の一存では判断いたしかねますので、フェリシアさん達のご意見を伺ってからということになりますね」

編成が変わることでまた曲目が変わるかもしれない。目まぐるしい状況の変化に混乱は避けられないだろうが、そこはプロとしてなんとか乗り越えてもらいたいところだ。自分もそれなりの心積もりをしておかなければと、シオリは深呼吸した。アレクの意見はどうなのだろうかと背後を振り仰いだシオリは、彼が眉間に皺を寄せて窓の外を見ていることに気付く。

「……アレク。どうしたの？」

紫紺の瞳を鋭く細めた彼は、無言のまま視線で窓の方向を指し示した。ちらりと窓を見る。すっかり日が落ちて暗くなった窓に室内の光景が映り込み、窓の外の様子は分からない。鏡のように映った室内の方がよく見えるほどだ。その室内のある一点に気付いたシオリは小さく息を呑んだ。

――見ている。

窓の中の人々のその表情までは分からなかったが、それでも誰がどこを向いているのかははっきりと分かった。フェリシア達が手元を動かして作業しているのが分かる。ただ一人を除いて。

「……どうかなさいましたか？」

不思議そうな面持ちでコニーが訊いたが、それには曖昧に返事をしてやり過ごした。

「で、彼女達はどうする。また状況が変わった訳だが」

「ええ。これから説明させて頂こうかと思っておりますよ。こうなってしまっては仕方ありません。お互いに腹を括《くく》らなければ」

「分かりました。ではこちらもその心積もりでいますね」

「ええ、よろしくお願いしますよ」

コニーはくっと唇を引き結んで短く息を吐くと、準備を終えたフェリシア達に歩み寄った。手短ではあるが、要点を押さえた彼の話は彼女達に凄《すさ》まじい衝撃を与えた。

「——毒!?　毒って一体どういうことですの!?」

「皆さんは大丈夫なんですか!?」

「なんて恐ろしい……！」

コニーから事件の説明を受けた彼女達は蒼褪めた。フェリシアが口火を切るのを皮切りに、それぞれが不安や疑問を口にする。とりあえず落ち着くようにとどうにか彼女達を宥めたコニーは、厳しい表情を緩めずに続けた。

「毒は治療術師によって全員解毒しました。後遺症もありません。しかし」

ほっと安堵の息を吐いて弛緩《しかん》しかけた空気を、コニーは継いだ言葉で硬いものに引き戻す。

「毒物を用いた事件ということで騎士隊に通報しました。これによりエルヴェスタム・ホールの皆さんは全員が騎士隊の監視及び保護下に入ります」

告げられた事実に一瞬場は静まり返る。その意味するところを即座には理解できないようだった。しかしコニーの言葉の意味が浸透するにつれて、それぞれが著しい反応を見せた。多くは蒼褪めたまま瞠目して固まっていたが、犯罪者扱いともとれる言葉に怒りを見せる者もいた。

最も激烈に反応したのがフェリシアとカリーナの二人だったが、その様子は驚くほど対照的だ。

「それでは皆様にわたくしの歌をお届けできないと仰るのね？　仲間に毒を飲ませてまでわたくしの邪魔をしたい方がいらっしゃるというのね？　わたくしの邪魔をなさりたいならわたくしを直接どうにかなさればよろしいのに！」

白い肌を紅潮させ、可憐《かれん》な容姿には不釣り合いなほどの苛烈《かれつ》さを見せたフェリシアに対して、すっかり顔色をなくして紙のような色になったカリーナはそれでも冷静さを崩さなかった。しかし、激情を宿した瞳の異様な輝きは隠しようもなく、その空恐ろしさにシオリはぞっと身を竦めた。

カリーナはフェリシアの肩を抱いて宥めると、神経質そうな細い眉をきりりと吊《つ》り上げる。

「どういうことなのです？　我々は被害者なのですよ。それを保護ならまだしも監視下におくなどとは無礼極まりません。これではまるで犯罪者扱いではございませんか。いかに権威あるトリス大聖堂の司祭様と言えど我慢なりません。支配人を通して厳重に抗議――」

「申し訳ありませんが」

不快感を露《あら》わにして捲《まく》し立てるカリーナの言葉に被《かぶ》せるようにコニーが口を開いた。

「まるで、ではなく事実その通りなのです。最初に感染者が認められてからその後の状況に不審点が多く、騎士隊は内部犯行の可能性が極めて高いと判断しました。確かに皆さんは被害者ではありますが、それと同時に容疑者でもあるのですよ。もしこれが原因で音楽会の中止、ひいては生誕祭そのものの開催が危ぶまれるようなことになれば、損害賠償を請求させて頂くことになるでしょう」

国内外に名の知れた祭りで事件を起こして損害賠償請求されたとなれば、歌姫や楽団を抱えるエルヴェスタム・ホールにとってはこれ以上ない醜聞だ。信用は地に落ち、ホールの経営が成り立たなくなる。歌手一人と楽団を解雇して済まされることではない規模の醜聞だ。

この言葉にカリーナは蒼白《そうはく》を通り越して土気色になった。事の重大さにようやく思い至ったのだろう。何か言い掛けて口を噤み、必死に内心の動揺を押し殺そうと努めているようだった。けれども身体の震えは隠しきれず、唇の端が戦慄いている。

「……ヒルデガルド……」

彼女は絞り出すようにして一つの名前を口にした。

「ヒルデガルド・リンディの仕業ですわ。きっとそうに決まっています。今までだって何度も恐ろしい嫌がらせを――」

コニーはちらりとこちらを見た。隣のアレクは小さく頷いてみせる。

「……そのヒルデガルドさんですが、現在聖堂騎士団にて保護しております」

この言葉にフェリシアは目を見開いたが、カリーナはぱっと顔を輝かせた。驚くでもなくむしろ喜ばしいといったその表情。状況にそぐわない彼女の様子にシオリは眉を顰めた。目の前のコニーもまた似たような表情をしているあたり、何かを感じ取ったに違いなかった。違和感。

「まぁ！　ではやはり彼女が！　きっと……きっとフェリシアが失敗するのを嘲笑《あざわら》いに来たに違いありませんわ。それどころかフェリシアの舞台を乗っ取って自分の評判を高めようと――」

鬼の首でも取ったかのような、異様な高揚ぶりに薄ら寒くなったシオリはそっと目を伏せた。

（これはもう――――）

「……黒だな」

アレクがぽつりと落とした呟きに同意するよりほかはない。フェリシアを含めた幾人かの女達も眉を顰めてカリーナを見つめているのは、やはりこの興奮ぶりに違和感を覚えたからだろうか。

つい、と眼鏡を押し上げたコニーはカリーナの言葉を打ち消した。

「残念ながら、一概にそうとも言い切れない状況です。ヒルデガルド嬢もまた被害者である可能性があるのですよ」

「ヒルデが被害者ですって？　どういうことですの？」

かつての親友が被害者かもしれないという言葉に、フェリシアが反応した。その問いに今度はアレクが答える。

「貴女の名を騙《かた》る何者かに呼び出されたんだ。貴女の筆跡を真似て書かれた手紙を持っていた」

「わたくしを騙って？　筆跡を真似た手紙？」

「ああ。その様子だとやはり手紙は出していないんだな」

フェリシアは頷いた。

「手紙には偽造を示唆する不審な点が複数認められた。その文面もまるで事件を予見するかのような内容でな。しかも読んだ後は焼き捨てるように指示して証拠隠滅を図るという周到さだ。幸い焼き捨てられずここまで運ばれてきた訳だが、そのお陰でその手紙を調べることができたんだ。見たところ偽造の可能性は極めて高い。彼女は事件の現場に呼び出され、罪をなすり付けられようとしている

——ということだ」

そこまで言ってアレクは言葉を切る。水を打ったように静まり返る室内。

「まぁ、いずれにせよ騎士隊が詳しく調べてくれるだろう。この手紙を彼女に配達したという配達人も含めて——な」

フェリシアは蒼褪めたまま、エメラルドのような美しい碧眼《へきがん》を見開いて立ち尽くしていた。しかしやがて、ぽつりと訊ねる。

「——そのわたくしからだという手紙には何と書かれておりましたの？」

「……不安だからできればトリスに一緒に来てくれないか、しかしそれだとヒルデを巻き込んでしまう、だから頑張る——確かそんな趣旨の内容だった」

アレクの返事に、ああ、とフェリシアは溜息《ためいき》交じりの苦笑を漏らした。

「そんなふうに書かれていたら、確かにあの子だったらすぐに飛んできてしまうわ。素直で優しくて……友達想いの、本当にいい子なんですもの。だからあの子が嫌がらせなんて信じられなかった」

そう言って微笑んだフェリシアは、それも束の間、ひたと前を見据えて言った。

「お話を伺った限り、ヒルデは——犯人ではありませんのね？」

「まだ決まった訳ではありませんが、その可能性は高いのではないかということです」

コニーの返事に彼女は嬉しそうに微笑み、安堵したようにゆっくりと息を吐いた。

「……良かった。ヒルデとは以前とても仲良くしていたんですのよ。確かにお互い人気が出始めてからは少しぎくしゃくしてしまったけれど、それもすぐに……って、あら？　では今までの嫌がらせはどなたの仕業なのかしら」

「それは本人が否定した。無論それも騎士隊が調べるだろうから、いずれ真偽は明らかになる。そっちは王都騎士隊の管轄にはなるが、まぁそのあたりは騎士隊同士で上手くやってくれるだろうさ」

「そうですのね。でも」

フェリシアは微笑む。

「わたくし、彼女を信じていますわ。だって――親友なんですもの」

汚れのない笑み。心からの笑みだ。土気色の顔を俯けてしまったカリーナとは対照的な――。

「……ともかく、そういう訳ですので申し訳ありませんが、皆さんは聖堂騎士団及び北方騎士隊の保護下に入って頂きます。音楽会は予定通り開催し、皆さんにも参加して頂きます。施療院の皆さんも聴取が終わり次第合流したいとのことですから、これは後で時間を取りましょう。終了後の処遇についてては騎士隊に完全に任せることになりますが、どうかご理解ください」

「分かりましたわ」

黙りこくってしまったカリーナに代わり、フェリシアは頷いた。不安そうに視線を交わし合う仲間達を落ち着かせるように優しく微笑む。

「事件のことはそちらに全てお任せいたします。わたくし達は音楽会に全力を尽くしましょう。こんなことで失敗するようではプロを名乗れませんもの。必ず成功させてみせますわよ」

歌姫の力強い言葉。それに元気付けられた彼女達もまた笑みを浮かべて頷き合った。

話は纏《まと》まったようだ。振り向いたフェリシアがシオリの手を取った。

「わたくし達のトラブルに巻き込んでしまうことになるけれど、シオリさんもどうかよろしくお願いいたします。アレクさんも」

魔法灯の光を映してきらきらと星をまぶしたように輝く瞳に見つめられて、二人もまた頷いた。

「せっかく素敵な映像を決めたのですもの、なるべく曲目は先ほど決めたものから変えないようにするつもりですわ。一、二曲はもしかしたら元々演奏予定だったものになるかもしれませんけれど……それはよろしくて？」

「ええ。ただ、その場合はなるべく多くの助言を頂けると助かります。私の想像力にも限界がありますので」

「勿論ですわ――ああ、俄然《がぜん》やる気になりましたわよ。どこのどなたかは存じ上げませんけれど、皆様のための音楽会を『悪戯好きの妖精《ようせい》さん』の好きにはさせなくてよ」

ふんす、と鼻息が聞こえそうな勢いで宣言したフェリシアに、シオリはつい噴き出してしまった。


アレクは何やら盛り上がっている女達を黙って眺めていたが、扉を叩く音に気付いて振り返る。聖堂騎士が顔を覗かせ、コニーに目配せした。彼は立ち去る間際、声を低めてぽつりと言った。

「――僕は一時期教戒師を務めていたことがありましてね。受刑者と対話しその懺悔《ざんげ》に耳を傾け、そして教え諭す――そういうお仕事でした。多くは罪を深く悔い改めてくれました。しかし、中にはどうしても自分の罪を認められない者もいました。これは冤罪《えんざい》だ、自分は悪くない、こうなったのは周りのせいだとそのように訴えてくるのです」

眼鏡の下の瞳が悲しげに歪み、そして微かな不快感を滲ませる。

「あのときの彼女の表情は彼らによく似ていましたよ。あれは――咎人《とがびと》のものだ」

しばしの沈黙の後に、彼は苦笑いした。

「……いや、証拠もなく犯人だと決め付けるのは良くありませんね。しかし監視は特に強化しましょう――カリーナ女史を重点的に」

「ああ。俺達も最大限に警戒することにする。容疑者は彼女一人とは限らんからな」

コニーはそれに目礼で返し、そして部屋を出ていった。

何食わぬ顔で室内に視線を戻す。楽団と合流するまでの時間も惜しいと練習を始めた女達を眺めていたアレクは、肌を撫でる独特の感覚に気付いて密《ひそ》かに臨戦態勢に入る。

微弱な魔力の流れ。これはシオリのものとは違う。魔法を繰り幻影を映し出していた彼女も気付いたのだろう、仕事の手は休めないまま、やはり警戒しているのが分かった。

（……まさかこの場で襲ってきたりはしないだろうが）

動揺と昂《たかぶ》る心を抑えきれなくなったのだろう。表面的には平静を取り戻したようでありながらも、仮面のように無表情な顔に仄暗《ほのぐら》い情念を宿してシオリを見つめるカリーナの、その身体から滲み出るのは刺客が放つものと同種のそれ――極めて微弱な、しかし明らかな敵意交じりの魔力だ。身を侵蝕するようにじわじわと肌を這い上がる悪意。アレクは顔を歪めた。

（魔導士と呼べるほどの魔力があるかどうかといったところか……）

魔法の心得のある者でなければ気付かないだろう極めて微弱なそれ。だが敏感な者が違和感として感じる程度のものではあったようだ。現に何人かは寒気を覚えてか、ふるりと身を震わせている。

優雅な歌曲と美しい幻影にそぐわぬ悍《おぞ》ましい気配。その気配の発生源は相変わらず無表情だ。しかし暗闇《くらやみ》から獲物を狙う魔獣のようにシオリをじっと見据えていた。理由は定かではないが、知り合って間もない彼女に抱くには過ぎた敵意だ。

彼女の表情に既視感を覚えたアレクはすぐその正体に思い至り、嫌悪感に低く呻いた。

(――これは嫉妬だ)

城暮らしの頃にしばしば見かけた表情。

貴族社会では感情を露わにすることを良しとしない風潮があるが、それでもよほど老獪《ろうかい》な人間でもなければ、その取り繕った顔のどこかしらに感情が表れるものだ。未熟な若い世代ほど分かりやすく表出していたそれは、侮蔑《ぶべつ》と嫉妬。己より優れた者に向けられる嫉妬の目。

カリーナの無理に取り繕ったその顔には、あの頃城で見たものと同種のどろりとした激情が宿っていた。シオリの何にそれほどまでの嫉妬心を抱いたのかは分からないが、アレクは腕組みをしたまま いつでも愛剣を抜けるよう身構えた。無論斬《き》り捨てる気はない。だが。

(――もし本気で害するつもりならば容赦はせんぞ)

場に漂う奇妙な緊張感。と、再び扉が叩かれる音と共にコニーが顔を覗かせ、演奏が止《や》んだ。途端に張り詰めた空気が霧散する。

「演奏中にすみません。聴取が終わりましたので、皆さん合流したいとのことです。場所の移動を」

「――分かりました。参りましょう」

この一瞬でどうにか平静を取り戻したのだろう。カリーナはマネージャーらしくその場を取り仕切った。彼女の指示で、歌姫一座は楽譜や楽器を纏め始める。

そっと場を離れたシオリがアレクに駆け寄った。長時間の魔法使用ではなかったはずだが、疲れを見せた彼女に魔力回復薬を取り出して手渡してやる。ありがと、と小さく呟いて素直に受け取ったシオリは、栓を開けて少量口に含んだ。

「疲れたか？」

「うん。ちょっと当てられたかも。あれ、本番でもやられたら少しきついなぁ……」

「……おや、何か問題でも？」

カリーナと一言二言言葉を交わしてからこちらに来たコニーが口を挟んだ。

「例のご婦人が俺のパートナー殿に敵意剥《む》き出しでな。本人は隠しているつもりだろうが、殺気交じりの魔力がだだ漏れていた。あれを本番でやられたら敵《かな》わんぞ」

「それは……穏やかではありませんね」

優しげな顔を微かに歪めたコニーは無意識なのか、胸元に下げた護符に手を触れた。月と小鳥を象《かたど》った癒しの護符。彼もまた疲れているのかもしれない。

「楽団員の聴取は終えましたが……皆さんも仲間の誰かが犯人ではないかと疑っているのでしょう。騎士隊の方が仰るには、馬車に積み込まれていた飲み水が怪しいということでしたから。ですから最初の感染者と思われていたヘルゲさんは大分苦しい立場に立たされているようです。どなたも口には出しませんでしたが、どうにも妙な空気になってしまいました」

皆疑心暗鬼になっている。気持ちの乱れは集中力の低下に繋がる。演奏の質が、下がる。

プロの力でどうにか乗り切ってもらいたいものだとも思うが、毒を盛られ、しかもそれが仲間の仕業かもしれないともなれば、難しいものがあるだろう。

「このままだと向こうの思うつぼだね。あんなに彼女のこと大事に思ってるみたいなのに、なんで失敗させたいのかよく分からないけれど」

あの女に何らかの悪意があるのは明白だったが、現状は状況証拠だけだ。下手人と確定した訳ではないし、シオリが言う通りに動機もはっきりしない。不安の芽は早めに摘み取っておきたいところではあるが、今のところ拘束するだけの証拠はないのだ。

アレクは短く息を吐いた。

「――今夜中にけりを付けるか。依頼は歌姫の身を護り、音楽会を成功させることだからな。害意のある人間にうろつかれて台無しにされては困る」

シオリとコニーが息を呑む。

「今夜中に……ってどうやって？　大丈夫なの？」

「俺の見立てが間違っていなければ、相手はずぶの素人だ。こちらが下手人の正体に気付いていないと思わせておけば、あの様子なら失敗を取り返そうとすぐにも行動に出るだろうさ」

あのときカリーナが発した台詞。きっとフェリシアが失敗するのを嘲笑いに来たに違いない、それどころか舞台を乗っ取って自分の評判を高めようと――そう語ったその内容こそが、まさに彼女が狙うところではなかろうか。フェリシアに恥をかかせ、あたかもヒルデガルドがそうなるよう仕組んだかのように見せるという策略。

しかしヒルデガルドが事実上拘束された今となっては、これから起きる事柄に対する罪を彼女に被せることは不可能だ。とすれば、せめてフェリシアの評判を落とすという最終目的だけでも果たそうとするのではあるまいか。

「……シオリ」

「うん？」

名を呼んでおきながら、アレクは一瞬躊躇った。

これまでの状況から察するに、カリーナが目的を果たすために邪魔になる相手がいるとすれば、恐らくそれはシオリだ。歌姫も絶賛した幻影で演出を手掛けるシオリを潰せば、欠員だらけの舞台が失敗する確率は格段に上がる。きっと彼女を狙うだろう。だとすれば、それを逆手にとってシオリを囮《おとり》にすれば喜んで食らい付いてくるのではなかろうか。しかし。しかしそれでは。

黙りこくってしまったアレクに、彼女は薄く微笑んだ。

「そっか。相手を油断させておいて、わざと思い切った行動に出るように仕向けるんだね」

「……ああ」

「じゃあ私が囮になるよ。多分あの人は私が目障りだと思うから、きっと食らい付いてくる」

「シオリ――」

察しの良い恋人に内心複雑な思いを抱いてしまった。下手人を炙《あぶ》りだすために最愛の女を囮に使うなど、男としてどうかしている。ましてや一度は本当に事件の被害者となり殺されかけた女なのだ。それをこの女は囮に立候補しようというのだから恐れ入る。

「何かあったら絶対アレクが護ってくれるでしょう？　私も無茶はしない。だから大丈夫。使って」

「……シオリ、お前……」

彼女の心意気に瞠目したアレクは腹を決めた。

「ああ、必ず護る。だから頼まれてくれるか」

「うん、勿論」

成り行きを見守っていたコニーはじっと二人の顔を見比べていたが、やがて苦笑気味に嘆息した。

「聖職につく身としては容認できないと言いたいところですが――手段を選んでいる暇はありません

ね。分かりました、高ランク保持者のお二人を全面的に信頼しましょう」

「ありがたい。相手の出方にもよるが、なるべく穏便に済ませるよう努力する」

コニーの理解の早さ、思い切りの良さには感服するばかりだ。この若さで重要な催事の責任者に抜《ばっ》擢《てき》される理由が分かったような気がした。

「しかしそういうことであれば、わざと警備を手薄にするだとかいう小細工が必要になりますか」

察しのいいコニーにアレクはにやりと笑う。聡《さと》い人間と共に仕事ができるのは気分が良い。

「ああ、そうだな。そうしてくれるとありがたい」

「でしたら詳しい打ち合わせは夕食後、すぐにでも。それまでに聖堂騎士団と騎士隊にも話を通しておきましょう」

「よろしく頼む」

背に強い視線を感じるが、敢《あ》えて気付かないふりをしてアレクはやり過ごした。シオリは多少顔が強張っているものの、感情の起伏が穏やかな東方人ゆえに表情の変化は分かりにくい。コニーはなかなかの役者ぶりで、表面的には三人で打ち合わせしているようにも見えるだろう。

「コニーさん、よろしいですわ。移動いたしましょう」

カリーナの事務的な声に振り返ったコニーは、にこやかに頷いてみせた。

彼と聖堂騎士を先頭にして、楽器や楽譜を手に移動を始めたフェリシア達の後ろに付く。その背後からさらに二人の聖堂騎士が続いた。まるで本当に連行されているようだとアレクは思った。

大聖堂の構内は広く、回廊や渡り廊下を数分掛けて歩いた一行は、一般開放区域にある広場前の講堂に案内された。準備のために一般公開は早い時間に締め切られており、周辺には大聖堂関係者の他に人気はなかった。

大聖堂建築前に教会として使われていたという古い建築様式のその講堂は、今は観光客の修練体験の場や会議棟として使われているらしい。大聖堂ほどではないがかなりの広さがある。長方形の室内には備え付けの長椅子が並び、奥にはかつては祭壇だったのだろう舞台があった。王都の歌劇場とは比ぶべくもないだろうが、臨時のホールとしては十分に立派な設備と言えよう。どうやらかなり良い魔道具が設置されているらしく、中に入ると穏やかな暖気が身体を包み込んだ。

「まあ……良かった。あんまり寒かったら弦が切れたり音が狂ったり大変ですもの。古い教会を使うというから少し心配していたのだけど、むしろホールより居心地が良いくらいだわ」

楽団の誰かがそう言い、コニーは得意げに笑った。

「下見に来たホールの方に指摘されましてね。最新式の暖房を導入したんですよ。少々値は張りましたが、そう言って頂けるのなら設置した甲斐《かい》があったというものです」

「――それではますます失敗はできませんわね」

彼の言葉にフェリシアがぽつりと呟く。その肩をカリーナが優しく抱き、彼女を見上げたフェリシアは、大丈夫、というように力強く頷いた。確かな信頼関係を築いているように見える二人。もし本当にカリーナが下手人とするならば、その理由は見当も付かない。

（信頼、か）

アレクは無意識にシオリの背に手を触れた。不思議そうに見上げる彼女に、何でもないと曖昧に笑ってみせる。

出会って四ヶ月ほどという短い期間ではあったが、その間に彼女と信頼関係を築き、温かな気持ちを育んできた。まだ互いに多くの秘密を隠したままではあったが、この想い、この関係は確かなものだと信じている。築いてきたものを疑う訳ではない。しかし自分が王族で、しかも一国を亡ぼすという名目で人を欺《あざむ》き、多くの民が傷付く内乱を引き起こす手引きをしたなどと——それを知ったとき彼女はどう思うだろうか。傷付くだろうか。怒るだろうか。欺瞞《ぎまん》と人の怨嗟《えんさ》、血糊《ちのり》に汚れた卑怯者《ひきょうもの》と詰るだろうか——恐れるだろうか。

そんな益体《やくたい》もない思いに沈みかけた思考を、そっと触れた温かい手が引き戻す。シオリの柔らかな微笑みが冷えたアレクの胸を溶かしていく。言葉はなかった。だが、大丈夫だよとそう言われたような気がして、アレクもまた微笑んだ。

と、背後が騒がしくなる。やがて扉を開いて現れたのは、楽器のケースを抱えた男達だった。聖堂騎士の厳重な警護に囲まれた彼らの顔には隠しきれない疲労の色があった。毒を盛られて一昼夜苦しんだのだ。無理もない。

「……皆様。良かった、ご無事で」

フェリシアの言葉に、男達は病み上がりで血色の悪い顔に苦笑いを浮かべてみせた。

「いやぁ参った。あんな苦しい思いをしたのは初めてだ。体中の水分が抜けるかと思った」

「あんなに苦しいのならシェーナ貝は二度と食わんと誓ったくらいだよ」

「……まぁ、実際は毒だった訳だけどね」

最後の男が口にしたその台詞に、場がしんと静まり返った。痛いほどの静寂。その静寂を破って、先ほどの男が言葉を続けた。

「せっかくだ。今ここではっきりさせておきたい」

　言いながら彼はある男を見据えた。横長のケースを抱えた金髪の男だ。病み上がりで艶《つや》のない金髪を、流行《はや》りの形に撫で付けた少々気障《きざ》な男。甘い顔立ちも相俟《あいま》って、軟派で軽薄な印象だ。

「ヘルゲ。お前、シェーナ風邪の患者を介抱したとか言っていたが、あれは本当なのか」

　ヘルゲ。フェリシアに恨みを持つかもしれない者の候補に挙げられた男だ。彼女に言い寄り振られたという男。彼は疲れたように気怠《けだる》げな視線を同僚に向けた。

「それは騎士隊にも何度も言ったけど本当だ。もっともシェーナ風邪らしいと知ったのは次の日だったけどな。ただの酔っ払いかと思ったんだ。あんまり気分が悪そうなんで医者に見せるように言って宿に預けたんだが……」

　そこまで言って言葉を切り、長い溜息を吐く。

「確かめてもらってもいい。一昨日《おととい》の夜ロビーにいた従業員に預けた。シェーナ風邪かもしれないって知らせてくれたのもそいつだ。だから馬車の中で気分が悪くなってきたときには本当にシェーナ風邪だったのかって焦ったんだ」

　それがまさか毒だったとは。言ったきりぐったりと長椅子に深く腰を沈めた。

「じゃあ毒を盛ったのはお前じゃないんだな？　腹いせで嫌がらせしたのも違うんだな？」

　ヘルゲがフェリシアに言い寄っていたというのはどうやら周知の事実らしい。そして何者かが彼女に嫌がらせをしているということも。しかし彼ははっきり否定した。

「ああ。このフルートに誓って、絶対に」

　楽器は音楽家にとっての騎士の剣だ。己の楽器への宣誓は、その言葉が真実であることの宣言。言葉通りに真実であるか否か――アレクはそれを見定めようと瞳を眇《すが》めた。

「皆が俺を疑ってるのは知ってるよ。でもな、俺はプロだ。プロの音楽家なんだ。仮にフェリシアに恨みがあったとしても、間違っても神聖な仕事の場に私情を持ち込んだりはしない。もし持ち込むような奴《やつ》がいるとしたらそいつはプロじゃないってことだ。俺はそう思ってるよ」

はっと誰かが息を呑む音が聞こえた。彼の真摯《しんし》な言葉に胸を突《つ》かれたのだ。

（……最初は軽薄そうな男だと思ったが――案外根は真面目《まじめ》なんだな）

ヘルゲをしばらく眺めていたアレクは、カリーナをちらりと見る。

――押し殺した怒りを宿した瞳。それはヘルゲの言葉に感銘を受けている者達とは対照的だ。己の内心を見透かされ、糾弾されたように感じたのか。取り繕って見せてはいるが、二心あると気付いてしまった今は、その作り物めいた薄気味悪い表情がいやが上にも目に付いてしまう。

しかし彼女一人を注視するのも良くはないと一歩引いて人々を見回してみたが、やはりほかに不審な素振りを見せる者はいなかった。単独犯か否かを断じるだけの情報は未《いま》だなかったが、彼女が何らかの鍵《かぎ》を握っていることに間違いはない。それも素人、初犯だろう。周到に用意したようでいて、小細工のそこかしこに手馴れていないぎこちなさがある。

「……いずれにせよ、今夜が勝負だろうな」

「そうだね。なんだか……隙《すき》を窺ってるみたいだし」

焦りは正常な判断を狂わせる。あの女は焦っている。玄人は失敗したと分かった時点で即座に手を引くものだが、彼女はどうにかして予定通りに事を進めようと機会を窺っているように思えた。

「……ね、アレク」

隣のシオリが小さく囁《ささや》く。彼女は微笑み、そして言った。

「ありがとう。ちゃんと仕事のパートナーとして見てくれて。囮に選んでくれて嬉しかった」

意外なことで礼を言われてしまい、虚を突かれて瞠目する。しかし彼女の想いを察したアレクは、誰からも見えない陰になる位置からそっとその華奢《きゃしゃ》な手を取り握り締めた。

5

教会としての役割を終えてなお清廉な空気の漂う講堂内。アーチ形の天井に反響して管弦楽の重厚な音が響き、それに重なるようによく通る透明な歌声が歌を紡いでいく。管弦の音に負けぬ声量の歌声が、生きる喜びと移ろいゆく風景の美しさを朗々と歌い上げる。

その舞台脇で一心に幻影を繰り出している恋人の背後に控えていたアレクは、室内の空気の流れが変わったことに気付いた。視線の先、入口の両脇を護る聖堂騎士のうちの一人が、扉を薄く開けて顔を覗かせた二人の騎士と何やら話し込んでいる。彼は何度か頷き、その場に彼らを待たせたままコニーに走り寄った。耳元で何か囁き、コニーを伴って入口に引き返す。二言三言聖堂騎士達と言葉を交わしたコニーは、振り返って手招きした。どうやら来いということらしい。

シオリから幾分離れた場所にはカリーナが静かに佇《たたず》んでいたが、さすがにここで手出しはしないだろうと判断したアレクは、そっとその場を離れた。

「お仕事中にすみません」

コニーは二人の聖堂騎士に手のひらを向けた。

「アレクさん、こちらは警備を担当する部隊の責任者です」

「お初にお目に掛かる。聖堂騎士団第三小隊隊長ヨアン・パトリクソンだ」

「同じく副隊長ニクラス・ノイマンです」

「冒険者ギルドトリス支部のアレク・ディアだ。歌姫の護衛を引き受けている」

言いながらもアレクは、副隊長だという男の名に覚えがある気がして目を細めた。相手も同じらしく怪訝《けげん》そうな顔をしていたが、やがて、ああ、と呟きにやりと笑った。

「久しぶりですね——と言っても先月ぶりですが」

言われてようやく彼の正体に思い至ったアレクは瞠目した。

「ニクラス殿か。北方騎士隊の」

ブロヴィート村の雪狼《ゆきおおかみ》襲撃事件の際、トリスに向かう旅行者一行の護衛隊長を務めた男だ。確か水虫持ちだった——などと余計なことまで思い出してしまったアレクは、間違ってもその足元を見ないように努力しながら手を差し出す。

「妙なところで会いましたね。ああ、例の東方人の彼女も一緒でしたか」

固い握手を交わし、再会を喜び合う。

「お知り合いでしたか」

目を丸くして事態を見守っていたコニーが口を挟んだ。

「以前仕事で少しな」

「ええ。しかしお二人が付いているのなら安心ですな、コニー司祭。彼らはブロヴィートの雪狼襲撃事件で活躍した冒険者ですよ」

「そうでしたか。それはそれは……」

感心しきりといった様子のコニーは何度も深く頷く。

「騎士団とはいっても聖堂騎士は大聖堂内の警備が主な仕事なのでね。悔しいが犯罪の捕り物ははっきり言って素人同然。ニクラス殿やアレク殿のような経験者がいてくださると心強い」

悔しいと口では言いながらもヨアンは笑顔を見せた。武装してはいてもやはり聖職者なのだ。

「なるほど、ではニクラス殿の部隊が今回の捕り物に参加するということか」

「そういうことです」

ニクラスは頷いた。

「まぁ、市内の巡回もありますから連れてきたのは半数ですが……第三小隊に部下を紛れ込ませましたよ。構内の警備も同じです。祭りの主会場で絶対に間違いは起こさせませんよ」

「楽団員はまだ療養中の方を除き、全て迎賓院に移動させます。容疑者は同じ場所に纏めることに決定しました。空き部屋には来賓に扮《ふん》した騎士を既に配置済みです」

アレクはにやりと笑った。

「承知した。しかしコニー殿は思い切りがいいな。仕事も早い。コニー殿のような人間と一緒に仕事ができて光栄だ」

上層部との迅速なやり取りや騎士隊との折衝など、普通は尻込《しりご》みしそうな仕事を躊躇わない。彼の度胸と手腕に素直な称賛の言葉が出た。

「司祭殿は全ての責任は自分が負うと仰った。だから我々も安心して職務を遂行することができる」

ヨアンも言い添えて、コニーは照れ臭そうに笑った。

「いやぁ……少々奇矯に過ぎるのではないかと批判も多いんですけどね。しかしこうした大役を任せて頂けたということは、それなりに認められているということなのでしょう。ありがたいことです」

慢心せず精進しますよと言って彼は頬を掻き、それから表情を引き締めた。

「さて。本題に戻りますが……」

「ええ。疑わしいというのがあの女性ですか。舞台の脇にいる眼鏡の」

顔を動かさずに目だけを動かしてカリーナを見たニクラスに頷いてみせる。皆で注目して疑念を抱かれないよう互いに気を使いながら会話を続けた。

「しかし、確かなのですか？」

「残念ながら、あくまで俺達の心証だ。証拠はない」

疑問を呈するニクラスに正直に答えた。彼は眉根を寄せて考え込む。

「聖職者という立場で人を疑うのは心苦しいのですが……僕もアレクさんと同意見です。少なくとも何か知っているのではないかと思いますよ。普通の様子ではありませんでしたから」

「共犯者は？」

「それも分からん。ヒルデガルド嬢を除けば疑わしい人間はもう一人いるが、それはさっき本人が否定した。あの中ほどに座っている金髪の、フルートの男だ。名はヘルゲ」

「――心証は？」

「白」

アレクが答え、コニーも頷く。

そうですか、そう呟くように言ってしばらく考え込んでいたニクラスは頷いた。

「全面的に信じることはできません。が、注視はしておきましょう。外部の共犯者がいる可能性も考えられますが、大聖堂周辺は特に警備を強化しましたからご安心を」

皆了承の意を示したことを確かめたニクラスは話を纏めた。

「では最終確認を。何者かが今夜中に行動に出る可能性は非常に高いということですね」

「ああ。そしてもしカリーナが下手人だった場合、狙われるのはシオリではないかと思う」

「おや、彼女がですか。歌姫ではなく」

最終目的がフェリシアに大恥をかかせることだとすれば、むしろ本人には本番まで無事でいてもらいたいだろう。とすれば、音楽会を成功に導く鍵となる人物を狙う可能性は高い。

「あまり好意的ではない目で見ていたのを何度か目撃した。一度は殺気交じりの魔力を垂れ流していたほどでな。何がしかの他意はあると見ている」

「殺気ですか。なるほど、それは穏やかではありませんね」

彼は顎先に手を当てたまま低く唸《うな》った。

「それに陰謀を企てるにはずぶの素人――か。それで今夜仕掛けると。分かりました。表向きは警備を手薄にして、悪戯好きの妖精が華麗に舞えるよう舞台を整えて差し上げればよい訳ですね」

詩的な表現で物騒な企てを口にしたニクラスに、聖職者のコニーとヨアンは苦笑するしかなかったようだ。なんとも言えない表情で肩を竦めている。

「いずれにせよ、何者かが祭りに便乗して無辜《むこ》の民を苦しめたことには違いない。生誕祭は安寧と幸福を祈り、それを享受する日。トリス市民の誇り、私欲私怨《しえん》で汚す訳にはいきません」

トリス出身だというニクラスは語気を強めて言った。彼は郷里を心底愛しているのだ。

「彼らには訳あって予定より警備が少なくなると伝えます。その上でさらに消灯から一時間後、トラブルが起きたという理由で騎士を一部引き上げさせます」

時間差で二重に条件を緩め、機会は今しかないと相手に強く思わせる。そうすればよほどの手練れでない限りはかなりの確率で罠に掛かってくれるだろう。

「楽団員の宿泊場所ですが、療養中の方は引き続き施療院で、それ以外は迎賓院に移動していただきます。アレクさんとシオリさんのお二人には、フェリシアさんの隣の部屋をご用意しました。カリーナさんはフェリシアさんと同室、ほかの方は同じフロアの部屋にそれぞれ三人ずつです」

ニクラスの説明に続き、コニーが付け加えた。

「なるほど、初心者にも優しい配置だな」

アレクのこの場にはいない人物への嫌味にニクラスは噴き出し、聖職者組はやはり困ったように笑った。こういった生々しい皮肉には慣れていないらしい。二人を見てやはりそこは聖職者なのだなと思いつつ、シオリに視線を戻した。その横顔にどことなく疲れが滲んでいるような気がして、アレクは一刻も早く彼女のそばに戻りたいという衝動をぐっと堪《こら》える。

「あの女、魔法を使うかもしれん。魔力は低級魔導士にも手が届くかどうかといったところだが」

「それでは人員の配置もそのように」

一通りの打ち合わせが終わり、互いに目配せして頷き合う。

「――では、終わり次第」

音楽会の演出と歌姫の護衛に続く緊急依頼。人々に不幸を振り撒く邪妖精捕獲作戦だ。

歌姫と楽団が紡ぐ調べはやがてクライマックスを迎え、管弦とハープの音と共に歌姫の見事なビブラートが空気に溶けるように余韻を残して消えていった。ふ、と誰かが長い吐息を漏らし、互いに微笑み頷き合う。確かな手応えを感じているのだろう。

ストリィディアの美しい原風景を投影していたシオリは、静かに幻影魔法を解除する。

「……やっぱりプロは凄いね。曲を変えても全然問題ないんだもの」

打ち合わせを終えて彼女のそばに戻っていたアレクは頷いた。当たり前のように腰のシオリ専用薬品ポーチから魔力回復薬を取り出すと、彼女は照れ気味に微笑みながら受け取った。

「何人か抜けているはずだが、俺のような素人には十分立派に見えたぞ」

「うん。でも分かる人にはやっぱり分かっちゃうのかもしれないね」

欠員は約十名。いずれも脱水症状や精神的疲労が酷《ひど》く、明日までに回復したとしても当日ぎりぎりでの参加はむしろ迷惑になると辞退した者達だ。金管や打楽器、低音部を受け持つ弦楽器の半数が欠員という状況では当初演奏予定だったという曲は難しく、結局朝の打ち合わせで決まった曲を演奏することになっていた。

「音楽、か。俺も一応教養とやらで一通りは習ったが、残念ながらどれも使い物にはならなかった。音楽鑑賞はそれほど嫌いじゃないが、好みに合わない曲を聴かされるのはどうにも苦痛で……」

アレクは頭を掻きながら笑った。

「一度なんぞはあんまり退屈過ぎて鑑賞中にうっかり居眠りしてな。父と弟に苦笑いされるし、貴族連中からは散々にバッシングされるしで、あれ以来絶対隙を見せるものかと心に誓ったんだ」

もう笑い話にしてしまえるくらいには遠い過去の出来事だ。しかし言葉の端々に微かな痛みを感じ取ったのだろうか、シオリの微笑みは多少の痛ましさを帯びていた。

そんな雑談をしているうちに、満足そうに――表面的にはそう見えるように微笑みながら団員達に声を掛けていたカリーナが、こちらに歩み寄ってくるのが見えた。

シオリが身を硬くするのが分かった。しかし化かし合いに慣れているアレクは落ち着かせるように恋人の背に手を添え、涼しい顔でカリーナを迎えた。二人の目の前に立った彼女は上機嫌だ。

「大変素晴らしい演出でした。幻影魔法は使いどころが難しいので敬遠されていると伺っておりましたが、考え方を改めさせられました。皆、貴女の技量には感服しておりますわ。この調子で明日もよろしくお願いします」

「ありがとうございます。精一杯頑張りますので、こちらこそよろしくお願いいたします」

表面的には和やかな二人の女の会話。しかし背の低いシオリを見下ろすカリーナの瞳に、どろりとした何かが浮かんだような気がした。事実そうだったのか、それともこの女への警戒心が見せた幻覚なのかは分からない。

何食わぬ顔で思案するアレクの視線の先で、フェリシアが微笑んでいる。興味深そうにシオリを眺める楽団員達の表情も柔らかだ。己の拙《つたな》い推理はやはり単なる思い過ごしではないかと思えるほどに和やかな空気だった。と、舞台中央に座るヘルゲが気障な仕草で片目を瞑った。無論相手はアレクではない。己の恋人へ向けたものだと察したアレクは口元を歪めた。

「……あの野郎」

目を丸くしていたシオリはアレクの小さい呟きを拾って噴き出し、カリーナは「こんなときにまで困った人ね」と苦笑いした。

「後でよく言っておきますわ。彼は女性とみるとすぐ色目を使うのです。楽団の品位を損ねますわ。

本人は社交辞令のつもりらしいのですが、あの顔立ちと物腰でしょう、女性を勘違いさせてしまうことも多くて……ですからシオリさん、どうか気を悪くなさらないでくださいましね」

気を悪くしたのは主にアレクの方なのだが、謝罪されてしまったシオリは頷くしかないようだ。カリーナにここまで言われているあたり、ヘルゲには女絡みのトラブルが多いのかもしれない。

「しかし本当に見事ですよ。シオリさんの『活弁映画』、いずれは拝見したいものです——さて」

催事責任者として演奏を見守っていたコニーがそう前置きし、そばに控えていた二人の聖堂騎士を前に引き出す。

「……こちらの方々は？」

怪訝そうなカリーナに対し、コニーはにっこりと笑った。

「皆さんの警護を担当する部隊の責任者です。隊長のヨアン・パトリクソンと副隊長のニクラス・ノイマン。彼らの率いる部隊が皆さんをお護りします」

あれ、とシオリが小さく呟く。見覚えがある男だと気付いたのだろう。アレクはシオリの背を軽く叩いた。ちらりと見上げる彼女に、素知らぬ顔をしていろと目で伝える。既に作戦は始まっているのだ。シオリは瞬きしてから微笑んだ。理解してくれたようだ。

「今夜は回復された皆様も迎賓院に泊まって頂くことになりました。細かい打ち合わせなどもあるかと思いますので、館内に限り、ある程度の出入りは自由です。しかし午後十時の消灯後は警備の都合上、出入りは控えてください」

楽器を抱えたままの彼らは神妙な顔で頷いた。

「——その警備だけど、どういう感じになるんだい？　各部屋に騎士さんが付いてくれるのかな」

おずおずと手を上げて訊ねたのはヘルゲだ。コニーはヨアンに視線を流した。受け継いだ彼が説明を続ける。

「当初はその予定だったが生誕祭前夜ということもあり、残念ながらあまり多くの人員は割けなかった。しかしフェリシア嬢の部屋には入口に二人、各フロアに二人配置して巡回する」

「うーん……そうか……」

ヘルゲは眉尻を下げて困ったように笑った。

「いや、まだ俺を疑ってる奴もいるだろうからさ。がっちり警備してくれてれば、もし何かあっても疑われることはないと思ったんだ」

「各フロアの廊下は一直線で不審な出入りはすぐ分かる。それに迎賓院周辺の警備は増やしたから安心してくれ」

「それならまぁ……」

どことなく不満げな様子ではあったが、力強く言い切ったヨアンの言葉にヘルゲも納得するしかないようだ。しかしこれは己は潔白だという彼なりのアピールでもあったかもしれない。

「アレクさん、わたくしの護衛はどのようになさるのかしら」

今度はフェリシアが問い、それにはアレクが答えた。

「消灯時間までは室内、その後は入口の立哨に交じる。室内にいるのが一番いいんだが、さすがにそれはお互いに抵抗があるからな」

「ええ、そうですわね。そうして頂けると助かりますわ」

「ただ、朝までに一度仮眠は取らせてもらうつもりだ。代わりの騎士は付けてもらう」

「それもそちらにお任せいたします」

カリーナは特に意見するでもなく大人しく従う。楽団側に纏め役はいないのだろうかと思ったが、どうやらその役目の団員は施療院で療養中のメンバーに含まれているらしい。代わりに彼女が請け負ったというが、やはり信頼されているのだ。マネージャーとしても歌の指導者としても有能な女。そんな非の打ちどころのない彼女がシオリに敵意を向ける理由は一体何なのだろうか。

「……ただ単純に私が気に入らないだけならいいんだけど」

シオリはぽつりと呟く。この場にいる多くの善良であろう人々が、仲間と信じた者に裏切られるところを見たくないのはアレクも同じだ。だが人が集えば様々な思惑が生まれる。好意も、そして悪意もだ。その悪意が抑えきれなくなったとき、必要以上に人を傷付けてしまう者がいるということをアレクは嫌というほど知っていた。

6

日中多くの関係者や来賓で賑《にぎ》わっていた迎賓院は、午後八時を過ぎる頃には皆部屋に引き上げ、時折遠くで扉が開閉する音や歩哨の足音以外に音らしい音はしなくなっていた。生誕祭前夜とは思えないほどの静けさだ。営業中の店が多く、まだ賑わっている市街地とは違うとシオリは思った。

「いつもはもっと静かなのですよ。生誕祭の前後は皆遅くまで起きていますから、つい気持ちが浮付いてしまいますね」

修行が足りませんね、そう付け加えてコニーは笑った。

「消灯が普段より一時間遅いのです。準備や接客でどうしても時間が掛かってしまいますから」

「まぁ。ではもうお疲れなのではなくて？」

時刻は既に九時半を回っていた。いつもの消灯時間を過ぎている。フェリシアは眉尻を下げ、最終の打ち合わせのために部屋を訪れていたコニーを気遣った。

「ええまぁ、多少は」

彼は正直に言いながらへにゃりと相好を崩して笑う。打ち解けるにつれてこんな笑い方をすることが増えてきたけれど、もしかしたらこれは彼の癖なのかもしれない。

「最終調整も済みましたし、いい頃合いです。そろそろお暇しますよ。館内にはおりますので、何かありましたら騎士に言伝《ことづて》をお願いします。僕達が出たら必ず施錠してくださいね」

コニーの言葉に頷いたカリーナは少し考え、それからおずおずと疑問を口にした。

「あの……皆様のお力を疑う訳ではないのですけれど、もし窓から侵入された場合はどうしたら」

「それは問題ありません。見張りの騎士は合鍵を持っておりますから」

「まぁ、そうでしたか。それなら安心ですわね」

彼女は微笑み、フェリシアと共に安堵の息を吐く。

——鍵の在《あ》り処《か》を確かめたのだろうか。もっとも確かめたところで、恐らくそれ自体が既に罠なのだろうけれど。

「では僕はこれで失礼します。おやすみなさい。良い夜を」

コニーに続いてアレクも言った。

「俺は部屋の前で見張りをする。仮眠は隣の部屋で取るが、何かあったら構わず起こしてくれ」

カリーナは頷いた。

「ええ、分かりました――何も起こらないことを祈っておりますわ」

不安げにしてみせる彼女に白々しさを感じてしまい、シオリは内心苦笑した。怪しいというだけでまだ彼女が犯人だと決まった訳ではないのだ。練習後から夕食、そして部屋に戻るまでの間、カリーナには監視が付けられていたらしい。しかし彼女にもほかの楽団員にも不審な様子はなかったという。

――何も起こらないならそれに越したことはない。けれども、それと同時に早く解決して欲しいという気持ちもあって、複雑な思いを抱えながら部屋を出る。

突き当たりの部屋から真っすぐ延びる廊下には、巡回の騎士のほかに人影はない。皆部屋に辞したようだ。既に床に入ったか、就寝前の静かなひとときを過ごしているのだろう。

コニーが扉を完全に締め切る。扉から幾分離れて気配を探り、近くで聞き耳を立てる者がいないことを確かめてから、その場にいる者全てが目配せをして頷き合う。

「――全員定位置に付きました」

騎士が低く告げる。

緊迫した空気にシオリはごくりと唾《つば》を飲み込んだ。まさか騎士隊に協力して捕り物に参加することになるなんて思いもしなかった。どこか現実味がない気がして浮足立つ。

この世界に来て以来、幾度となく感じた非現実感。あの世界にいた頃の自分と、今この世界にいる自分との乖離《かいり》。体験している出来事に心が追い付かないこの感覚。

（……でもこれが現実なんだよなぁ……）

異世界に渡って冒険者となり、魔導士になって、あの世界にいた頃からは考えられない体験をいくつもした。命を脅かされたことも一度や二度ではない。何度も挫《くじ》けそうになったけれど、生きるために戦い続けたこと、それは全て現実のものだ。決して夢幻などではない確かな現実なのだ。

自分は今、この世界に生きている。

シオリはアレクを見上げた。彼は力強く頷く。

「――二人で最終の打ち合わせをしたい。五分程度で済む」

アレクの申し出に騎士達は頷いた。騎士の一人が片手を高く掲げ、特徴的な形に振ってみせる。すると廊下の奥を巡回中だった騎士も同じように片手を上げた。作戦行動開始の合図だ。

「僕は隣の部屋に待機します」

「ああ。ではまた後で」

コニーはもう一つ向こうの部屋に下がり、シオリはアレクに促されて宛がわれた部屋に入る。ヒルデガルドとの会談に使ったあの部屋だ。フェリシアの部屋ほどではないにせよ十分な広さがあり、上品に纏められた室内は居心地が良い。何もなければ本当に気持ち良く休めただろう設《しつら》えだ。部屋の中央には布張りの椅子がいくつかと円卓、窓の前には書き物机、そして壁際には衣装戸棚と衝立が置かれていた。そのそばにある寝心地の良さそうな寝台はクイーンサイズほどの大きさだ。それなりの身分の人間が泊まることを想定した部屋なのだろう。

シオリの手を引き寝台のそばまで連れてくると、アレクは詳しい説明をしてくれた。

「この後、十一時前後にトラブル発生という理由で騎士が一部引き上げる。俺も表面的にはそう見せ掛けて部屋に戻る。引っ掛かってくれれば、それほど時間を置かずに行動を起こすだろう。だが、館内のいくつかの部屋には既に騎士が待機している。俺もそこの衝立の陰に隠れるからお前は寝台で寝たふりをしていてくれ」

「うん、分かった」

「相手は魔法を使うかもしれんが、館内の騎士は全て魔法兵だそうだ。俺は言わずもがな。だから安心していい」

あのときカリーナから感じた魔力から察するに、高威力の魔法は使えないだろう。攻撃魔法にしろ精神魔法にしろ、意識を集中していれば十分に防げるはずだ。大丈夫。

そう強く自分に言い聞かせながら頷いてみせると、彼の逞《たくま》しい腕に引き寄せられた。そのまま抱き締められ、唇を塞がれる。何度か軽く啄《ついば》むように口付けられた後、静かに唇が離れていった。

「……予定の時間までまだ間がある。少し休んでおけ。時間になったら起こす」

「いいの？　……と言っても、緊張して眠れない気もするけど」

そう言うと彼は小さく笑った。

「まぁ、そうかもしれんな。だが目を閉じて横になるだけでも違う。いいからしばらく休んでおけ」

「うん、分かった……って、あ、そういえば」

ふと思い出したシオリは疑問を口にした。

「さっき講堂で会った騎士さん、どこかで会ったことあるかな。見たことある気がするんだけど」

「ああ、ニクラスか」

「ニクラス……って、ああ、ブロヴィートのときの」

トリス行きの旅行者を護衛していた騎士の一人だ。隊長格らしい同年代の騎士。確か水虫患者だった――などとどうでもいいことまで思い出してしまい、彼の名誉のためにそのことを意識の外に追い出そうと努めた。そうでないと次に会ったときに、うっかり彼の足元を見てしまいそうだ。

「……お前、今水虫のことを思い出しただろう」

図星を指されてシオリは、う、と首を竦めた。

「まぁ、俺もだ。つい、な。今度ニルスの店でも紹介するか」

「そうだね……」

そう言って彼と二人でくすりと笑う。

「……さて、俺はそろそろ定位置に付く。お前も休め」

「うん」

帽子を取られ、そのまま寝台に押しやられた。ケープとブーツを脱いで髪を解き、横になる。見上げた先の紫紺の瞳と視線が絡まった。シオリの好きな、優しい夜空の色の瞳だ。

「時間になったら起こしてやる。それまでおやすみ、シオリ」

――再び下りてくる唇。口付けは短いけれど、情の籠《こも》る深いものだった。

7

緊張と戦いの予感にまんじりともしない時間を過ごし、それでもほんの少しうとうとしかけた頃。慌ただしい足音と人の声を聞いて、シオリは意識を浮上させた。その足音はやがて部屋の近くで止まり、「何事だ」と問う声が扉越しに聞こえた。

「ヒルデガルドが逃走した。現在捜索中だが、敷地内を既に出た可能性がある」

「なんだと？」

「人手が足りんのだ。すまないが」

「しかし――いや、分かった。少し待て」

早口で交わされる言葉。

シオリは温かい肌掛けの下でひっそりと嘆息した。

(そっか。あの人が逃げたって聞いたら、ますますチャンスだって思うよね)

カリーナの口ぶりから察するに、ヒルデガルドに罪をなすり付けるつもりだったのだろう。それが逃げたとすればまさにお誂《あつら》え向きの状況だ。この好機を絶対に無駄にしてはならないと思うだろう。効果的だがなかなかに悪辣《あくらつ》ともいえる罠だ。

やがて扉を鋭く叩く音と部屋の主人を呼ぶ声が聞こえ、ややあってから鍵の開く音が鳴り響く。

「――どうなさったのです」

扉の向こうから聞こえた声はカリーナのものだ。

「ヒルデガルド嬢が逃走した。敷地内から出た可能性が高い」

「なんですって!?」

間髪入れずに上げられる声には戸惑いと怒りが滲んでいる。

「どういうことなのです？　厳重に監視していたのではないのですか？」

「申し訳ない。彼女を話し相手にとお偉方に請われて断り切れず……隙をついて逃げられた。丸め込まれて手引きをしたらしい」

「こんな時間だが生誕祭前後は夜でも市内は賑やかだ。観光客に紛れてしまっては探すにも人手がいる。申し訳ないがこちらの騎士を一部捜索に充てることになった」

「まぁ……では警備は」

「必要最低限は残していく。だが、施錠して絶対に部屋から出ないようにしてくれ」

「……ええ。ええ、分かりました。致し方ありません」

戸惑いながらもカリーナの了承する言葉が聞こえた。間髪おかずに駆けてくる足音が聞こえ、その足音の主はアレクの名を呼ぶ。演技は続く。

「アレク殿！　ギルドから使いが来ている」

「こんな時間にか？」

「火急の用件らしい。とにかく話だけでもと食い下がられた。裏門で待たせてある」

くそ、という悪態が聞こえた。

「……分かった。カリーナ殿。なるべくすぐ戻る」

「……仕方ありませんわね」

渋々といった体の彼女の言葉には明らかな不快感が滲んでいた。だがそれは本心からか、それとも演技か。あるいはそのどちらもか。

ぼそぼそと短いやりとりが交わされ、間もなく施錠する音が響いた。一瞬の間の後に複数の足音が駆け去り、同時に音もなくこの部屋の扉が開く。仄明るい光を背景にして立つ背の高い人影は、室内にそっと滑り込むと静かに扉を閉め、そして鍵を掛けた。

「――アレク」

「起きていたか」

そっと身体を起こして彼を迎える。急ぎ足で、しかし音らしい音も立てずに近寄ってきた彼は、寝台の傍らに膝を付いた。

「始まるぞ。食らい付いた。やはり隙を窺っていたようだ」

彼は断言した。起きたばかりを装ってはいたが、寝ていた形跡はなかったという。呼び掛けてから扉が開けられるまでに掛かった時間も短く、ほかにもいくつか兆候があったようだ。

「俺はそこに隠れている。お前も手筈《てはず》通り」

「了解」

肌掛けに潜り込むシオリの頬に口付けをしてから立ち上がった彼は、素早く衝立の陰に潜んだ。

――どれだけ時間が経《た》っただろうか。数分か。それとも十数分か。

じっとそのときを待っていたシオリは、微かな魔力の揺らぎを感じて身構えた。

（……誰か魔法を使った）

ごく微弱な魔力の流れ。大きな魔法ではない。発動位置はかなり近くだ。

シオリは静かに探索魔法を展開した。細く細く、千切れそうなほどに細長い魔力の網を徐々に広げていく。広げるごとに網に掛かるいくつもの気配は、宿泊客と身を潜めている騎士のものだろう。

十数メテルほど広げたあたりで異様な気配が一つ引っ掛かる。位置と距離的にみてこれは隣室、フェリシアの部屋だ。微かだがしかし、確かな悪意を秘めた気配。その気配は一度立ち止まり、再び何か魔法を使ったようだ。続いて廊下で何かがどさりと倒れる音。眠りの魔法だ。

けれどもアレクは館内に待機している騎士は全て魔法兵だと言っていた。だからきっと、この程度の魔力なら簡単に往《い》なせるだろう。眠ったふりをしているはずだ。それを知ってはいても、シオリは緊張のあまりに小さく息を吐いた。聞こえるはずのない吐息がやけに大きく響いたような気がして、くっと唇を引き締める。無意識に左腕の腕輪に触れた。アレクから初めて贈られた大切な腕輪だ。

微かに鍵の開く音が聞こえ、その気配は僅かに移動した。そのまましばらくその場に留まっているのは、倒れた騎士の身体を漁《あさ》って鍵を探しているからなのだろうか。それほど時を置かずにその気配は再び移動し、この部屋の前に立ったようだった。

シオリはそっと探索魔法を解除して目を閉じる。一目見て眠っていると分かるように、寝息を立てて——しかし意識だけは研ぎ澄ましてそのときを待った。

幾度か鍵を試す音が続き、やがて微かな金属音が鳴った。一瞬の間の後に扉が静かに開く。小さな衣擦《きぬず》れの音、絨毯《じゅうたん》を踏む忍ぶような足音の後に扉が再び閉じる。じっとりと纏わりつくような悪意の塊はやがて、寝台のそばに立ったようだった。肌がちりちりと焼け付くような感覚。

(——くる)

小さな呟きと共に解放された魔力。次いで、ぐらりと意識が揺らいだような感覚が過《よぎ》った。催眠魔法だ。しかし威力は低い。一瞬だけ覚えた眠気はしかし、時を置かずに霧散していく。

けれども魔法を放った当の本人は気付かない。目を覚ます様子もなく、ただただ寝息を立てて深く眠ったままの相手を侮ってか、嘲《あざけ》るような声が漏れた。

「……間抜けだこと。高ランクが聞いて呆れるわね。あの騒ぎで目を覚ましもしなかったなんて。所《しょ》詮《せん》は東方の蛮族ということかしら。こんなものを寄越すギルドもたかが知れてるわ」

侮蔑の言葉を吐いた声はやはりカリーナのものだ。

間抜けはどちらか。アレクの声が聞こえたような気がした。勿論それは気のせいなのだけれども、皮肉屋の彼ならきっとそう言うのではないだろうかと頭の片隅でふと思った。

衣擦れの音が静かな室内に響く。何かを取り出したのだと思った瞬間、きゅぽ、という音がした。そして気配がさらに近付き、冷えた震える指先がシオリの唇を静かに押し開ける。

「悪く思わないで。少し長く眠っていてもらうだけよ。そう、寝過ごして音楽会が失敗するだけ」

眠り薬を飲ませようとしている。その瓶が傾けられようとした――そのとき。

金属が擦れる音と同時に小さな悲鳴が上がり、唇に押し当てられていた指がぱっと離れた。

「――そこまでだ」

低く険しい声が響き渡る。恋人の常にないほどの冷たい声に内心ぞっとしながらも、それを合図にシオリは目を開け身構えた。

勢いよく部屋の扉が開いて幾人もの騎士が雪崩《なだ》れ込み、魔法灯が灯《とも》される。闇に沈んだ室内が瞬時に明るくなり、その眩《まばゆ》さに目が眩《くら》んだ。それでもシオリは傍らで硬直している女をぐっと見据えた。

――首筋に魔法剣の切っ先を突き付けられたまま立ち尽くしているカリーナをだ。

冬空のように色の悪い蒼褪めた肌に、血の色が抜けて紫に染まった唇。顔色はまるで死人のようだというのにその瞳だけがぎらぎらと異様な光を宿して輝き、そのアンバランスさがより一層彼女の動揺を際立たせていた。カリーナはおどおどと視線を彷徨わせ、それから口を僅かに開いた。が、何か言葉を発しようとして上手くいかず、その喉からは震えを帯びた吐息が漏れるだけだった。

「シオリ」

彼女から視線を外さないまま呼ぶアレクに咄嗟《とっさ》に返事ができず、シオリは目だけで彼に答えた。

「中身は飲んではいないな？」

「……うん、大丈夫。だってそうなる前に止めてくれたでしょう」

彼のことだ。シオリに害が及ばない、それでいて確実に害意ありと見なせるぎりぎりのところでタイミングを計っていたはずだ。

アレクは微笑んだ。しかしそれも束の間、その瞳に険しさが戻る。

「この女から薬瓶を」

「……うん。分かった」

硬直している彼女の手から、薬瓶をそっと取り出した。そのとき触れた手が冷たくじっとりと汗ばんでいて、居た堪れなくなったシオリは目を伏せる。

ニクラスに彼女を預けたアレクは剣を収め、取り上げた薬瓶を受け取った。エナメルボトルほどの大きさの、先端が尖《とが》った特徴的な形の瓶は、内容物を少量ずつ垂らして使うためのものだ。そのラベルを確かめて暫《しば》し考え込んだアレクは、瓶の口を手で煽《あお》るようにして匂いを嗅いだ。それからニクラスに薬瓶を手渡す。

「睡眠薬だな。常夜草の花から抽出したものだ」

アレクと同じようにしてそれを確かめたニクラスは言った。

「――不眠を訴えれば簡単に処方される」

その言葉に勢いづいたのか、幾分平静を取り戻していたカリーナは取り繕うように言った。

「ええ、そうです。時々眠れないときに使っておりますの。シオリさんは随分緊張なさっていたようですから、明日に差し支えないようよく眠れるようにと――」

「わざわざフェリシア殿や見張りを魔法で眠らせ鍵を奪ってまでか？　苦しい言い訳だな」

それは彼女自身も承知の上だったのだろう。一縷《いちる》の望みを掛けて口にした苦し紛れの言葉は、言い訳にすらならなかった。彼女はぐっと唇を噛《か》んで目を伏せる。しかしそれも束の間、観念したのか再び顔を上げたカリーナは口を開いた。

「――計画を成功させるためにはどうしてもシオリさんが邪魔だった。目障りだったのよ。だから全て終わるまで眠っていてもらうつもりだった。ほかにも何人かに飲ませるつもりだったわ」

「全て終わるまで、か」

アレクは嘲るように言った。凍えるような瞳は、押し殺した怒りと嫌悪感を如実に表している。

「この薬は薄めて飲むものだろう。コップ一杯の水に一、二滴も入れれば十分に効果が出る。それをお前は原液で飲ませようとしたな」

「だって……規定の量では朝には目が覚めてしまうわ。丸一日は眠っていてもらわなければ」

彼の言葉の真意が掴めずカリーナは戸惑いを見せた。しかしシオリは薄ぼんやりとした恐怖を感じてふるりと身体を震わせる。数滴を水に混ぜるだけで十分なはずの薬を原液で。身震いしたシオリの肩を抱き寄せたアレクは、低い声で問うた。

「参考までに訊いておこう。カリーナ殿、シオリにこれをどれくらい飲ませるつもりだった」

「三分の一ほど……」

おお、という呆れとも怒りともつかない声が周囲から漏れた。

無言で彼女を見据えるアレクの紫紺の瞳が一層鋭くなった。魔獣に対峙《たいじ》したときよりも遥かに険しい視線。良家の娘らしい彼女なら恐らく一度も向けられたことがなかっただろうその剥き出しの怒りに、彼女の青い顔色が紙のように白くなった。恐怖にぐらりと傾いたその身体をニクラスが支える。

「俺達が気付いて良かったな。でなければお前は今頃殺人者だ」

「さ……殺人ですって⁉」

アレクの言葉にカリーナは目を剥いた。もがいて身体を支えていた騎士の手を振り払い、踏鞴《たたら》を踏むようにして前にまろび出る。

「殺人なんて大袈裟《おおげさ》だわ！　たかが睡眠薬なのよ！」

「やはり素人か」

アレクは嗤《わら》った。

「原液でも一、二滴程度なら確かに二、三日もあれば目を覚ますだろう。だが、多量に飲めば神経がやられて二度と目覚めない。昏睡《こんすい》状態に陥りそのまま衰弱してあの世行きだ」

薬物の過剰摂取による中毒死。どんな薬であろうと量を過ぎれば身体に毒となる。彼女はそれを知らなかったのか。

カリーナは喘《あえ》いだ。

「――そんな。私……私、そんなつもりは……」

「つもりはなかったとしても、実際に手を下して結果が出てしまえばそれは全てお前の責任だ」

「でも未遂よ！　シオリさんだって無事だわ！」

厳しいアレクの言葉に彼女はきっと顔を上げて言い放った。無事だと言いながらもそのぎらついた視線ははっきりとシオリを捉えていた。明らかな殺意に身の毛がよだつ。

「――だからと言って貴女の罪がなかったことになる訳ではありませんよ、レディ」

静かな、だが切って捨てるようなニクラスの言葉にとうとうカリーナはその場に膝を付き、両手で顔を覆った。室内に狂おしい女の啜り泣きが響き渡る。

シオリは恋人に肩を抱かれたまま、その姿を見下ろして言葉もなく立ち尽くした。最初に受けた知的で冷静な女性だという印象は、こうなってしまった今でも変わってはいない。トップスターのマネージャーを務め、一座の代表を任されるほどの彼女は非常に優秀であったはずだ。そんな彼女が罪を暴かれ懊悩《おうのう》する姿を眺めるのは決して気持ちの良いものではなかった。

「――なぜこんなことをしたのです。計画の邪魔になるからというのは分かりました。ではその計画とは？　フェリシアさんを陥れることですか？」

騎士の後ろから姿を現したコニーが静かに問う。顔を覆ったままの彼女はこくりと頷いた。

「なぜですか。お二人が信頼し合っているのは誰の目にも明らかでした。貴女が彼女を大切にしているのも見ていてよく分かりましたよ。それなのに、なぜこのようなことを？」

顔を覆っていた手が静かに離れ、そっと膝の上に置かれた。しかしその顔は俯けたままで、表情までは窺えない。

「……羨《うらや》ましかった。私がどれだけ努力しても手が届かなかった輝かしいあの場所に、フェリスはたった数年で上り詰めてしまったわ。歌を一から教えてあげたのは私なのに、あの子ったらみるみるうちに上達して、あっという間に私を追い越してしまった。それなのに私は……」

きゅ、と噛み締めた口元だけが見える。

「私はせいぜいが前座止まり。どんどん後続の子達に追い抜かれてお払い箱になったわ。だからもうこの世界は諦《あきら》めたつもりだったのに」

身分ある者が芸で身を立てることは低俗と見る風潮が各国に残る中、ストリィディア王国は芸術に対して極めて寛容な国である。百五十年前の王の第二妃が優れたソプラノ歌手であり、領土奪還作戦の折、戦地に赴く騎士を妃自らが歌で以って鼓舞したという経緯があるためだ。王都の一等地にあるエルヴェスタム・ホールは国内有数の権威ある歌劇場。ロヴネル家を始めとした名門貴族からも著名な音楽家を輩出したこのホールで職を得ることは、上流階級の領地を継ぐ当てのない部屋住みの若者達にとっては憧れだった。文官や学者、教師に次ぐ憧れの知的職業だったのだ。

その歌の才を見込まれたカリーナは、十代前半でホールの訓練生となった。幾分落ち目であった貴族の娘の箔《はく》付けの意味もあったようだ。しかし結局前座を務める以上の結果は出せず、華々しい舞台を去るよりほかはなかった。どうにか領地持ちの地方貴族との婚約が成立したからというのもある。

それなのに出会ってしまった。フェリシアという娘に引き合わされ、その家庭教師として接するうちに彼女の才能に気付いてしまった。一度は諦めたはずの世界にマネージャーとして舞い戻り、彼女が花形歌手として頭角を現し始めたのを見るにつけて抱いてしまった嫉妬心。

有能なマネージャーとしての評価を高める一方で、表舞台で活躍する彼女の姿にまだ輝いていた頃の自身を重ね合わせ――そして今まさに輝いている彼女と夢を諦めざるを得なかった惨《みじ》めな自身の姿との乖離にひどく打ちのめされるようになった。

ヒルデガルドの存在もまた、カリーナにとっては容認しがたいものだった。自分が数年掛けて友情を育んだフェリシアとの間に割り込み、ごく短期間で親友になってしまった。そしてフェリシアと同じように、自身がどれだけ手を伸ばしても掴み取ることができなかった花形歌手になってしまった。

歌手同士のお喋《しゃべ》りや悩みの相談事をする二人を見るにつけて、疎外感を感じる日々だった。付き人としての立場では到底入り込めない自分が、夢を叶《かな》えられずに裏方に徹する自分が、生まれついての貴族でありながら、元旅芸人や下女の娘にも劣る自分があまりにも惨めだった。友情と職務、そして嫉妬との間で揺れ動き、人知れず懊悩する日々だったと彼女は呻く。

「そのうちによく眠れない日が増えたわ。だからお医者様に言われたのよ。仕事から離れて静かな場所で静養した方がいいって。このまま仕事を続けて克服するよりも、そういう世界から離れて暮らした方が私にはずっといいって」

「──睡眠薬は、その医者に？」

ニクラスの問いにカリーナは俯いたまま頷く。しばらくの沈黙の後、再び口を開いた。

「私ももう休みたいと思ったわ。婚約者にも言われたの。手に職を持つ現代貴族の女性として十分立派な経歴は得たじゃないか、いい機会だから籍を入れて領地に移ろうって。だから近いうちに辞めて静養地に移るつもりだった。けれど──」

膝の上に置かれたままの細い手が、ぐっと握り込まれる。

「悔しかった。私は夢も諦め仕事も辞めて田舎《いなか》に引き籠らなければならないのに、フェリスは王都の歌姫として華々しく活躍しているなんて、そんなの──」

「だから陥れて舞台で恥をかかせ、評判を落とそうと？」

静かに問うコニーに、小さく頷く。

「羨ましかったのよ。私が欲しいものを全部持っているあの子が羨ましかった。華やかな容姿も、トップスターの座も、同じ立場で語り合うお友達も、私が欲しくても手に入れられなかったものを何もかも持っているあの子が羨ましかった！」

「──そんならオレの居場所をくれてやるから、お前の居場所をオレにくれよ」

思いの丈を吐露したカリーナに、この場にそぐわない蓮《はす》っ葉《ぱ》な女の言葉が掛かる。驚いて振り向いたその先にあったのは、ふらつく身体をヘルゲに支えられて立つフェリシアの姿だ。

一瞬誰が発した言葉か分からず戸惑ったシオリだったが、それはアレク達も同じだったようだ。酒場女のように粗暴な言葉遣いとその淑《しと》やかな外見が結びつかず、戸口に立った歌姫を困惑の表情で見つめていた。その身体を支えているヘルゲでさえあんぐりと口を開けている。

「オレの欲しいもん全部持ってるくせに、この上何が欲しいってんだ」

これが彼女本来の口調なのだろうか。驚くほど蓮っ葉な口調で言い放ったフェリシアは、自身を支えているヘルゲの腕から抜け出した。弱い魔力で中途半端に掛けられた催眠魔法の影響だろうか、夢見の悪い眠りから覚めたばかりのようにその顔色は悪い。それでもふらつく身体を自身の足で支えて一人で立った彼女は、カリーナをぎろりと睨《ね》め付けた。

「歌姫の座なんざ欲しいならいくらでもくれてやる。だからお前の居場所、オレにくれよ」

「何を……何を言ってるのよ。私を馬鹿《ばか》にしているの？」

蒼褪めていた顔を怒りにさっと赤らめてカリーナは立ち上がる。

「貴女が欲しいものを私が全部持ってるですって？　何の魅力もない地味な私が、一体何を持ってるっていうのよ」

「持ってるじゃねーか」

フェリシアは嗤った。日中見た聖女のような淑やかさがまるで嘘のような獰猛《どうもう》な顔で、そんなことも分からないのかと彼女は嗤った。

「いつでも好きなときに帰れるあったかい家がお前にゃあるじゃねーか。オレにはないホンモノの家族がお前にゃいるじゃねーか」

　はっとシオリは短く息を呑んだ。肩を抱き寄せているアレクの手にもぐっと力が籠る。彼にも何か思うところがあるのかもしれない。しかし見上げたその表情からは何も窺えなかった。ただ、ほんの僅かに紫紺の瞳が揺らめいている。

「好きなときに帰れるあったかい家に、そこで待ってる家族がいるじゃねーか。それに申し分ないくらい男前な婚約者様までいる。どれもオレが持ってないもんばかりだ」

「……何を言うの。貴女だって持ってるでしょう。婚約者は確かにいないかもしれないけれど……」

　カリーナは言われた言葉の意味が分からず困惑するようだった。

「確かに元は誰の子とも知れない旅芸人だったかもしれないわ。でも今の貴女は国内屈指の大商人の養女なのよ。おじさまもおばさまも優しくて人格的にも立派な、理想的なご両親だわ。それに兄様だって貴女を実の妹のように可愛がっているじゃない」

「そーだな。だとしてもオレの立場が危ういことに変わりはねーよ」

　金茶色の髪を揺らしてフェリシアは薄く笑う。その明るい碧眼が昏《くら》く翳《かげ》った。

「どんだけ可愛がってもらってたって、オレが本当の娘じゃねぇことに変わりはねーんだ。今はまだいい。でもな、養父さんと養母《かあ》さんはもういい歳だ。二人がいなくなったらもらわれっ子のオレの居場所なんて簡単になくなるんだぜ」

　養父母が死に、兄が跡を継いだらそこはもう兄の家だ。いずれは嫁いでくる婚約者も、夫とは何の血の繋がりもない義妹を警戒するかもしれない。親類縁者の中には、いつか主家の跡取り息子と養女がただならぬ仲になるのではないかと危ぶむ者もいる。その中には事業絡みで諍《いさか》いを起こしたくはない者も多い。自分がいることで家同士の付き合いや家業に差し障りが出るのであれば、養女の身でいつまでも居座る訳にはいかない。恩あるアムレアン家に迷惑を掛けたくはないと彼女は言った。

「歌の世界に入ったのだって、ただ歌が好きだったからでも恩返しするためだけでもねぇ。名前が売れりゃあ広告塔になれるからな、ちょっとは家業の助けにもなるかもしれねーよ。でもな、本当は自分の自由になる金を稼ぐためだった。いつ家を出てもいいように金を貯《た》めておきたかったんだ」

そうして必死に歌い続けた末に、歌姫という称号を手に入れた——。

「……そんな……でも、だって」

それでも分からないといったようにカリーナは小さく首を振った。

「仮に家を出たとしても、貴女は歌姫なのよ。貴女を欲しがる人は多いのではなくて？」

「馬鹿だな」

フェリシアの浮かべた笑みは悲しげなものだ。

「歌姫だって永遠の称号じゃねーよ。今はまだ若くてかわいーからチヤホヤされてっけどな、歳取って盛りを過ぎたらどうなるよ。それに若くて才能のある奴らが後からどんどこ入ってくる世界なんだぜ。あと数年もすりゃ誰かに歌姫の座を明け渡すことになるだろうさ。そうなったら歌姫じゃなくなったオレには何の価値もねぇ。元はドサ回りの旅芸人だったババァが残るだけだ」

そのときにそれでもこのまま居て良いと言ってくれる人がどれだけいるだろうか。舞台女優を目指す道もあるかもしれないが、そのとき自分にどれだけの余力が残されているか分からない。学も教養も人よりは遥かに劣る。しかし不確かな希望に縋れるほど愚かでもない。

物心付いたときには既に旅芸人の一座に身を置いていた。拙い芸を見せて稼いだ僅かな金で、その日の食事を賄うのが精一杯の日々を過ごした幼少期。そして養父に引き取られ、今度は富豪の娘として上流階級に相応《ふさわ》しい教育を受けた少女時代。市井に身を投じて普通の女として生きるには、一般常識が著しく欠けているという自覚はある。そんな自分が家を出て真っ当な職を得、一人で生活していけるとは到底思えない。勢いだけでもどうにかやっていけるのは若いうちだけだ。盛りを過ぎたら？　病や怪我《けが》で働けなくなったら？

「帰る家もねぇ。無条件に迎え入れてくれる場所なんてねーんだ。そうなったときに頼れるものはなんだと思う？　金だぜ。夢も希望もねー話だけどよ、これが……現実なんだ」

お嬢様育ちのお前にゃ分からねーだろうけどなと、そう言ってフェリシアは切なく笑うのだ。

「――家族ってもんにな、ずっと憧れてたよ。だから養父さんが引き取ってくれたときは本当に嬉しかった。雨漏りも隙間風もない家、優しい家族、あったかくて美味《うま》い飯、綺麗で可愛い服、ふかふかの寝床。具合が悪けりゃ黙って寝てるだけでいい。医者も呼んでくれるし薬だってもらえて、それどころか家族に優しい言葉を掛けてもらえるんだぜ。でもこれだって永遠のもんじゃねぇ。オレが養女である限り、いつかは手放さなきゃなんねーんだ」

そんな曖昧な立場の自分。永久のものではない、居場所。歌手を目指したのは、いずれくるだろう一人での生活を維持できるだけの貯《たくわ》えを作るため。学のない自分にただ一つだけあった才能を利用しない手はないのだと彼女は語った。

「だから、さ。カリーナ。お前が羨ましかったんだ。オレの欲しいもんを全部最初から持ってるお前がずっと羨ましかった」

シオリは胸元を抑えた。フェリシアの気持ちがよく分かるからだ。

異世界に身を投げ出され、何の縁もないこの世界でただ一人きりで生きていかねばならないと気付いたとき、同じように思ったのだ。兄や恋人、得難い多くの友人ができて独りではないと気付いた今でさえ、その思いは払拭《ふっしょく》できないでいる。積み重ねてきた人の縁が何一つないということがどれほど恐ろしいことなのか、身をもって知っていたからだ。

シオリの肩を抱く手に強く引き寄せられる。力強い腕に抱かれて彼と密着した場所が温かい。

フェリシアを見つめていたカリーナの視線が床に落ちた。その白い手がぎゅっと胸元を抑える。

「――それでも私にとっては……貴女のいるところが憧れだった」

「……だとしてもやり過ぎだ」

アレクが静かに、しかし確かな嫌悪感を滲ませた声色で言った。

「お前の自尊心を満たすためにどれだけの人間を巻き込んだと思っている。お前を仲間と信じていたあの者達は毒で丸一日苦しんだ。大事な舞台をふいにした者だっている。それどころか無辜の者を二人も罪に陥れようとしたんだ。到底許されるものじゃない」

「……二人？　二人ですって？」

カリーナはぎょっと目を剥いた。

「罪を被ってもらうつもりでいたのはヒルデガルドだけよ。二人だなんて、ほかに誰を」

「フェリシア殿だ」

目を見開いたカリーナに、アレクは溜息を吐く。

「……いざとなったら歌姫に罪をなすり付けるつもりだったのかと思ったが――そこまでの考えがあってのことではなかったんだな」

「どういうこと？　私はただフェリスが歌姫の座から退いてくれればそれで良かった。罪を被せるつもりなんてなかったわ」

「ヒルデガルド嬢を現場におびき寄せたのはフェリシア殿からの手紙、それも事件を予兆させるような内容とくれば、むしろ彼女がヒルデガルド嬢を陥れて表舞台から消そうとしているかのようにも見える。当然疑いはフェリシア殿に向けられるだろう。ヒルデガルド嬢が手紙を指示通りに焼き捨てない可能性を少しでも考えなかったのか。事実その通りになったんだぞ」

カリーナは愕然《がくぜん》と目を見開いた。彼の言う通りに考えもしなかったのだろう。ただヒルデガルドをおびき寄せるためだけにそうしたのだ。

「そんな……私、フェリスに消えてもらいたい訳ではないのよ。ただ身を引いてもらえればそれで良かった。だって大切な教え子で……お友達なんですもの。だからこんな華やかな世界じゃなくって、もっと静かな場所で仲良くお茶でも飲みながらお話をして、時々歌を歌って穏やかに暮らせればいいって——私、そんなふうに……」

「カリーナさん」

静かな声が割って入る。コニーは柔らかく、しかし毅然《きぜん》と言った。

「貴女の人生が貴女のものであるように、フェリシアさんの人生もまたフェリシアさんのものです。彼女の人生は貴女の人生の付属品ではないのですよ」

歩み寄り、そして冷えたままの彼女の手を取り、そっと包み込む。

「身分違いで本来なら交わるはずのなかったお二人の人生が、奇跡的に交わり親友となった——そのことを素直に喜びましょう」

カリーナは言葉もなく俯く。そして長い沈黙の後に、小さく頷いた。その彼女に縄を掛けようと歩み寄る騎士を、ニクラスがそっと押し留めて首を振る。彼女にもう逃げる気はない、と。

そして彼は静かにカリーナに向き直った。

「……レディ。随分と大掛かりな犯行でしたが、これは全て貴女一人が？」

その問いに少し悩む素振りを見せた彼女はやがて、いいえ、と頭を振った。

「音楽会のタイミングでヒルデガルドにたまたま仕事が入っていないだなんて偶然は、私一人では作れないわ。あの子、ああ見えて仕事に対してはとても真面目なのよ。だから偶然予定が空いていなければ、いくらフェリスの呼び出しがあったとしても応じなかったのではないかしら」

彼女の言葉が意味するところをすぐには理解できず、シオリはアレクを見上げた。彼も少し考え、それから「なるほど」と唸る。音楽会前後の予定が空くようにヒルデガルドの日程を調整することができる人間は限られる。

「……それはつまり――」

アレクが言い掛けたとき、慌ただしく駆けてきた騎士がニクラスに駆け寄った。何か耳打ちをし、それから略式の敬礼をして去っていく。ニクラスはにやりと笑った。

「――ああ失礼。つい先ほど貴女のお仲間が捕まったそうです。粗方白状したようですよ」

8

――およそ一時間ほど前。

迎賓院での作戦をニクラスに任せ、聖堂騎士団本部でエルヴェスタム交響楽団絡みの警備の指揮を執っていたヨアンは、慌ただしい足音に気付いてそちらに視線を向けた。開け放したままの戸口から一人の聖堂騎士が飛び込んでくる。裏門の警備を任せていた騎士だ。略式の敬礼をした彼は言った。

「ヒルデガルド嬢のマネージャーを名乗る男が裏門に来ています」

「何？　こんな時間にか」

生誕祭の期間中は深夜も飲食店の営業が認められている。そのためこの時刻に市内を出歩いていても見咎《みとが》められることはない。だが消灯時間を過ぎた大聖堂にやってくる者はまずいない。

ヨアンは瞳を眇めた。傍らの聖堂騎士に扮したノア――ニクラスの隊では彼に次ぐ立場だ――に視線を流すと、彼もまた灰色の目を鋭くする。

大聖堂の警備や死霊祓《はら》いが主な職務の聖堂騎士団とは違い、王立の北方騎士隊の役割は地域保全に犯罪の取り締まりとその捜査だ。この道のプロ。大聖堂構内で何らかの犯罪が行われようとしている今、彼らが頼りなのだ。

「ヒルデガルド嬢を捜し回ってこの時間になったということです。対応の指示をお願いしたく」

「なるほど。分かった、我々が行こう」

ノアに目配せしたヨアンは、彼と共に本部からほど近い裏門脇の詰め所へと向かった。扉を開けると、二人の騎士に付き添われて簡素な椅子に腰掛けていた男が立ち上がった。後ろに撫で付けた癖のある亜麻色の髪が揺れ、ふわりと果実のような香りが漂う。洗髪料の香りだ。

「夜分遅くに申し訳ありません。エルヴェスタム・ホールのランナル・オルステットと申します」

その優男は生白い顔に笑みを浮かべ、優雅な動作で名刺を差し出した。ランナルの名と国内屈指の歌劇場の連絡先が印字されたその象牙色の厚紙には、歌の女神の紋章が型押しされていた。

紋章はヨアンにも見覚えがあった。音楽会の開催を告知するポスターにそれが使われていたからだ。音楽会で一番の呼び物、歌姫フェリシアの所属先エルヴェスタム・ホールの紋章だ。

「担当の歌手がこちらにご厄介になっているのではないかと思いまして」

ランナルはそう言いながら困惑の表情を作る。

「友人に会いに行くと言って許可もなく出て来てしまいましてね。書き置きを見て慌てて追いかけてきたのですが……いや、参りました。日没ぎりぎりでどうにか市内に飛び込んだはいいのですが、いると思ったホテルにも見当たらず、こんな時間まで捜し回るはめになってしまいましたよ」

問わず語りに話し始めた彼が着込んでいる外套《がいとう》。襟が洒落《しゃれ》た形に仕立てられたそれは、恐らく流行のものだ。王都からの賓客がよく身に付けている、生地も仕立ても一級品の外套。領民と共に畑を耕すような貧乏貴族出身の己でも分かる。これは王国紳士憧れの有名ブランド、リリエホルムの仕立てだ。雇われ人の給料で簡単に買えるような代物ではない。

(さすがに権威ある有名ホールのマネージャーともなると稼ぎが良いのだな)

そう思いながらその全身に何気なく視線を走らせたヨアンは、その足元を見て「おや」と瞳を眇めた。やはり流行りのものらしい編み上げブーツは、多少雪で濡れた形跡があるものの艶がある。磨いたばかりだということが窺えた。

(妙だな)

僅かな違和感。長旅を終えてそのままこの時間まで駆けずり回っていたにしては身綺麗だ。草臥れた様子がほとんどない。膝下まで隠す長さの外套の裾も、雪道を歩き回ったという割にはあまり濡れてはいないようだ。よほど条件の良い道ばかりを歩いたのか、例のブーツには僅かな汚れすら付いていない。手にした帽子もブラシを掛けたばかりのように埃一つ見えなかった。

（そういえば）

ヨアンはランナルの頭髪を見る。先ほど感じた洗髪料の濃い香りは入浴して間もないものだ。妙に小綺麗な姿と風呂上がりと思《おぼ》しき匂い。彼が口にした「日没ぎりぎりで飛び込んでそれからずっと市内を駆けずり回っていた」という台詞との間に齟齬《そご》がある。

隣のノアもまた何がしかの疑念を抱いたらしい。己の観察眼も捨てたものではないなと自画自賛したヨアンは、すぐに気を引き締めた。

「……あの？」

不安げなランナルに問い掛けられ、無言のまま彼を見つめていたヨアンは我に返る。

「――ああいや、失礼。確かに歌手だという女性を一人、騎士団で保護しているが」

「騎士団で？　なんと！」

彼は顔を苦渋に染めて驚愕の表情を作る。

男の芝居めいた劇的な変化に、ヨアンは再び違和感を抱いた。保護した歌手の名までは教えていない。だがランナルは、その歌手が己が捜している人物だと寸分も疑っていないようだ。態度そのものも大仰に過ぎる。

（……いや、いかんな。先入観で判断するものではない）

歌姫絡みの事件。それに関連して何がしかの下心を持つ者の侵入、もしくは接触があるかもしれないとは聞かされていた。だからつい疑ってかかってしまう。しかし聖堂騎士とは、慈愛と癒しの聖女を奉る教団の信徒にして信仰の護り手。みだりに人を疑うのは好ましくない。

目下の問題として挙げられるのは、このランナルという男の言う身元が事実であるか否かだ。

「失礼だがランナル殿。名刺以外に貴殿の身元を証明するものを何かお持ちだろうか」

「……えっ？」

予想外の質問といった体でランナルは狼狽《うろた》えた。ヨアンは言い添える。

「生誕祭の期間中は多くの貴人や有力者が宿泊する。おいそれと中に入れる訳にはいかないのだ」

「……ああなるほど、それで。とは言いましても……っと、ああ、そうだ！　彼女の書き置きがありますよ。これが証明になれば良いのですが」

思い出したというように懐を弄《まさぐ》った彼は、手帳の間に挟んでいた便箋を取り出した。家紋が透かし彫りにされた便箋に、若い娘らしい丸みを帯びた女文字が躍る。

『ランナルさんへ。友達に会いに行ってきます。次の仕事までには必ず戻りますのでご心配なく。ヒルデガルド』

ごく短い文章の手紙。目を凝らしてみても何の変哲もないただの手紙のように思えた。

――アレクというあの冒険者の男は即座に手紙の偽造を見破り、何がしかの陰謀が企てられている可能性を示唆したという。要職を輩出する名門一族などでは偽造文書を見抜く手法を学ぶ機会もあるというが、あの男もどこかの貴族家の出身なのだろうか。

ヨアンはノアに目配せした。しばらくの沈黙の後に彼は頷く。

「なるほど。確かにこちらでお預かりしているのはヒルデガルド嬢だ。どうぞ中へ」

「お手数をお掛けします。当ホールの歌手がとんだご迷惑を。早急に王都に戻り、上役と話し合わなければ」

促されて腰を上げたランナルは女好きのする顔を苦悩に歪めてみせた。苦渋の表情に対してその瞳は興奮に爛々《らんらん》と輝き、その対比と今の台詞がこの男に感じた違和感をより色濃くした。ヨアンはただ「騎士団で保護した」と伝えただけだ。しかし、どういう訳か彼はヒルデガルドが罪人として拘束されているものと思い込んでいるようだった。早合点にしても不自然に過ぎる。

ノアはランナルの背後に控えた二人の騎士にさり気なく目配せした。片方は北方騎士隊の騎士だ。彼は目だけで頷くと、持ち場に戻ると言って詰め所を出ていった。どうにも胡散臭《うさんくさ》いこの男を包囲する手筈を整えるためだ。

ヨアンの先導でヒルデガルドがいる騎士団本部へと向かう。本部への僅かな距離の間、ランナルは訊きもしないことをぺらぺらと捲し立てた。曰《いわ》く、ヒルデガルドはフェリシアを妬んでいた、そのうちに嫌がらせまで始め、窘《たしな》めても聞こうともせず度を過ぎるようになった、等々。

嫌がらせの件は本人が否定していた。その証言を鵜呑《うの》みにはできないが、仮に嫌がらせが事実だったとして、まるきり他人事《ひとごと》のように悪し様に言うだけのこの男の有様はどうだろうか。仕事のパートナーとも言うべき彼女を庇《かば》うどころかせっせと悪評を振りまいて、その罪を確かなものとして印象付けようとしているかのようだ。

不快感を押し殺しながら歩くヨアンは、やがてある部屋の前に立つ。ヒルデガルドに宛がわれている仮眠室の真横の、空の部屋だ。扉の前を護る騎士が敬礼する。この中に彼女がいると促されたランナルが扉の取っ手に手を掛けたところで、彼の背後を護っていたノアが静かに言葉を発した。

「――ところでランナル殿。ヒルデガルド嬢の書き置きを見てこちらに来たということだが、彼女は行き先や会いに行った相手について他《ほか》に何か書き残したりなどは？」

ランナルは背後のノアを振り返った。そしてほとんど悩みもせずに答える。

「いいえ。先ほどお見せした書き置きだけですよ」

「そうか」

さして意味はないように思える問答。だがヨアンは察した。チェックメイトだ。

果たして、ノアの手が彼の腕に掛かる。

「失礼だがランナル殿。貴殿の言動に疑わしい点がある。少しお話を伺いたい」

「は？」

ぎょっとしたランナルは、訳が分からないと言ったようにぎこちなく笑った。

「疑わしい点？　どういうことです？」

「――あの書き置きには『友達に会いに行く』とだけ記されていた。だが貴殿は当然のようにトリスに来た。行き先は記されていなかったにもかかわらずだ」

その指摘に彼は目に見えて青くなった。

「え、いや……しかし、友達に会いに行くとありましたから、フェリシアのもとへ向かったのかと」

「それだ」

その答えの矛盾をノアは鋭く突く。

「先ほど貴殿は、ヒルデガルド嬢はフェリシア嬢を妬み嫌がらせをしていると言った。到底友人関係にあるとは思えないが」

「え、あ……その、一時期親しくしていたこともありましたので……」

「だとしてもフェリシア嬢のところに向かったと何故言い切れる？　ましてや今は嫌がらせしている相手だ。『友達に会いに行く』という言葉一つで真っ先に思い浮かぶ相手とも思えないが」

「それは……」

畳みかける言葉に、ランナルはとうとう押し黙った。ただ呻いて視線を彷徨わせるのみ。

「それ以外にもまだまだあるぞ。到着してから今までずっと駆けずり回っていたにしては衣服の乱れがないこと、靴が磨き上げられていること。それに」

勢いよく伸びたノアの手がランナルの外套の襟を掴み、乱暴な仕草でその胸元を曝《さら》け出す。糊が利いて皺一つ見えないドレスシャツがはだけた外套の襟元から見えた。ふわりと石鹸《せっけん》の香りが漂う。

「――風呂上がりと思しき匂いに着替えたばかりと見えるシャツ。書き置きを見てすぐ後を追い、数日掛けた長旅の末にそのまま何時間も人捜しのために駆け回っていたという割には、どこかで風呂に入る余裕はあった訳だ。替えのシャツまで用意しているという準備の良さ。どうにも不自然だとは思わないか？」

「あの、着替えは……その、途中泊まった街で買いましたので」

「完全オーダーメイドの高級紳士服店リリェホルムのシャツを、追跡行の途中の街でか？」

「は――」

ノアの容赦ない追及にランナルは絶句した。血の気が引いて蒼白な顔、この季節には相応しくないほどに汗ばんだ肌、小刻みに震える唇。血走って彷徨う視線。

（……なるほど、これが罪人というものか）

大聖堂に懺悔に訪れる咎人とは訳が違う、正真正銘の罪人だ。

そのあまりにも醜い様相に、ヨアンは職務を忘れて目を背けそうになった。癒しと慈愛の聖女を奉り、人々の安寧と罪科の許しを乞うて祈りを捧げる、そんな神聖な場所で日々を過ごす己にとってこの毒はあまりにも強過ぎる。だが、どうにか堪えてランナルを見据えた、そのとき。

「……あれ、ランナルさん？」

隣室の扉が開き、中からやや髪の乱れたヒルデガルドが目をこすりながら顔を覗かせる。外の騒ぎに起きてしまったらしい。

「どうしてここ――」

寝起きで舌足らずになった口調で問うたヒルデガルドは、髪を振り乱して己を見たランナルの血走った目にひゅっと息を呑む。

「こいつもだ！　この女もぐるだ！　この女があいつを追い落とそうと仕組んだんだ！　俺はこいつに協力しただけだ！　こいつが！　何もかもこいつが――」

罵声《ばせい》を上げ両脇を抑える騎士を振り払い、立ち竦むヒルデガルドに掴みかかろうとする男の目前に深紅の影が過った。次の瞬間には真っ赤な粘着質の物体に取り付かれ、ランナルは身体をよろめかせてその場に膝を付く。

ヒルデガルドを後ろ手に庇ったヨアンは、嫌悪感も露わに足元をのたうつ男を見下ろした。

「ルリィ君！　こいつを殺すなよ！」

シオリが連れていた使い魔だというスライムは、男を拘束したまま触手をしゅるんと伸ばして丸を形作ってみせた。恐らくは了解の意だ。

取り押さえられ、その身に縄が掛けられてとうとう観念したのか、ランナルはがくりと項垂《うなだ》れた。

臨戦態勢に入ると赤に変色する性質を持つらしいルリィが瑠璃色に戻る。もう、危険はないのだ。するりとランナルから離れたルリィは、ヨアンの後ろで震えているヒルデガルドに近寄り、触手を伸ばしてその腕をぺたぺたと叩く。宥めるような仕草に、彼女は怯えた顔をくしゃりと歪めてしゃくり上げた。力が抜けて崩れ落ちそうになる身体を慌てて支え、部屋の奥の寝台まで導いて座らせる。

「――ヒルデガルド嬢。貴女の容疑がまだ晴れていないことは確かだ。だからもうしばらくここにいてもらうことになる」

静かなノアの声に、ヒルデガルドはこくりと頷いた。

しかし彼女の容疑は近いうちに晴らされるだろう。部下に運ばせた温かい薬草茶を涙が乾き切らない顔で口に含む彼女を見つめながら、ヨアンはそんな予感を抱いた。そしてその予感は外れることはなく、数日後、王都に護送された彼女の潔白は証明されることになるのだ。


「――そう」

事のあらましを聞いたカリーナは苦笑を浮かべた。

「馬鹿ね。大人しく王都で待っていれば良かったのに、あの人……結果を自分の目で確かめずにはいられなくて、直接来てしまったのだわ」

彼、あれでいて結構小心者なのよ。そう言って彼女は溜息交じりに笑った。

ランナルは王都からヒルデガルドを尾行していた。そのために数週間も前から貸切馬車とトリスの宿まで手配していたのだ。思惑通りトリスに向かった彼女を馬車で尾行し、彼女が大聖堂に入るところまで確かめてから宿に入り、その日はそのまま一晩明かすつもりでいたらしい。しかし翌日まで結果を待つことができず、再び大聖堂に出向いたのが運の尽きだったと言えよう。彼女が騎士団に保護されていると聞き、台本通りに早くも捕縛されたかと早合点した結果があの醜態だった。

「――最後にあと二つだけ訊かせてくれ」

アレクが口を開く。

「王都のホールでの嫌がらせは、お前の仕業か？」

「……ええ。舞台照明以外は全部私よ」

仕込んでおき、そして自らがそれを防いだかのように見せ掛けたと彼女は認めた。

「ではもう一つ。シオリを狙ったのは、台本にはない登場人物だからというだけではないな？」

何度も見せた煮え滾《たぎ》るような悪意。あれの意味は。

顔を上げたカリーナはアレクをじっと見つめ、それからシオリに視線を移す。

「……貴方達、単なる仕事上のパートナーというだけではないでしょう。見ていれば分かるわ」

冷静さを取り戻していたその瞳が揺らめく。

「特に貴方がシオリさんを見るときの目。あんな熱い眼差《まなざ》しで――私も見てもらいたかった」

外した視線の先にいるのはヘルゲだ。フェリシアのそばに佇んでいた彼は、はっと目を見開く。そして次の瞬間ひどく顔を歪めてぽつりと言った。

「……俺のせいかよ」

「いいえ」

カリーナは頭を振る。

「勘違いした私が悪いのよ」

好青年の婚約者に親愛の情はあれど、男女が抱くそれには程遠く――初めて身を焦がすような恋をしたのが彼だった。華やかな歌い手や舞台女優が集う歌劇場では明らかに地味だった自分にも気さくに声を掛けてくれた彼。どんな美女とも分け隔てなく扱ってくれる彼に好意を抱くのに、それほど時間は掛からなかった。しかしその彼が見ていたのは自分ではなく、その隣にいた友人――。

「私が欲しかったものを、本当に何もかもフェリスが持っていってしまった。そのフェリスを今度はヒルデガルドが奪おうとしている。その上――」

嫉妬と羨望《せんぼう》の色を浮かべた瞳でシオリを見た彼女は笑った。

「この国に来てそう何年も経っていないという辺境民族の貴女が、高い評価を得て確固たる立場を築き、その上素敵な恋人までものにして――心底憎《うらやま》しかったわ」

自身が諦め手に入れられなかったものを手にした女達への、卑しく狂おしいほどの羨望と嫉妬。その浅ましい思いが彼女を大胆な犯罪に駆り立てた。しかし彼女は気付いているのだろうか。その根底にあるものが、己よりも劣ると侮っていた女達に追い抜かれたことで覆された優越感であることを。

カリーナはシオリから目を逸《そ》らすと、傍らのニクラスに小さく頭を下げた。頷いた彼は聖堂騎士団のマントを外し、そっと彼女の頭から被せてやる。これ以上の恥を晒《さら》さないようにという気遣い。その背に腕を回し、彼女を促して静かに歩き出した。

「――なぁ、カリーナ」

カリーナとすれ違いざま、フェリシアが声を掛ける。

「オレを歌姫にしてくれたのはお前だ。トップに押し上げてくれたのはお前なんだ。オレ一人じゃ絶対にここまで来れなかった。感謝してんだ。それを……忘れねーでくれよ」

深々と掛けられたマントに隠された彼女の表情は見えない。ただその震える唇が微かな笑みの形を刻み、そして何事かを小さく呟いた。頬を滑り落ちた雫《しずく》が床に染みを作る。

騎士に取り囲まれて連行されるカリーナを、いつの間にか成り行きを見守っていた彼女の同僚達が無言で見送る。切なげに眉尻を下げる者、涙ぐんで俯く者、険しい顔で睨《にら》み付ける者、複雑な表情に顔を歪める者――それぞれが様々な想いを胸に仲間を――仲間だった者を見送った。

階下に通じる階段の先にその姿が消えてしばらく後。

「――ごめんなさいじゃ、ねーだろうがっ……！」

フェリシアはぎりりと噛み締めた口の端から小さな慟哭《どうこく》を漏らし、金茶色の髪を掻き毟《むし》る。その肩を遠慮がちにヘルゲが擦った。

残った騎士が気遣わしげに彼らに視線を向けながらも、それぞれの仕事のために動き出した。

「……ね、アレク」

「……なんだ？」

シオリは、自分を抱き寄せたままカリーナが消えた戸口を眺めていたアレクを振り仰いだ。

「あの人、どうなるかな」

どんな罪に問われるのだろうか。死人はなく、使った毒物も死に至らしめるようなものではなかった。しかし多くの人々を巻き込み苦しめた罪は重い。アレクは眉間に皺を寄せた。

「お前や同僚に致死量に達する睡眠薬を飲ませようとしたこと、それから王都での嫌がらせがどう扱われるかで大分変わるだろうな」

殺意の有無。特に舞台照明のことは彼女自身が否定したけれど、それが真実か否かによって結果が変わるだろう。直撃していれば間違いなく大惨事だったはずだ。衣装に仕込まれていた針も、ヒールが折れるように細工されていた靴も、どちらも一歩間違えば命にかかわる。

「アレク殿、シオリ殿。少しお話を」

現場検証を始めていた騎士が二人に声を掛ける。二人は視線を交わし合い、それから頷いた。

生誕祭前夜の事件はこうして幕を下ろした。そしてこの事実は、翌日の生誕祭が無事成功のうちに終了するまで外部には伏せられることとなる。


——この後、北方騎士隊で取り調べを受けた後、カリーナ・スヴァンホルム及びランナル・オルステットは王都に護送され、正式に王都騎士隊へと引き渡された。厳しい取り調べの結果、ランナルは自らが主犯であること、カリーナを唆《そそのか》して共犯としたことを認めた。同時にヒルデガルドは無実であることが証明された。

——ランナルは経費の一部を横領していた。国内有数の歌劇場エルヴェスタム・ホールの歌手、その二番手ともなれば宣伝や舞台演出に掛ける費用は莫大なものだ。一部とはいえ着服していた金はかなりの額になっていた。実家を出た雇われ人の身で高級住宅街に家を借り、上流階級の紳士に相応しい一級品ばかりを身に付けることができたのはそのためだった。

金の出所を三番手の歌手に見抜かれたランナルは、それをネタに脅迫された。事実を公表されたくなければフェリシアとヒルデガルドを潰せと迫られた彼は、身の破滅を恐れて頷くしかなかった。成功したら繰り上がりでトップとなる彼女の付き人にすると約束されたことも理由の一つだ。

ヒルデガルドを通してフェリシアやカリーナと一時期親密にしていた彼は、カリーナの劣等感に気付いていた。彼はその劣等感を巧みに煽り、彼女を仲間に引き入れることに成功した。

二人はそれとなく手を回してフェリシアとヒルデガルドを引き離し、ヒルデガルドが嫉妬の末に嫌がらせをしているかのように噂話を流した。そして二人の対立が周囲に知れ渡った頃、フェリシアに音楽会の参加依頼が舞い込んだ。これを好機とみたランナルは、音楽会を利用して二人を社会的に抹殺しようと一計を案じたのだ。

カリーナにフェリシアの手紙を偽造させ、アムレアン家の従僕を装い郵便配達人に手渡した。そして金さえ積めばどんな仕事でも引き受ける冒険者崩れを雇い、シェーナ風邪患者を演じてヘルゲと接触するよう指示した。第一の犠牲者に彼が選ばれたのは、カリーナの腹いせの意味もあったようだ。

そしてトリスまであと数時間という場所での休憩中、カリーナはヘルゲが乗り込む馬車の飲み水に密かに毒を混ぜた。敢えてトリス到着目前で仕掛けたのは、症状が進んで途中の村で足止めされ、音楽会への参加そのものが不可能になることを防ぐためだ。

それから後は筋書き通りに事は進んだ。二人にとって誤算だったのは、主催者が補助要員として冒険者を雇ったこと、歌姫自身も強くそれを望んだこと、そしてその雇った冒険者が様々な知識と経験を持ち合わせた手練れだったということだろう。その冒険者が訪れてからごく数時間のうちに、毒物混入と手紙の偽造を呆気《あっけ》なく見抜かれてしまった。

かくしてカリーナは台本を外れて動き出す物語を修正しようと躍起になって怪しまれ、ランナルは自ら手掛けたシナリオの出来栄えを自身の目で確かめようと要らぬことを考えて馬脚を現した。犯罪という手段を用いて己の欲と自尊心を満たそうとした、その結末は惨めなものだ。

「博打《ばくち》を打つには選んだ舞台が大き過ぎましたね。せめて王都のホールだけで完結させておけばあるいは上手くいったかもしれませんが」

領都トリスにおける捜査を指揮した騎士ニクラス・ノイマンは、後にそう述懐したという。

ランナルとカリーナはその後公判に付され、それぞれが罪を認めて懲役刑が確定した。ランナルを脅迫した歌手もまた舞台照明に細工したことを認め、殺人未遂罪で長い懲役刑に処されている。

なお、この事件には後日談がある。

模範囚として期日よりも早く出所したカリーナは実家に立ち寄った後、その足でトリス大聖堂併設の尼僧院を訪ねている。出家し、祈りと労働の日々を数年送った後には巡回修道女として各地を巡るようになったという。

後年、その濃紺の修道服から「宵闇の歌姫」と呼ばれて慕われる一人の巡回修道女の話題が人々の噂に上るようになる。各地の刑務所や医療施設、孤児院などを巡り、歌や幻影魔法を用いた「活弁映画」なる小芝居で人々を慰めたカリーナという名の修道女が、このカリーナ・スヴァンホルムであったかどうかは定かではない。

ただ、かつて王都の歌姫として君臨した大女優フェリシアと著名なフルート奏者ヘルゲ・ルンディーン夫妻や、大司教コニー・エンヴァリ、そしてトリス魔法工科大学の前身、冒険者養成校の創設者アレクセイ・フレンヴァリ公爵夫妻などの著名な人物と交流があったということが伝えられるのみである。

第三章　聖夜の歌姫

1

日付が変わって大分過ぎた頃《ころ》、ようやく関係者の事情聴取が終わった。大司教の好意で精神安定効果のある薬湯が届けられ、それを手に楽団員達は与えられた部屋に戻っていった。北方騎士隊はあらかたの事情聴取と現場検証を終えて、ひとまずは引き上げることにしたようだ。

「僕達も休みましょう。あの騒ぎの後なので眠れないかもしれませんがね」

起床時間は予定より一時間遅くするとコニーは言った。日程に影響しないぎりぎりの範囲だというが、それでもありがたかった。シオリを少しでも長く休ませてやりたいと少々焦り始めたアレクの背後から、フェリシアが「――あの、お二人とも」と遠慮がちに声を掛ける。

口調も声色も歌姫らしいものに戻っていた。しかしあの蓮《はす》っ葉《ぱ》な口調が鮮烈に記憶に焼き付き、咄《とっ》嗟《さ》に返事ができずに二人は押し黙った。それに気付いた彼女もまた口を噤《つぐ》み、しばらく気まずげに視線を彷徨《さまよ》わせてから小さく溜息《ためいき》を吐《つ》いた。がしがしと頭を掻《か》きながら苦笑いする。

「……いや、あんたらの前で取り繕うのはやめとくわ。なんかもう今更だしな」

儚《はかな》げでたおやかな見た目と粗野な仕草の不均衡に違和感こそあるが、この方がしっくりくる気がしてアレクはほっと息を吐いた。どうにも取り繕った女は苦手なのだ。横でシオリが苦笑いしている。

「カリーナは連れていかれちまったし、オレ一人で寝るのも寂しいんだわ。色々考えちまって寝られる気がしねーし。本当はヒルデがいりゃあ一番いいんだけど」

フェリシアはちらりとコニーに視線を流すが、彼も隣の騎士も苦笑しながら首を横に振った。正式に容疑者から外されていない者を連れ出すことはできない。それは彼女も分かっているのだろう。

「だから、二人に部屋に来てもらいてーんだ。ベッドに空きはあるからちょうどいいだろ」

ほんの少し話し相手をしてもらったら頑張って寝てみると言う彼女の笑顔には力がない。強がって見せてはいるが、信頼を寄せていた友人に裏切られたという事実に打ちのめされているのだ。

ちらりと見下ろすと、シオリは微笑《ほほえ》んで頷《うなず》いた。了承の意だ。

「――ああ、分かった。歌姫殿の護衛の依頼はまだ有効だからな」

その答えにフェリシアはほっとした表情で薄く笑った。

コニーやその場に見張りとして残った騎士に就寝の挨拶《あいさつ》をし、フェリシアに招き入れられて部屋に入る。広い室内の壁際には寝台が三つ。うち二つは使った形跡が残されていた。

「あ……他人が使ったベッドだとあんま気分は良くねーか」

寝相が悪いのか、シーツも肌掛けも派手に乱れた中央の寝台は彼女が寝ていたらしい。

もう片方の寝台はカリーナが使っていたのだろう。騎士隊が証拠品を調べるために不要なものを除《ど》けたらしく、肌掛けや毛布は申し訳程度に畳んで寝台の脇に積み上げられていた。その上には脱ぎ捨てられたカリーナの寝衣。仮にも淑女が寝衣のまま室外に出るには抵抗があったのか、拘束時の彼女は昼間の衣服に着替えていたが、カリーナにしろランナルにしろ、そんな些細《ささい》な習慣を捨てきれないあたり、やはり大掛かりな犯罪には向かない性質のように思われた。大人《おとな》しく刑に服して罪を償い、真っ当な道に戻ってくれるといい。シオリを害そうとしたことに許せない気持ちもあるが、王家の人間としてはそう願わずにはいられなかった。

フェリシアはカリーナが使うはずだった寝台を見て眉尻《まゆじり》を下げた。端に皺《しわ》がある以外に使った痕跡《こんせき》はない。気分を落ち着かせるために少し読書をしてから休むと言われ、フェリシアは素直にそれを信じて先に床に就いたという。彼女が初めから眠るつもりはなかったのだと知る由もなく。

「……不眠症だったなんて知らなかった。最近はまってる作家の本が面白くって寝不足気味だってのは聞いてたけどさ」

カリーナが自らの病を打ち明けた相手は、自身の婚約者だけだったようだ。親友にすら知らせてはいなかった。彼女のプライドが許さなかったのかもしれない。

「……横にはなっちゃいなかったと思うけど、そんでもシーツと寝間着は替えてもらうか」

気遣ってくれたのだろうが、あと数分で深夜二時になろうとしている時刻だ。人の手を煩わせずとも自分は気にしないと伝えると、フェリシアは「そっか」と言ってニッと笑い、そのままぽすんと軽い音を立てて仰向けに寝台に倒れ込む。

「んじゃ、悪いけど両脇《りょうわき》のベッド、使ってくれよ。寝間着は……」

「俺《おれ》はこのままでいい。少し仮眠を取る程度だからな。シオリ、お前は着替えて休め」

その言葉にはシオリよりもむしろフェリシアの方が驚いたようだ。

「え、あんた、ほんとにまだ護衛する気でいんの？　犯人は捕まったし別に寝ちまってもいーんじゃねーの。騎士さんがいりゃ十分だろ？」

犯人という言葉を口にした彼女の表情に痛みにも似た色が浮かぶのを見て取ったが、それには気付かないふりをした。

「そうかもしれんが念のためだ。音楽会が無事終わるまでは気を抜かずにいることにするさ」

「はーん……真面目《まじめ》だなぁ、あんた」

呆《あき》れたような感心したような、微妙な表情でフェリシアは頰《ほお》を掻いた。

「でも、本当にいいの？ 遠征のときみたいに交代でも大丈夫だけど」

「今回はお前がメインなんだ。構わずに寝てくれ。朝になったら二時間ほど休ませてもらうから大丈夫だ。起床時間よりは早めに起きてもらうことになるが」

衝立の後ろで着替えを済ませたシオリにそう返すと、ほんの少しだけ逡巡《しゅんじゅん》してから彼女は大人しく頷いた。未使用の寝台にシオリを寝かせ、枕元の魔法灯に灯《あか》りを点《とも》してから室内の照明を落とす。闇《やみ》に沈んだ室内の、寝台周りだけが温かい橙色《だいだいいろ》の光に照らされた。シオリとフェリシアが肌掛けに包まるのを見届けてから、アレクはカリーナが使うはずだった寝台に腰を下ろす。

「……なぁ。シオリさんってこの国に来てどんくらい？」

しばしの沈黙の後、夜語り代わりかフェリシアが訊《き》いた。

「四年くらいになります」

「東方って言葉も違うんだろ。それはどうしたんだ？」

「親切な人達に教えてもらいました。今では頼れる同僚で仲の良い友人なんです」

「へぇ……友達かぁ。じゃあ冒険者のこととかもそいつらに？」

「ええ。訳あってこの国に来た私を保護してくれたのが冒険者だったんです。お陰で私も冒険者として、どうにかここまでやってこれました」

「……そっかぁ。じゃ、オレとおんなじだな」

そう言った彼女の微笑みはどこか切ない。

「淑女の立ち居振る舞いなんかは養母《かあ》さんにも教わったけど、正直教え方はカリーナの方が上手《うま》かったんだよな。馬鹿《ばか》過ぎて何が分からねーのかも分からねぇオレに辛抱強く付き合ってくれてさ」

あいつがいたから今のオレがあるんだ。そう言ってから彼女は利き腕で目元を覆った。

「――ここんところ、なんとなくあいつの様子がおかしかったのは分かってたんだ。でもなんでなのかは分からなかった。まさかオレを妬《ねた》んでたなんて……さすがに思わなかったなぁ……」

趣味で歌を習っていたとは聞いていた。だがそれは趣味などではなかった。本気だったのだ。本気で歌の世界を目指していたのだ。けれども芽が出ずに諦《あきら》めた世界。それを教え子があっという間に頂上まで上り詰めてしまった――。

「トップはあいつと一緒に取ったと思ってた。でもあいつはきっと違ったんだな。あいつが欲しかったものを、オレが盗《と》ったって思ってたんだなぁ……」

二人が歩んできた道を見た訳ではないアレクに全《すべ》てを察することはできない。カリーナにはなかった才能がフェリシアにはあったのかもしれないし、それ以上に歌に掛ける覚悟がそもそもの初めから違ったのかもしれない。それでも自らが諦めたものを手塩に掛けて育てた教え子が――親友が手にしてしまったとき、彼女はそれを純粋に喜ぶことができなかったのだろう。惚《ほ》れた男でさえも自分ではなく親友に心を傾けてしまったときに、あの女は心の均衡を崩してしまったのだ。

（――どう足掻《あが》いても人の心は自分の思い通りにはならないのにな）

例えば、どれだけ謙虚に振る舞いどれだけ努力しても認めてはくれなかった宮廷貴族達のように。どれだけ真摯《しんし》に向き合おうとしても、アレクという存在そのものを否定したかつての恋人のように。

そして人の人生もまた、誰かの思い通りにはできないのだ。それをカリーナは己の思うままに操ろうとした。親友とその友人の名誉を汚し、人生を捻《ね》じ曲げてまでも思い通りにしようとした――それこそが彼女の過ちだ。

思い通りにはできなくとも、好いた相手の人生にかかわり共に生きていく、そのことにこそ喜びを感じたい。そうありたいとアレクは思う。シルヴェリアの旅で知己を得たアンネリエとデニスのように。そして、己とシオリのように。ザックもクレメンスもナディアも、異母弟も――全てが異なる人生を送りながら、様々な偶然や奇跡を経て出会った得難き友だ。

「……オレ、さ。あいつのこと許せるかな」

顔を覆ったままフェリシアは呟《つぶや》く。

「……今すぐには難しいかもしれません。でも、カリーナさんが心から反省して罪を償って帰ってきたら……そのときに答えを出せばいいんじゃないでしょうか」

シオリの静かな言葉。それを口にした瞬間彼女の瞳《ひとみ》が揺らいだが、顔を覆ったままのフェリシアは気付かない。フェリシアはシオリの言葉をゆっくりと呑《の》み込んでいるようだった。改悛《かいしゅん》したカリーナを許したいという気持ちがあるのなら、そのときにはきっと受け入れられるだろう。

「そう……だな。そーだなぁ。友達で恩人なんだ。危うく台無しにされちまうところだったけどさ、オレ……それでもあいつを」

続きの言葉はなかった。しかし想《おも》いは感じる。許せるかなと言った彼女の言葉、きっとそれは「許したい」と同義だ。

「――ありがとな、話聞いてくれて。少しすっきりした」

こんな話、かえって知ってる奴《やつ》らにはできねーしなとフェリシアは苦笑した。出会って間もない、互いを深くは知らない相手だからこそ気安く話せたのかもしれない。

「いや、これといった助言はできなかったが、役に立てたのなら何よりだ」

アレクの言葉にフェリシアは頷き、「んじゃ、寝るな」と言って枕元の魔法灯に手を伸ばす。

「おやすみー」

ぱちりという小さな音と共に灯りが消えた。それに倣ってシオリも灯りを消し、アレクは警護のために常夜灯に切り替える。柔らかな闇に沈む室内。やがてフェリシアの寝息が聞こえ始めた。元々が豪胆な質《たち》なのだろう。切り替えも早いのかもしれない。アレクは安堵《あんど》の嘆息を漏らしてそっと立ち上がり、シオリの寝台に静かに歩み寄る。もぞりと肌掛けが動いた。

「……やはりまだ眠れないか」

話し掛けると、うっすらと目を開いたシオリは小さく頷く。

「ちょっとまだ気持ちが昂《たかぶ》ってるみたい。眠いことは眠いんだけど」

フェリシアが寝入っていることを確かめたアレクは、シオリの傍らに膝《ひざ》を付いた。手を伸ばして柔らかな黒髪を撫《な》でる。

「お前……大丈夫か？」

心から悔い改めて罪を償ったならそのとき答えを出せばいいと、そう言ったときのシオリは何かを思い出しているようだった。それは恐らくカリーナのことではない。果たして、彼女は言った。

「……よく分からない。ほとんど皆死んじゃったって聞いたし。でも最近思い出すようになったの。私を捨てた仲間がね、皆じゃないけど、あのとき多分……泣いてたこと」

捨て置けば確実に死に至ると分かっていながら、シオリを迷宮に置き去りにしたかつての仲間。イヴァルは冷たく突き放すように言ったくせに、その言葉の端が震えていた。スヴェンとバートは言い訳を並べ立てたけれど、やはり震えて視線を合わせようとはしなかった。ラケルは「余所者《よそもの》だし別にいいよね、ね？」と念を押すように言いながら、しゃくり上げていた。勝手に恋人面をしていたトーレは「ごめんな、ごめんな」と泣きそうな顔で何度もそう言っていたとシオリは言った。

「あの人達のことは今でも許せないよ。沢山酷《ひど》いこと言われて、なけなしの財産全部取り上げられた挙句に殺されかけたんだもの。また会ったら、ふざけるなって怒鳴ってやりたい。けど……」

立ち去る間際の彼らから感じたそれが、真実罪悪感であったかどうかは分からない。けれども多少なりとも悔恨の念があったというのなら、そう感じるだけの真っ当な人の心が残されていたというのなら、宙に浮いたままのこの心も少しは救われるのではないか。

そう語ったシオリのその手が微《かす》かに震え、アレクは両手で包み込むようにしてそっと撫でる。

加害者が刑に服して罪を償ったとしても、被害者の心が完全に癒える訳では決してない。小さな、しかし深い傷痕《きずあと》となっていつまでも残る。シオリはその傷痕に向き合おうとしているのだ。打ち勝つにせよ、忘れるにせよ、どの手段を取ろうとも自分はそれを見守りたい。支えたい。助けが欲しいというのなら、その手を取って共に戦うのもいいだろう。だから彼女が伸ばした手を己は取る。支える者がそばにいると伝えるのだ。

「お前が許せなかったのだとしても、それを気に病む必要はない。あいつらが反省して償うこと、そしてお前が許せないと思うことは別問題だ」

人知の及ばぬ領域にある法廷に召された彼らにどのような判決が下されたかは神のみぞ知る。だからシオリがそのことに煩わされる必要はないのだ。傷付いた心を癒していけばそれで良い。

黒曜に見紛う色の瞳が微かに揺らめき、ややあってから笑みの形に細められた。

「……うん、ありがと。やっぱり優しいなぁ、アレクは」

伸ばされた手が己の頬に触れた。引き寄せられるようにして唇を重ねる。軽く触れ啄《ついば》むだけの口付けは、互いの傷を癒し合うかのように柔らかく、優しかった。

2

微かな衣擦《きぬず》れの音と人が動く気配にアレクは意識を浮上させた。薄く目を開くと室内はまだ暗かったが、カーテン越しに仄明《ほのあか》るい藍色《あいいろ》が透けて見えた。日の出前の色彩。外はまだ仄明るい程度だが、時計は七時五十二分を示していた。朝だ。起床時間まであと僅《わず》か。

「……あ、ごめん。起こしちゃった？」

窓際で外を眺めていたシオリが気付き、静かに歩み寄る。

「いや、大丈夫だ」

交代して二時間弱の仮眠だったが、不寝番よりは遥《はる》かにましだ。朝の挨拶代わりの軽い口付けを交わし、彼女が用意してくれたぬるま湯で洗顔を済ませて身支度を整える。

そうしているうちにフェリシアが身動《みじろ》ぎした。もぞりと上半身を起こして胡坐《あぐら》をかき、ぼさぼさ頭のまま胸元に手を突っ込んでぼりぼりと掻きながら呻《うめ》いている。

「うぁー……ねみぃ……」

清純清楚《せいそ》で麗しいはずの歌姫の、色気の欠片《かけら》もないあまりにもな寝起き姿にアレクは絶句し、対してシオリは小さく噴き出す。

「……百年の恋も冷めそうだな。お前のファンが見たら気絶するんじゃないか」

「うるせーよ」

シオリが差し出したグラスの水をぐっと飲み干したフェリシアは、口の端を歪《ゆが》めて微苦笑した。

「歌姫のオレに惚れられても正直困るんだよな。ありゃあ商売用に作ってるもんだからさ。芸人なんてそんなもんだってのに、なんつーかそこらへん分かってねぇのが意外にいるんだわ。夢見てくれるだけなら嬉《うれ》しーけどよ、外面だけ見て惚れたっつわれてもなー」

「歌手や役者の素顔は秘匿されて然《しか》るべきだからな。普段の姿を知る機会もないのなら、ある程度は仕方ないんじゃないか。まぁ、同情はするが」

「オレも分かっちゃいるんだわ。ただたまにムショーに虚《むな》しくなっちまう」

彼女達が舞台で見せる姿は華やかな虚像だ。その美しい虚像の世界にひとときの夢を見て楽しむのが本来のファンであろう。だがその虚像を現実と思い込み、本気で懸想する者は多いのだという。

「好きっつってくれるのは悪い気はしないぜ。でもなぁ、どーせならちゃんと中身も見て好きになって欲しいんだよな。ぜーたくな悩みだけど」

ヒルデガルドの話では何人かに言い寄られていたということだったが、きっと作った表面だけを見て愛を囁《ささや》かれることが多かったのだろうとアレクは思った。

「……言い寄る男を袖《そで》にしたのはそのあたりが理由か？」

「まぁな。こっちにその気がねぇってのもあるけどさ、こいつもどーせ歌姫のオレに惚れたんだろうなって思ったら、なんかちょっとな。それに本性はこんなんだぜ。がっかりさせちまうだろ」

「いっそ素のままでいてみたらどうだ。仕事中はそういう訳にもいくまいが、舞台裏なら構わないんじゃないか」

素人《しろうと》意見ではあったが、正直な考えを口にした。

昨晩のあの騒ぎの中でフェリシアは本来の姿を曝《さら》け出した。そのときに皆驚いてはいたが、そう悪感情を抱いたようにも思えなかった。それ以上の注視すべき事件に気を取られていたというのもあるだろうが、少なくともあのヘルゲという男は彼女への態度を変えなかった。

「そう……だなぁ。あのキャラ作りってのはカリーナに言われてやってたんだけどよ」

少し考えた後、フェリシアは笑った。

「ま、考えてみるわ」

洗顔用にとぬるま湯を満たした洗面器を手渡された彼女は、あんがと、と笑顔で受け取った。

そのとき、扉を叩《たた》く音と共にコニーの声がする。

「私が行ってきますね」

そう言ってシオリは部屋を出ていった。自身もまた身支度を整えるフェリシアに遠慮し席を外そうと腰を上げる。一言断って背を向けたそのとき、遠慮がちな声が掛かった。

「──なぁ。カリーナの奴も言ってたけど、あんたとシオリさんってほんとに付き合ってんの？」

「ああ」

「なーんだぁ……そっかぁ……」

迷わず即答したアレクに、フェリシアは微妙な顔だ。

「一体なんだ」

怪訝《けげん》な顔のアレクに、彼女はにやりと笑ってみせた。

「あんた、結構好みなんだよな。上っ面だけで女を見なさそーだし。オレが恋人に立候補してやってもいいかなって思ったんだけど」

「お前な……」

冗談とも本気ともつかぬ言葉には苦笑するしかない。

「人を揶揄《からか》ってる暇があるなら早く支度しろ。じきに朝食の時間だぞ」

「ちぇ。分かったよ」

首を竦《すく》めたフェリシアはぺろりと舌を出すと渋々立ち上がった。着替えや化粧道具を漁《あさ》り始めた彼女のその背に向かってアレクは声を掛ける。

「ああ、だが、そうだな。あくまで俺個人の意見だが」

振り返るフェリシアを正面から見据える。

「――取り繕っているよりは、今のお前の方がずっといい」

言うだけ言って返事も待たずに出ていってしまったアレクが去った扉をぽかんと眺めていたフェリシアは、やがて口の端を歪めて笑った。

「……あの野郎」

胸元に手を当て、そのままぎゅっと握り込む。胸の奥がちくりと痛んだ。

「――本気で惚れっちまうだろうが、クソッタレ」

3

迎賓院の食堂で朝食を取りながら、シオリはさり気なく周囲を見回した。平然としている者もいれば疲れ切った表情の者、眠そうに目を瞬《まばた》かせている者と様々だ。

しかしコニーは一晩休んで回復したのか一切の疲れも見せず、催事責任者として忙しく立ち回っているようだ。聖職者というとその柔らかな物腰から軟弱な印象を抱きがちではあるが、厳格な規則の下で祈りと労働の禁欲的な修行を経た者達なのだ。軟弱であるはずがない。

「僕はこれから終了まで現場を監督しなければなりません。この先は他《ほか》の者が案内することになりますが、よろしくお願いしますよ」

急ぎながらも上品な仕草でスープを飲み干したコニーは言った。時間が惜しいと食べながらの打ち合わせだ。彼を囲むようにしてシオリとアレク、そしてフェリシアとヘルゲが腰を下ろしている。

取り纏め役だったカリーナがいなくなり、楽団の代表者も臥《ふ》せったままという状況で代表を引き受けたのがヘルゲだった。事件に関して何か思うところがあるらしく、罪滅ぼしのようなものだと彼は言った。被害者である彼が責任を感じる必要はないのではと擁護する者もあったが、「その気はなくても知らないうちに誰《だれ》かを思い詰めるほど傷付けてたんなら、改めるべきところは改めるさ。詫《わ》びの代わりにこのくらいはさせてくれよ」と彼は譲らなかったのだ。

「見目も良く根は真面目で責任感が強い……か。案外真剣に想いを寄せる女は多そうだな、あれは」

外見と物腰のせいで軟派には見えるが、これまでに見せた気障《きざ》な態度は全て本当に社交辞令なのかもしれないとアレクが見解を述べた。

「無自覚の女たらしなんだね、きっと」

「無自覚か。なるほど」

シオリの言い様に笑うアレクの横で、「アンタもだよ、この無自覚たらし野郎」とフェリシアが何やらぼそぼそ呟きながらパンを齧《かじ》っている。「何か言ったか？」と彼が訊くと「なんでもねーよ」ということだった。

彼女は結局普段は本来の口調で過ごすことにしたらしい。これについては多少の混乱もあったが、概ね受け入れられたようだ。無論思うところはあるだろうが、敢《あ》えて口に出す者はいなかった。

「しかし、大聖堂としてはやはり何らかの抗議はすることになりますよ。事件にホール関係者が二人もかかわっていた訳ですからね。このために余分な経費が掛かりましたし……音楽会が終わり次第、話し合いの場を設けることになるでしょう」

事件の公表は混乱を避けるために音楽会の終了を待ってなされるようだが、カリーナの所属先であるエルヴェスタム・ホールには既に伝書鳥《でんしょ》で報《しら》せたらしい。

その後の混乱を想像して、シオリは他人事《ひとごと》ながらにうんざりした。低俗なゴシップのネタにされるだろうことが容易に想像できるからだ。彼女達が心穏やかに過ごせる日が早く来るよう心から願う。

食事を終えて「それではまた後で」と慌ただしく去っていくコニーを見送り、一息吐いた後は通しでのリハーサルだ。無論ほかの参加者もいる。国内最高峰と言ってもいい著名な楽団と今を時めく歌姫には注目が集まるはずだ。失敗はできない。想定外の事件で仲間の裏切りに遭い、予定とは異なる曲目での参加になった楽団に緊張が走るが、その張り詰めた空気をフェリシアが破った。

「よっしゃ。んじゃ、いっちょやるかぁ。皆、よろしく頼むな！」

蓮っ葉な言葉に苦笑した者もいたようだが、その勇ましさにはかえって元気付けられたようだ。頼もしい歌姫を囲んで笑い合う人々とは逆に、シオリは緊張で身を強張《こわば》らせた。自分の役割は裏方ながらも大役だ。衆目の集まる場、それも有力貴族が集まる祭典での失敗は許されないと気負ってしまう。その肩をアレクが抱き寄せた。

「大丈夫だ。俺が付いているから安心して臨め。頑張れとは言わない。お前が十二分に頑張っているのは知っている。むしろ頑張り過ぎて不安になるほどだ。肩の力を抜くくらいでちょうどいい」

「……うん。ありがとう、アレク」

微笑んだ彼はシオリの手を引く。二人と歌姫一座は担当者に導かれて会場へと向かった。

会場には既にほかの参加者が集まり、音合わせが始められていた。彼らは一瞬ちらりとこちらを見たものの、すぐに視線を逸《そ》らして作業に没頭する。皆真剣そのものだ。

一足先に会場入りしていたコニーの合図で音が止《や》んだ。数分間にわたる説明の後に、いよいよ最終リハーサルが開始された。名立たる音楽家の奏でる調べが荘厳な設《しつら》えの講堂に響き渡る。

夜の清廉な空気を感じさせる室内楽団の爽《さわ》やかな小夜曲《セレナーデ》。異国情緒溢《あふ》れる独特な旋律に乗せた情熱的な南国の歌姫の恋歌。王国伝統の鍵盤ハープとチターで奏でる伴奏に合わせて中世の農民に扮《ふん》した人々が躍る、素朴で陽気な民族舞踊。恰幅《かっぷく》の良いテノール歌手が朗々と歌い上げる凱旋《がいせん》の歌。穢《けが》れのない透明感溢れる声で可愛《かわい》らしく楽しげに歌われる少年少女合唱団の童謡。王国北部最大の都市トリスが誇る交響楽団による壮大な交響曲。

「凄《すご》い……」

国内最大級の祭りに招待されるだけあって、そのどれもが見事で圧巻だ。ただ技巧に凝るだけではない、奏でる人の想いが込められた調べに、シオリは出番のことも忘れて聴き入った。

「……凄ぇ。あんな深ぇ声はまだオレにも出せねーよ。もっと練習しねーとな、カリーナ――」

素直な感嘆の言葉を零《こぼ》したフェリシアが無意識に友人の名を呼び、いつも隣にいるはずの彼女はもういないのだということを思い出して口を噤む。その背をヘルゲがそっと撫でた。

――多分、いずれ近い将来に、彼女の隣はヘルゲの居場所になるのだろう。空いたもう片方の隣にカリーナが戻ることは恐らく二度となく、新しいマネージャーが宛がわれるはずだ。でもいつかカリーナが罪を償ったそのときには、きっと彼女は笑顔で友人を迎えるに違いないのだ。裏切られた者と裏切った者。そんな間柄になってしまった二人だけれど、それでも、いつかきっと――。

どこか切なさを残したまま美しい音楽に身を委《ゆだ》ねていたシオリは、フェリシアの出番を残して全ての曲目が演奏を終えた後もぼうっと余韻に浸っていた。

「次だぞ」

我に返ったシオリを見下ろし、アレクは少し愉快そうに微笑んだ。

「随分と熱心に聴いてたな」

「うん。あんまり凄かったから」

本当に良いものには感想すら出てこないというのは本当だった。感動に身を委ねるだけでいい。

「――では参りましょう、皆さん」

蓮っ葉な娘から一瞬で凛《りん》とした歌姫へと変貌《へんぼう》したフェリシアが、嫣然《えんぜん》と微笑む。

王都一の歌姫と交響楽団に、演奏を終えた同業者達の期待と好奇、そして幾ばくかの嫉妬を孕《はら》んだ視線が集まる。しかし誰も物怖《ものお》じした様子はない。今朝《けさ》方まで見せていた不安げな表情は一切なく、堂々として笑みさえ浮かべているのだ。見事に気持ちを切り替えて、既に本番に臨むような意識でいる。前を見据えるその表情は、つい昨夜まで事件の渦中にいたとは思えないほどだ。

（本当に一流なんだなぁ）

よろしくお願いしますわね、そう言ってすれ違いざまに声を掛けていったフェリシアに頷いてみせると、シオリは深呼吸して恋人を見上げた。彼は力強い微笑みで勇気付けてくれた。

客席に腰掛けた参加者がエルヴェスタム交響楽団の演奏が始まるのを待ちわびる中、音合わせをする音が響く。舞台の袖で出番を待つシオリは、ちらりと客席に視線を向けた。聴衆代わりに客席に着いている参加者達が、訝《いぶか》しげな表情でひそひそと何かを囁き合っているのが見えた。何を言い合っているのかは見当が付く。

――人数が少ないのではないか。

――金管の編成がおかしい。

およそそんなところだろうと察して溜息を吐く。直前に演奏していたトリス交響楽団と比べて明らかに見劣りしているのが分かる。プロの彼らなら不自然な編成は一目で分かったはずだ。

しかし、その不足分を補うために呼ばれたのが自分なのだ。それにフェリシアやヘルゲ達の演奏だって、その不足を感じさせないほどのものだった。大丈夫。

「力を抜け。お前なら大丈夫だ」

「うん」

緊張を見抜いていたアレクに励まされ、強張った表情筋を緩めるように頬を撫でて深呼吸した。

――指揮者が無言で合図を送り、音合わせが止む。静まり返る講堂内。指揮棒を掲げたその右腕が静かに振り下ろされ、柔らかな弦楽器の調べに合わせてフェリシアが歌い始める。

一曲目は古くから子守唄代わりに歌われている王国の童謡。この曲の主な聴衆となる子供達に合わせているのだろう、まるで母親が幼子に語りかけるかのように柔らかで優しく、甘さを含んだ声で彼女は歌う。

それに合わせて空中にふわりと幻影魔法を展開した。柔らかな色調で子供時代の想い出の風景を描いた幻影。草木が芽吹いて若葉色に色付いた野原を、ひらひらと舞い飛ぶ蝶《ちょう》や精霊を追って駆け回る春。遥か彼方《かなた》に雲の峰が広がる抜けるような青空の下、陽光に輝く湖水で水遊びに夢中になる夏。茜《あかね》色《いろ》に染まった夕映えの街路を、野山で採った木の実で一杯になった籠《かご》を抱えて走る秋。見渡す限りの白銀に染まった雪原で、そり遊びや雪合戦に興じる冬――。

客席に驚きと感嘆のどよめきが広がった。潮騒のようなそのさざめきはやがて、響き渡る調べに呑まれるようにして消えていく。固唾《かたず》を呑んで、瞬きすら忘れて聴き入る聴衆。

木管と弦楽器に偏った編成は見た目にも不自然だ。けれども王都一の楽団の技術力はその不足を補って余りあるほどのものだ。欠員が多く十分とは言えない数の金管楽器は、昨日《きのう》のうちに互いの楽譜を組み替えて足りない音をカバーし合っていた。不足を不足と感じさせないその技量。

見事な歌声と一流の調べの邪魔にならないように調整しながら、懸命に幻影を繰る。

身分違いの恋を歌う恋歌に合わせて秘密の花園で逢瀬《おうせ》を重ねる男女を映し、若者向け小説を上演した舞台の主題歌に合わせて魔女に恋した騎士の姿を描く。曲に合わせていくつもの幻影を繰り、合間にアレクが手渡してくれる魔力回復薬を口に含む。

そして女神を讃《たた》える荘厳な調べが最後の音を紡ぎ、講堂内の凛とした空気に溶けるようにして緩やかに美しい王国の景色の幻が消えていく。

――静寂。

数拍の間の後、割れんばかりの拍手が講堂内に響き渡った。

「……凄い。さすが最高峰と言われるだけのことはあるわ。なんて迫力かしら」

「あの歌唱力……声量だってとんでもないわね」

「まるで物語の中に入り込んだようだった。あれは一体どういう技術なんだ」

興奮冷めやらぬ聴衆は口々に感想を述べながら、王都の歌姫と楽団に惜しみない拍手を送る。同業者として話をしたいと思ったのだろう、何人かが彼らに近付こうと試みたそのとき、客席の後方で拍手が止み微かなざわめきが広がった。

「あれは――」

背後に控えていたアレクが呟く。彼が向ける視線の先、誰かを伴って歩いてくるコニーの姿が見えた。灰色の髪のがっしりした立派な体躯《たいく》の男と、品の良い優しげな顔立ちの女。その堂々たる物腰と素人目にも分かる上等な身形《みなり》、そして二人に対するコニーの態度から高位の貴族と分かる。

「トリスヴァル辺境伯だ」

「えっ？」

このトリスヴァル領を治める辺境伯クリストフェル・オスブリング。公爵家にも匹敵する影響力を持つという高位貴族だ。とすれば、隣のご婦人は奥方だろう。

「トリスヴァル辺境伯ご夫妻です。皆さんにご挨拶なさりたいと」

音楽会への最大の寄付者だという大物の登場に、講堂内が緊張と高揚感に包まれた。畏《かしこ》まる人々を片手で制して楽にするようにと言い添えたクリストフェルは、鷹揚《おうよう》に笑った。

「本番に先立って、後ろでこっそり聴かせてもらったよ。見事なものだ。さすがは音に聞こえし音楽家だ。正直芸術方面には明るくないのだが、そんな私でも万感胸に迫るものがあった」

高名な辺境伯からの決して世辞などではない賛辞に、場の空気が華やぐ。

「わたくしからも」

鮮やかな翡翠《ひすい》色の瞳が印象的な辺境伯夫人も言葉を継いだ。

「情景が思い浮かぶような素晴らしい演奏でした。きっと皆様にも楽しんで頂けますわ」

夫人は柔らかに顔を綻《ほころ》ばせた。慈善事業に熱心だという彼女は、トリス孤児院への最大の寄付者でもある。音楽会に市内の孤児院の子供達を私費で招待したのだというが、辺境伯家とは別に個人的な資産から寄付するほど期待を寄せているのだ。この音楽会はただ観光客を楽しませるためだけのものではない。富裕層による慈善コンサートの側面もあるのだということを察して、シオリは再び緊張に身を竦めた。今更ながらに大変な依頼を引き受けてしまったのではないかと思ったからだ。

（ほかにも大勢の高位貴族が寄付してるって言ってたし……）

リハーサルではトラブルもなく、聴衆の評価も上々だった。しかし本番ではどうだろうか。音楽会には大司教を含む高位聖職者や高位貴族が臨席するはずだ。参加者は皆一流の音楽家ばかりで上流階級相手の舞台には慣れているだろうが、自分は庶民で素人だ。多くの有力者が臨席する音楽会の大トリの演出を務める自分の責任は、想像以上に重い。

無意識に両の二の腕を掴《つか》んで自身を抱き締めるようにしていると、その肩が大きな手に引き寄せられる。アレクは大丈夫だと力強く微笑んだ。ゆっくりと身体の力が抜けていく。

「……ありがと。アレクがいてくれて心強いよ」

「それは何よりだ」

彼は嬉しそうに笑い、その笑顔に自分も嬉しくなって微笑み返す。

――と。ふと視線を感じて振り返ったシオリは、クリストフェルと視線が合ったような気がしてはっと息を呑んだ。気のせいだろうか。たまたまこちらに視線が向いているだけで、自分を見ている訳ではないかもしれないが、もし本当に見ているのならこちらから視線を逸らすのは無礼に当たるのではないかと思い、目を伏せそうになるのをぐっと堪《こら》えて前を見る。やがて視線を逸らした彼は、コニーと一言二言言葉を交わしてから夫人を伴ってフェリシアに歩み寄った。

「――君達が王都一と名高い歌姫ミス・フェリシアとエルヴェスタム交響楽団か。トラブルがあったと聞いていたが、それを感じさせぬほどの堂に入った見事な演奏だった」

「お褒め頂き光栄に存じます。仰《おっしゃ》る通り、トラブルに見舞われて何人かが欠場を余儀なくされましたの。ですがわたくし達もプロ。必ず皆様にご満足頂けるよう努力する義務がございますわ」

元は旅芸人だったというフェリシアの、大物貴族相手でも物怖じしない堂々とした態度。貴族家の令嬢として生まれ育ったと言われても遜色《そんしょく》ない物腰だ。

「さすがだな。伊達《だて》に王都一を名乗っていない」

あれは大物になりそうだ――そのアレクの台詞《せりふ》にシオリも頷く。

B級に昇進し、そしてS級打診中だというアレクと仕事をする以上、上流階級相手の仕事が増えるだろう。フェリシアのように貴族とも渡り合えるだけの礼儀作法を身に付ける必要があるかもしれないなと、ほんの少し遠くなりかけた意識の片隅でそう思った。

「それにしても驚きましたわ。あの幻影魔法を使った演出――まるで歌の世界に入り込んだかのような心持ちになりましたもの。王都ではああいった演出も流行《はや》っているの？」

辺境伯夫妻と談笑するフェリシアを眺めながら考えごとに耽《ふけ》っていたシオリは、夫人から演出に言及されて我に返る。問いながらも夫人の視線は明らかにこちらを向いていた。シオリが幻影魔法を繰っていたのだということに気付いているのだ。

「夫人は結婚前、騎士隊の魔法兵だったんだ。使い手がお前だと当然気付いただろう」

「あ……そうなんだ、それで。びっくりした」

アレクに耳打ちされて納得したシオリは苦笑いしながら彼を見上げた。しかし彼がどことなく緊張していることに気付いて目を瞬《まばた》かせる。名門ロヴネル家の主従を前にしても堂々としていた彼でも、さすがに公爵家に匹敵する影響力を持つと言われているトリスヴァル辺境伯相手では緊張するのだろうか。確かにこの目の前の男には、アンネリエにはなかった気迫と威厳、そして気の良い笑みの下に隠れた底知れない何かを感じさせた。

「さすがに王都でもあのような演出をしている歌劇場はございませんわ。当初はもっと欠員が多くて……それでコニー様が補助要員として幻影魔法の使い手を紹介してくださったんです」

「こちらのお二人です。幻影魔法の名手、シオリ・イズミさん。そして護衛を務めてくださるアレク・ディアさん。お二人とも、実績ある大変優秀な方です」

名手などと言われて内心悲鳴を上げたシオリだったが、辺境伯夫妻を前にどうにか会釈した。アレクも胸元に手を当てて軽く頭を下げる。略式ではあるが、上位者に対するそれだ。

「そう畏まらずとも良い。正式な場ではないのだから楽にしてくれ」

クリストフェルは気さくに笑い、夫人も余所向けの表情を崩して親しみの籠《こも》った笑みを浮かべる。多分こちらの水準に合わせてくれているのだと察して、シオリはますます恐縮してしまった。しかしそれでは二人の気遣いを無駄にすることになると気付き、なるべく自然体でいるように心掛けた。

夫の後ろで微笑んでいた夫人は、穏やかな声でシオリに語り掛けた。

「シオリさんというのは貴女《あなた》ね。孤児院のイェンス司祭からお話は伺っているわ。『活弁映画』だったかしら。絵本の代わりに幻影魔法でお伽噺《とぎばなし》を見せてくださるのだそうね？」

「あ……はい、そうです」

夫人に名を知られていたことに驚いたが、考えてみればそれも不思議なことではなかった。

トリス支部の冒険者は定期的に孤児院を慰問しているが、正確にはこれは奉仕活動ではなく辺境伯夫人からの依頼だった。直接の依頼は孤児院からだが、実の依頼者は彼女なのだ。依頼料の請求書も夫人宛てに送られている。当然その報告も彼女に寄せられているだろう。

「トリス支部の皆さんにはとても感謝しているの。子供達も慰問をいつも心待ちにしているそうよ。何かを楽しみに待つというのも、日々の暮らしに張り合いが出て良いことだと思うのよ。イェンス司祭には貴女の『活弁映画』が人気だと聞いているわ。わたくしも機会があったら是非拝見したいと思っていたから、思いがけずに見ることができて嬉しいわ」

特に舞台化した恋愛小説のワンシーンが素敵だったわと、彼女は少女のように顔を綻ばせた。

「……ありがとうございます。恐縮です」

貴族相手の作法はほとんど分からない。けれども素直に称賛を受け取ったシオリに、夫人もまた嬉しそうに微笑んだ。

「……わたくし、移民との混血なの。それで色々苦労もしたから――貴女のようにい異国からいらした方が活躍なさっているのを見ると、とても嬉しいのよ」

そう言いながらシオリの手を取りそっと撫でた夫人は、もう一度微笑んでから離れていった。

そんな二人を目を細めて眺めていたクリストフェルは、今度はアレクに視線を向けた。

「――久しいな、アレク殿。四年ぶりか」

「ご無沙汰《ぶさた》しております、辺境伯閣下。本来ならばこちらからご挨拶に伺うところ、不義理をして申し訳ありません」

「いや、構わんよ。壮健であるならそれで良い」

アレクの堅苦しい言葉遣いを初めて聞いて驚きもしたけれど、それ以上に二人が顔見知りであることを知ってシオリは目を丸くした。夫妻を案内したコニーも、そしてフェリシア達も驚いたようだ。

言葉を交わす二人。微かに緊張して気まずそうな微苦笑を浮かべているアレクに対して、クリストフェルはどこか痛みを含んだ、それでいて嬉しそうにも見える優しい笑みを湛《たた》えている。

その彼の眼差しに覚えた既視感。

(これ……時々兄さんがアレクを見てるときにするのと同じ目だ)

彼もまた、ザックのようにアレクを見守ってきたのかもしれない。思えばザックだけではない、クレメンスやナディアも似たような目で彼を見ていることがあった。彼らはアレクの過去を知っているのだということに思い至り、シオリは目を伏せる。

――本当はもっと彼のことを知りたい。親しい仲間内で、自分だけが知らないことに多少の疎外感を覚えなくもない。何か複雑な事情を抱えているらしいアレクの、その過去はまだごく一部しか聞かされていないのだ。

でも自分だってまだ隠していることがある。兄代わりのザックにさえ話していない素性。自分がそうであるように、アレクもまた過去を明かすためにはきっと相当の覚悟と決意が必要なのだ。そこに至るために、互いに寄り添い支え合うことができたらいい。

大きな手がそっと肩に触れ、シオリは顔を上げた。知己との束《つか》の間の会談は終わったようだ。

「――では本番を楽しみにしているよ」

そう言って鷹揚に微笑んだクリストフェルは夫人を伴い、コニーに先導されて出ていった。講堂内にざわめきが戻る。

「……びっくりした。知り合いだったんだね」

「……まぁな。時々指名依頼をくれるんだ。それに――若い頃身体《からだ》を壊して、それで一時期世話になっていたことがある」

微苦笑を浮かべたまま頷いたアレクは、周囲に聞こえないようにか低く落とした声で言った。

「そう……なんだ」

王から多くの権限を与えられ、そして多大な影響力を持つというクリストフェルの世話になっていた――それが何を意味するのかは分からない。しかし彼と若い頃から懇意にしていたというのなら、やはりアレクの出自は高位貴族なのだろうか。

「……お前、今、俺の身分を気にしただろう」

「う」

図星を指されてシオリは呻いた。

「だってそれは……うん、まぁ、少しは。でも」

それでも私と一緒にいてくれるって言ってくれたから。だから大丈夫。

そう伝えると彼は、ありがとなと呟いて微笑んだ。

——彼と、そしてかかわった人々のそれまでの人生が垣間見えたこの二日間の、締め括《くく》りとなる音楽会がいよいよ始まろうとしていた。

4

開演前の講堂は人々のざわめきに満ちていた。聴衆の興奮と期待が控え室まで伝わり、緊張したのかシオリは胸元に手を当てて深呼吸を繰り返している。彼女の様子に薄く笑ったアレクは、白い祭服を纏《まと》うその肩に触れた。

「やはり緊張するか」

「うん……ちょっとドキドキしてきた。前に出る訳じゃないけど、やっぱり……」

気後れしたように微苦笑するシオリは気もそぞろだ。そんな彼女に微笑みかけながら、金糸の細かな刺繍《ししゅう》が施されたヴェールの下の黒髪を指先で弄《もてあそ》ぶ。

「この格好をさせられたのはさすがに想定外だったしな」

「そうだね……」

落ち着かない様子のシオリの背を、とんとんと軽く叩いて宥《なだ》める。

有力貴族が臨席する音楽会だ。裏方とはいえ冒険者姿のままでは都合が悪いと、教団の儀礼服を着せられてしまった。「本当は正装の方が良かったのですが都合が付かず」と急遽《きゅうきょ》用意されたのがこの儀礼服だ。上流階級相手の仕事もあるアレクには自前の衣装があるが、下宿に取りに戻る時間はない。それに王国の成人女性より小柄でなおかつ若い娘とは言い難い年頃のシオリに見合うドレスが貸衣装屋にはなく、結局すぐに用意できる教団の儀礼服を着ることになってしまった。

シオリは女性神職の祭服を、アレクは聖堂騎士の儀礼服を。どちらも階級上位者用の衣装なのは、事情を知らぬ者に下っ端と誤解されて「持ち場に戻れ」と指摘されることを防ぐためだ。

「よく似合っているぞ。綺麗《きれい》だ」

聖職者の清楚な衣装を纏うシオリは美しかった。乳白色の肌を縁取る黒髪が純白の服によく映えている。かつては礼拝堂だった控え室の柔らかな光を受けて佇《たたず》むその姿は、まるで聖女のようだ。だが称賛の言葉は喉元《のどもと》で押し留《とど》めて呑み込んだ。余計に彼女を動揺させるだけだと思い至ったからだ。

「ありがと。アレクも素敵だよ。凜々《りり》しくて本物の騎士様みたい」

「そうか？　それは嬉しいな」

頬を仄かに染める彼女と微笑み合ったアレクは、何気ない動作で周囲に視線を巡らせた。

先ほどから感じている視線。悪意めいたものはないが、時折シオリに向けられている視線が些《いささ》か気に掛かった。どうやらあの幻影魔法による演出が気になるらしく、どうにかしてシオリと接触しようと試みている輩《やから》もいるようだ。しかし隣のアレクを見て躊躇《ちゅうちょ》するらしい。平均よりも上背があり、目付きが鋭いという自覚もある。一般人には近付き難いに違いない。己の存在がある程度の抑止力になっていると思えば、彼女と組んで仕事をするという選択は間違いではなかったと思う。

（ただ仕事を依頼したいというのなら構わんが）

著名な文化人が妙な真似《まね》をするとは思いたくないが、異人の女と見れば商売女のように扱おうとする輩はいないでもない。楽壇も華やかなだけの世界ではないと聞く。仕事のために身体を売る者――それを強要する者。残念ながらそんな後ろ暗い一面もあるようだ。

（――それにしても……）

ふと先ほどの再会を思い出してアレクは一人苦笑した。

出資者として臨席するとは聞かされていたが、クリストフェルがあの場で直に接触してくるとは思わなかった。己へのご機嫌伺い――表向きにはそうは見えなかっただろうが――もあるだろうが、あれはむしろシオリ目当てだったのではないだろうか。

ザックは詳細までは語らなかったが、トリスを旅立った王兄と入れ違いに、突然それも不可思議な状況で現れた異人の彼女は当然情報部の監視下にあったはずだ。北部防衛の要であるクリストフェルが知らない訳はない。恐らくザック自ら報告しただろう。

シオリ自身の人柄が知れた今は好意的に見ているようだが、それでも素性不明の女に王兄が入れ込んでいるとすれば、やはり気に掛かるに違いない。ザックと同じように、あの男もまたアレクに心を砕いてくれた。言うなればもう一人の兄とも呼べる存在であるからだ。

――もっともアレク自身はクリストフェルに対する負い目ゆえに、多少の苦手意識を抱いていることも確かだった。王族として暮らしていた少年時代、有力貴族である彼とは何度か会話したことはあったが、個人的にはさほど親しくはない男だった。そんな彼がアレクの療養先として辺境伯家の静養地を提供してくれたのだ。いくら王や友人の頼みだったとしても、身体を壊した末に出奔した庶子の王子を数ヶ月もの間匿うリスクと労力は相当なものだったはずだ。だが彼はアレクの心情を察したのだろう。療養中も時折様子を見に来る以外は敢えて面会には来なかった。心穏やかに過ごせるよう気を配ってくれたのだ。

『世話になったと負い目に感じることはない。私は仕事として陛下からの依頼を受けただけに過ぎないのだからな。恩義などと堅苦しいことは考えず、気が向いたときにでも立ち寄ってくれれば良い』

どうにか健康を取り戻して街に下りるときも、クリストフェルはそう言って送り出してくれた。だから危急の用件でもない限りは敢えて訪ねることもせず、その言葉に甘えさせてもらっている。

己は見守られているのだ。オリヴィエルやザック、クリストフェルにそして多分――クレメンスやナディアにも。

(……できるだけ早く片を付けて、皆を安心させてやらないとな)

華奢《きゃしゃ》な肩を静かに抱き寄せると、シオリは柔らかい笑みを浮かべた。二人で笑みを交わし合い、そして気を引き締め直したそのとき、控え室の空気が微かに揺れた。扉が開いたのだ。

コニーの顔が覗《のぞ》いていよいよ開演かと思ったが、どうやら違うらしい。視線を巡らせてこちらを見た彼は、連れを伴って足早に歩み寄ってくる。その背後には瑠璃色《るりいろ》の塊が見えた。予想外のスライムの登場は周囲をざわつかせたが、それに構わずルリィはしゅるりと触手を伸ばして振ってみせた。

「……あれって、ヒルデガルドさん？」

瑠璃色の友人に手を振り返しながら、シオリは首を傾《かし》げる。

「……だな。疑いは完全に晴れたのか？」

ヒルデガルドの両脇を固めているのは己と同じ儀礼服姿の聖堂騎士だ。

「騎士隊の許可が下りましてね。どうにも落ち着かない様子でしたので、お連れしましたよ」

お友達とお話しすれば少しは元気になるでしょうから。コニーは眼鏡《めがね》を押し上げながらそう言って微笑んだ。開演直前のこのタイミングで「容疑者」の一人を連れてくるとはなかなかの豪胆さだが、彼の判断に間違いはなかったようだ。

親しい友人だったというフェリシアとヒルデガルド。それまでどこか愁いを帯びた表情だった二人は、互いを認識するなりぱっと花が綻ぶような笑顔を見せた。まるで大輪の花が咲いたのではないかと錯覚するほどにその場の空気が華やぐ。

「やっぱり華があるね。凄いなぁ、周りの空気が変わったよ」

二人の歌姫の存在感。ただ容姿や歌唱力が優れているからだけではない、その内から溢れる輝きが圧倒的に違うのだ。

「お疲れ様、ルリィ」

護衛の任を解かれてぽよぽよと帰還したルリィは、足元でぷるんと震えた。

「ルリィ君は大活躍だったようですよ。やり手の冒険者ともなると、使い魔も優秀なのですね。昨晩はヒルデガルドさんを護《まも》って不届き者を捕らえたそうですから。それに、不安がる彼女を宥めてくださったそうで」

手放しの賛辞に、ルリィは照れたように身体をくねらせた。その妙に人間的な仕草に噴き出しながら、シオリを真似て魔法で水を出してやる。するとルリィはそれを全て飲み干し、ご馳走様《ちそうさま》というようにぷるんと震える。可愛らしいその様子に微笑んだアレクは、二人の歌姫に視線を戻した。

それまでの行き違いを正して和解したフェリシアとヒルデガルド。友情を取り戻した二人を仲間達が祝福している。

「良かったね」

「ああ」

頼れる仲間と信じていた者から裏切られた傷はそう簡単に消えはしないだろうが、その代わりに取り戻したものは貴い。これから先の二人の友情が揺らぐことは決してないだろう。そんな確信めいた予感があった。

「良かった。本番前にどうかとは思いましたが、何の憂いもない状態で臨んで頂きたいですからね。お二人とも、本当に良い表情です」

豪胆なフェリシアのことだ。憂慮することがなくなった今、最高の歌を披露してくれるだろう。

「……あの」

手を取り合って親友と語らっていたフェリシアが前に進み出た。その背後には見守るヒルデガルドやヘルゲ達の姿がある。

「無理を承知で司祭様にお願いがございますの」

彼女もその後ろに控える者達も皆、何かを決意したような表情だ。

「……何でしょう？」

ただならぬ様子の彼女達にコニーは目を瞬かせた。

「皆様のお陰で事件はほぼ解決し、友人とも和解することができました。わたくし達の仲間が多大なご迷惑をお掛けしたそのお詫びと、そして友人と再び手を取り合うことができたこの喜びを、皆様に歌という形でお届けしたいのです」

言葉を切ったフェリシアはぐるりと控え室を見回した。視線の先には興味津々に成り行きを見守っている音楽家達の姿がある。

「――素晴らしい音楽家の皆様がせっかくこうして一堂に会しているのですもの。会の一番最後は、この方々と――そしてわたくしの親友と共に歌いたいのです」

音楽会の締め括りには、奏者全員で一つの曲を。

事件で欠員が出なければ、元々最後に演奏するつもりだったというその交響詩。歌姫が口にしたある曲名に、室内は静まり返った。互いに目配せし合い、数拍遅れて小声で話し合う小さなさざめきがそこかしこで起きる。だがそれも束の間、振り返った彼らは力強く頷いた。

「いい提案だ。是非やらせてもらいたい」

「そうね。何度も演奏した曲ですもの。楽譜はそらんじているわ」

「王国人なら誰もが知っている曲です。お客様も参加できますよ」

口々に言う音楽家達に目を丸くしてぽかんとしていたコニーはやがて、大きく頷いた。

「いいでしょう。やりましょう。いえ、是非こちらからお願いします。ぶっつけ本番になりますが、きっと皆さんなら失敗はなさらないでしょうから」

彼は聖職者にあるまじき不敵な笑みを浮かべて言った。

「もし失敗しても僕が責任を取ります。その上でエルヴェスタム・ホールからはがっぽりと賠償金をふんだくってやりますよ」

コニーの威勢のいい台詞に皆がどっと沸いた。

熱気が溢れる室内。ただ一人、些か展開に付いていけない様子で佇んでいたシオリが訊いた。

「そんなに有名な曲なの？」

「ああ。恐らく国歌よりもな」

国を象徴する歌曲よりも有名なそれは、曲名に王国の名を冠している。

――王国の圧倒的な勝利に終わった百五十年前の領土奪還作戦。ドルガスト帝国の圧政から解放されたその喜びと愛国心を情熱的に綴《つづ》った交響詩「ストリィディア」だ。

5

聴衆で埋め尽くされた二層構造の講堂。本来祈りを捧げるためのこの場所は歌劇場とは比ぶべくもないが、居心地良く音楽を楽しめるように気配りされていた。衝立と長椅子《ながいす》でボックス席のように整えられた二階席には出資者である有力貴族や富豪、大司教を始めとした高位聖職者が並び、座り心地の良いクッションが置かれた一階席や立見席には多くの市民や観光客の姿があった。

奏者や来賓は皆正装。しかし一階席の人々は気楽な服装だ。辺境伯夫人の計らいで招かれた孤児院の子供達も、普段より小綺麗な服を着せてもらっている程度。堅苦しい決まりごとはいらない。ただ気軽に音楽を楽しめばそれで良いのだ。

庶民でも音楽を嗜《たしな》むようになるほど豊かな国になった王国だが、名の知れたホールで一流の音楽を楽しむほどの余裕があるのは未《いま》だ富裕層に限られる。そんな特別な場所でしか聴くことのできない、著名な音楽家によって奏でられる調べは聴衆を魅了した。

室内楽団の爽やかで上品な弦楽曲に聴き入る老夫婦、情熱的な南国の歌姫の恋歌にうっとりと頬を染める若い恋人達。そして庶民では滅多に聴く機会のないテノール歌手の朗々たる独唱や交響楽団の壮大な交響曲に、聴衆は感嘆の声を漏らす。

舞踏家の楽しげな民族舞踊や少年少女合唱団の童謡には、招待された子供達が興奮のあまり一緒に踊り歌い出して付き添いの大人を慌てさせるという一幕もあったが、それは寛大な出資者によって許されたようだ。二階の特等席で大司教と辺境伯夫妻が鷹揚に微笑みながら拍手でもって慌てる人々を収め、若きエンクヴィスト伯もまた楽しげに子供達に手を振っていた。

人気が高く毎年多くの参列希望者を断っているという聖歌隊に代わり、より多くの人々が楽しめるようにと企画されたこの音楽会は盛況と言えよう。大トリがしくじらなければ成功に終わるはずだ。

「……いよいよ次だぜ。ちょっと変な汗出てきた」

舞台の袖で待機していたフェリシアは、緊張ゆえか口元に浮かぶ笑みが些か歪《いびつ》だ。

「お前でもか」

鋼の心臓の持ち主ではないかと思うほどに肝の据わった彼女でも緊張するものらしい。

「あんたオレをなんだと思ってんだよ」

小さく顔を顰《しか》めたフェリシアは、自身の話し言葉が周りに聞こえぬよう低い声で言った。

「お貴族様に見られながら歌うことにゃ慣れてるけどよ、ホームじゃねー場所で予定にねぇ編成で歌うんだぜ。さすがのオレでも緊張すらぁな」

淡い翡翠色の絹に繊細な蔦《つた》の葉と小鳥の刺繍を施したドレスと、三日月の形に削り出した大ぶりの魔法石の首飾りは、聖女サンナ・グルンデンをイメージしたものだろうか。フェリシアは落ち着かない様子で胸元に輝く魔法石を握り締めている。その手をヒルデガルドがそっと握り、フェリシアは

「ダイジョーブ」と小さく笑った。

「ちょっと前の演奏会で公爵家のご隠居さんが来たことがあったんだけどさぁ、ここまでは緊張しなかったな。こんなのは初舞台んとき以来だ」

「公爵……？　それは凄いなぁ。王族の次くらいに身分が高いんだっけ？」

「ああ、そうだ。どの家も始祖は臣籍降下した王族なんだ。それにしてもさすがに王都一ともなるとやはり違うな。先代公爵が鑑賞されたのか」

些か興味を惹《ひ》かれてさり気なく質問を差し挟むと、思惑通りにフェリシアは答えてくれた。

「ああそーだよ。前の王様のときに宰相様だったっていうご隠居さんが来るからくれぐれも間違いがねぇようにって、散々ホールのお偉いさんに言われたからよーく覚えてるんだ」

先代のときに宰相を務めた公爵家の——と言えば該当するのは一人だけだ。フレードリク・フォーシェル。父の腹心とも呼べる男、そしてザックの実父だ。十八年前に世話になった者の一人だった。

帝国から帰ってほとんどすぐにトリスに戻ったために会わずじまいだったが、少し前の演奏会を鑑賞したというのなら壮健なのだろう。目元がザックによく似た還暦間近の男の顔を思い出しながら、アレクはひっそりと苦笑いした。

（……近いうちに手紙を出しておくか）

何か贈り物を添えて、不義理をした詫びを。

——どっと聴衆が沸き、次いで割れんばかりの拍手が鳴り響いた。エルヴェスタム交響楽団を除く全ての曲目が終了したのだ。

すっとフェリシアの背が伸びた。その表情が蓮っ葉な小娘から麗しい歌姫のものに変化する。

「参りましょう」

アレクもシオリも。そしてエルヴェスタム交響楽団の奏者達も頷き、足元のルリィがぷるんと震えた。両脇を騎士に護られたもう一人の歌姫に見送られて、彼らは聴衆が待つ舞台へと進み出る。

期待と興奮に満ち溢れた拍手が歌姫一座を迎えた。先頭を金管、その次に弦楽器や木管の奏者が続き、それぞれが定められた席で立ち止まって正面を向く。やや遅れて指揮者が、そして音に聞く歌姫が優雅に登場すると、迎える拍手が一層大きく鳴り響いた。

一同が恭しく会釈し、着席する。場が整うのを見て小さく頷いた指揮者が静かに指揮棒を掲げた。一斉に楽器を構える奏者達。静まり返る講堂内。ピンと空気が張り詰める。

指揮棒が振り下ろされ、弦楽器による数小節の前奏の後に歌姫が歌い始める。甘やかで優しい歌声が白くしなやかな喉から響き、それに合わせてシオリが幻影魔法を展開した。空間に滲《にじ》み出るように現れた淡い色調の幻影に人々がどよめく。しかしそれも束の間、幼き日の想い出の幻に吸い込まれるようにしてその声は消えていく。

歌姫の紡ぐ童歌に合わせて描き出された子供時代の想い出の情景は、聴き入る人々の胸を甘く切なく焼いた。もう想い出の中でしか会えぬ両親、離れて暮らす兄弟《きょうだい》、別々の道を歩んだ友垣。それぞれが過ぎ去った二度と戻らぬ懐かしい日々をその幻影に重ね、ある者は涙し、ある者は微笑みと共に、過ぎし日を紡ぐその調べに身を委ねた。

アレクもまたその一人だ。まだ母が壮健だった幼い頃。トリスの街の片隅で友人達と日が暮れるまで遊んだ――何の憂いもなくただただ大好きな母と、気心の知れた友と過ごしたあの楽しい日々の想い出は胸に小さな痛みをもたらした。

（シオリも……思い出しているのだろうか）

小さな口元に浮かぶ微かな笑みとは裏腹に、その瞳は郷愁の念に揺れていた。アレクは彼女の集中を乱さぬように、その華奢な肩を静かに抱いた。彼女の瞳が現実に引き戻され、今度は力強い笑みが浮かぶ。大丈夫、と。声なき言葉が聞こえたような気がした。

――一曲目が終わる。

客席は静まり返ったまま、瞬きすら忘れて余韻に浸っている。二階席の柵《さく》から身を乗り出すようにして舞台を眺めるエンクヴィスト伯を見覚えのある青年達が窘《たしな》めているのが目に入り、アレクは口の端に笑みを浮かべた。出だしは上々。

緞帳《どんちょう》の陰、布張りの椅子に腰掛けて幻影を繰っていたシオリを抱き寄せ、魔力回復薬を手渡す。

「ありがと」

それを半量飲み下した彼女はほっと息を吐いた。

孤児院の慰問よりも規模の大きい幻影魔法は魔力消費量が大きい。その上多くの有力者が鑑賞する本格的な音楽会だ。普段以上の緊張と集中力を強いられていることは傍目《はため》にも分かった。

最後の曲目に備えて待機中の奏者から向けられている視線を遮るように、彼女の背を護って立つ。彼らの視線に少なからず熱を感じて、アレクは微かに眉《まゆ》を顰《ひそ》めた。

王国人とはまるで違う東方系の容姿を持つシオリは人目を引く。柔らかな物腰とどこか現実味のない儚げな佇まい、そして東方系特有のものらしい不思議な微笑みを常に浮かべている彼女が多分に魅力的だからというのもあるだろうが、今彼らが注目しているのは決して彼女の外見的な魅力だけではないということをアレクは承知していた。

——歌を彩る美しい幻影は、ただ純粋に音楽を楽しむだけならむしろ邪魔になるだろう。しかし娯楽として考えるなら、この幻影による演出はこれ以上はない娯楽と言えた。

(音楽会が終わったら、貴族連中からの問い合わせが増えるかもしれんな)

無論コニーは簡単に幻影魔法の使い手の正体を明かしたりはしないだろうが、念のため釘《くぎ》を刺しておいた方が良いかもしれない。シオリの能力が認められるのは喜ばしいが、下手《へた》に注目されるのも恋人としては複雑だった。

それにアレクのこれから先の選択如何《いかん》で、彼女はそれ以上の注目を浴びることになる。もし仮に表舞台に戻るとすれば、向けられる視線はきっとシオリを傷付ける。公的には失踪中の王兄が十数年ぶりに、それも東方人の女を連れて帰還したとなればその騒ぎは相当なものに違いない。口さがない者は必ず彼女を槍玉《やりだま》に挙げるだろう。

王族籍から正式に離脱しアレク・ディアとしてこのまま市井で暮らすにしても、そこに至るまでの過程で立ちはだかる障壁は決して少なくはない。かつてザックにも問われたのだ。王族籍を保持していながら市井に身を投じている曖昧な立場のアレクと共にいることで傷付くのは、ほかの誰でもないシオリなのだと。

(先の人生をシオリと共に歩むともう決めたんだ。何があっても必ず結論を出す。その過程でこいつを傷付けようとするものがあるのなら、必ず護る。共に——戦う)

長年目を逸らし続けた問題に向き合おうと決意させてくれた、愛《いと》しい女を見下ろしてそう思う。

——その姿に一瞬、怒りで蒼白《そうはく》になった娘の顔が重なった。

途端に湧き上がる凄《すさ》まじい痛みと悔恨の念が胸を焼き、アレクは胸元を抑えて微かに呻いた。

異変に気付いたのか、ルリィがアレクの足元をぺたりと撫でる。優しいスライムの気遣いに大丈夫だと頷いてみせながら、短く息を吐いた。幸いシオリは気付いていないようだ。

（……俺も、君も。多分……共に寄り添おうという気持ちが足りなかった）

決して彼女ばかりが悪い訳ではなかった。少なくとも出奔前の最後の一年は語り合う時間が圧倒的に足りなかった。無理に時間を捻出《ねんしゅつ》してでも話し合うべきだった。本気で想う女だったのなら、あんな事後承諾のような形で出奔の決意を打ち明けてはならなかったのだ。

だが、共に過ごした時間、その四年間の想い出に価値はないと、王族の身分を捨てるアレクに何の価値もありはしないのだと言い捨てて去った彼女が、真に己を想っていたのかどうか——そこまでは今でも分からない。あの四年間彼女が向けてくれた愛情が果たして本物だったのかどうか、アレクは今でも分からないのだ。だからこそ、不誠実だったという悔恨の念と共に、裏切られたという激しい怒りと悲しみがこの心を未だに苛《さいな》んでいる。

（……この想いにもいずれ決着をつけねばならん、な）

たとえどれほどの痛みを伴うものだとしても、もう逃げないと決めたのだ。

シオリの肩を抱く手に力を籠《こ》める。彼女は小さく微笑んでから、再び表情を引き締めた。

次の楽曲だ。貴族の青年と平民の娘の、身分違いの恋の歌。そして森の片隅で孤独に暮らす魔女に想いを寄せる青年騎士の、秘めた情熱的な愛の歌。二曲続けて歌われる恋歌に合わせて映し出された若く美しい男女が寄り添い愛を語らう姿に、聴衆はうっとりと嘆息した。

映し出された男女の、その男の方の顔立ちがどちらも己に似ているように思えるのは気のせいだろうか。自惚《うぬぼ》れだろうか。そんなことを考えながら、シオリの後ろでひっそりと笑う。

続く曲は古い歌劇に登場する子守歌。無数に瞬く綺羅星《きらぼし》をちりばめた、藍色から紫紺色へと柔らかなグラデーションを描く夜空を背景に歌うそのアリアは、聴衆を穏やかな癒しの世界へと誘《いざな》う。

そして最後の賛美歌。弦楽器の穏やかな音で始まるその優しい旋律は、徐々に重ねられていく管楽器によって音に厚みを増してゆく。ストリィディアの雄大な原風景を背景に紡がれる賛美の歌は、ときに優しく、ときに朗々と力強く講堂内に響き渡り、聴衆の心を震わせた。

――やがて、慈愛に満ち溢れた微笑みを浮かべる麗しき女神の姿が祭壇のステンドグラスに溶け消えていき、歌姫の見事なビブラートが余韻を残してアーチ状の天井に吸い込まれていった。

水を打ったように静まり返る講堂内。しばらくの沈黙の後、そこかしこから拍手が聞こえ始める。それに倣うように次々と重ねられていく力強い拍手の音は、やがて歓声と共に大きなうねりとなって広がった。

「ブラーヴァ！」

「ブラヴィ！」

総立ちで口々に称賛の言葉を叫ぶ聴衆。興奮と熱気に満ち溢れる中、舞台上のフェリシアが大輪の蕾《つぼみ》が花開いたかのような笑みを浮かべた。奏者達が起立し、歌姫、指揮者と共に深々と辞儀をする。ますます大きくなる拍手。

「――大成功だ」

「……うん」

やり遂げたように満足げに微笑み、微かに肩で息をしているシオリを背後から力強く抱き締める。その足元ではルリィが嬉しそうにぷるんぷるんと震えていた。

す、と顔を上げたフェリシアが舞台袖に視線を流した。差し伸べたその手が招くのは、もう一人の歌姫。彼女の親友ヒルデガルドだ。

不安げに後ろを振り返るヒルデガルドの背を、護衛の騎士が優しく微笑みながらそっと押した。舞台上ではフェリシアとエルヴェスタム交響楽団の仲間達が待っている。

「行ってこい。親友が待ってるぞ」

ヒルデガルドは泣き笑いのように顔を歪め、それから頷いて今度は力強く微笑んだ。舞台で待つ親友に向かって歩き出す。

待機していた奏者達もまた、指定の位置に移動してゆく。会場の拍手は既に止み、聴衆は何が始まるのかと互いに囁き合いながら固唾を呑んで見守っている。

その間にシオリに魔力回復薬を飲ませ、最後の大仕事に備えさせた。

フェリシアの提案で、急遽アンコール曲として奏者全員で演奏することになった交響詩「ストリィディア」。簡単な打ち合わせのみでリハーサルすらしていないこの曲に、無理に幻影を付けなくとも良いとは言われていた。しかし「活弁映画」による演出を見た聴衆は、きっと最後の曲目にもこれを期待するだろうという意見もあった。

だからこそシオリは首を横に振った。一度盛り上がった聴衆を最後の最後にほんの少しでも落胆させてはいけないと彼女は言うのだ。開演前の僅かな時間に「ストリィディア」の歌詞を確認し、それに合う幻影を思い付いたようだ。祖国解放の喜びを綴るその歌の、その歌詞に沿った幻影を。

――皆が定位置に付いたのを見計らい、フェリシアが、そしてヒルデガルドが聴衆に向き直った。講堂内のざわめきが止む。指揮者の右腕が掲げられ、そして振り下ろされた。

エルヴェスタム交響楽団とトリス交響楽団の奏でる重厚な旋律。長く荘厳な前奏の後にフェリシアとヒルデガルドが、そしてテノール歌手、南国の歌姫や少年少女合唱団、舞踏団が一斉に歌いだす。

――ストリィディア、美しき我が祖国
長く冷たい冬は去り
春告鳥は永安の訪れを歌う
凍て解ける荒漠の地は芽吹き色付く
ああ　美しき我が祖国よ

名立たる音楽家達の大合唱。その背景に映し出されるのは空を舞う白い鳥だ。白み始めた空を翼を広げて自由に舞い飛ぶ鳥は、暁光を浴びて美しい夜明けの色に色付いていく。朝と春を司る女神アウロラの御使いとされているその鳥は、長く厳しい冬が終わりを告げて、雪が解け、芽吹き色付いていく大地を見下ろして、悠々と飛んでいく。

既に幻影に慣れていたはずの聴衆が大きくどよめいた。遥か上空から下界を見下ろすその景色に目を奪われたのだ。空を飛びでもしない限り決して見ることができないだろうその光景を、シオリは何の苦もなく映し出している。

――昏《くら》き夜は去り、眩《まばゆ》き光の朝が来る
深き闇は晴れ、光と命の雨が降る

百数十年にわたる帝政ドルガストの支配から解放され、自治権を取り戻した領土奪還作戦。その勝利を祝い、解放の喜びと自由、祖国への愛国心を情熱的に綴る賛歌は、第二の国歌とも言われている。国を代表する歌い手達によって朗々と紡がれるこの歌に、聴衆の拙《つたな》い歌声が重なっていく。伝播《でんぱ》していくように徐々に増える「歌い手」はやがて、会場内を埋め尽くした。ある者は楽しげに、ある者は感極まって涙ぐみ、若い娘や青年は気恥ずかしそうに、そしてまだ歌詞を知らない幼い子供達は歌に合わせて即興の踊りを披露する。一体となった人々が歌う歓喜の歌。

——蕾は開き、花は香り、大地は黄金に実りゆく
そして巡りくる正常なる冬は眠りと癒し
無垢《むく》なる夜は安らかに過ぎゆき
明待鳥は歌う、光満ち溢れる朝の再来を
実りあれ、栄えあれ、幸あれ
ストリィディア、我が祖国、優しき大地《フレンヴァリ》

歌詞のところどころに差し挟まれる王国の古語。優しき大地——フレンヴァリ。

シオリが作り出す天界からの驚くべき光景に目を見開いていたアレクは、大合唱の中不意にミドルネームを呼ばれてはっと息を呑む。

(——ああ、そうか)

第二の国歌とも呼ばれる交響詩ではあるが、久しく聴いていなかった。音楽を聴くどころか歌を口ずさむ気にすらならなかったこの十八年で、すっかり記憶から薄れてしまっていたこの楽曲の歌詞。興味の範疇《はんちゅう》外だった音楽鑑賞で何度か聴かされた、あまり真面目に聴くことがなかったその楽曲に、己の名の一部が隠されていたのだと気付いてアレクは動揺した。

己の真の名、アレクセイ・フレンヴァリ・ストリィディア。そのミドルネームは亡き母が名付けたものだ。母はもしかしたらこの歌から――と。それを確かめる機会は失われて久しい。だが、母の想いに触れたような気がしてこの胸がひどく熱くなった。

「……幸あれ、ストリィディア。我が祖国、優しき大地《フレンヴァリ》」

交響詩のクライマックス。何度も繰り返して歌われるこの一節を、アレクもまた口ずさんだ。舞台を見つめて懸命に幻影を繰るシオリの背が僅かに揺れた。後ろからその華奢な身体を抱き締めて、アレクは歌う。

「幸あれ、ストリィディア。我が祖国――優しき大地《フレンヴァリ》。優しき大地《フレンヴァリ》」

言葉の端が震えた。――ぽたり、と。目の縁から滴が落ちたのはきっと気のせいだ。

幻影を繰るシオリのたおやかな手の片方が、抱き締めるアレクの手にそっと重ねられる。

実りあれ、ストリィディア
栄えあれ、ストリィディア
幸あれ、ストリィディア
美しき大地、優しき大地《フレンヴァリ》、我が祖国よ！

壮大な管弦楽の調べは講堂内を震わし、背景に映し出される幻影の鳥は澄み渡る大空に向かって飛翔していく。王国の実り豊かな雄大な景色は遥か下界に遠ざかり、大海に浮かぶ大地が霞《かす》み、巨大な弧を描く水平線と藍色の空が視界いっぱいに広がり——そして世界は眩い光に呑まれていった。

音と光が消えた後。光輝く数枚の羽根がひらりひらりと舞い落ち、空気に溶けるようにしてふわりと消えた。

——長い静寂の後、割れんばかりの拍手と歓声が響き渡る。


「おお……」

二階の特等席から息を詰めるようにしてこの大合唱を見守っていたクリストフェルは、深い吐息を漏らす。漏れ出る息が激しく震えた。

あれは——あの幻影は。「天女」が繰り出す幻影が映し出していたあの光景は。常人が決して見ることができない遥かな高みから世界を睥睨《へいげい》するあの光景は。

「——神々の視点……！」

まさか。まさか本当にあの女は。

舞台の袖に隠れるようにして佇む王兄と、彼に護られている黒髪の女に視線を向ける。白い儀礼服を身に纏う二人は、まるで聖女とそれを護る聖騎士のようだとクリストフェルは思った。

「……彼女は真の……天女なのか？」

——拍手と歓声は鳴り止まない。

講堂が感動と歓喜の熱狂に包まれる中、感涙に咽《むせ》び泣く妻を腕に抱きながら、クリストフェルはただただ驚嘆と畏怖《いふ》の念を抱いて黒髪の女を見下ろしていた。

6

大成功のうちに終了した音楽会の後、迎賓院にて参加者を労《ねぎら》う立食会が用意されているということだった。控え室で案内を待つ間、シオリはアレクとルリィに庇《かば》われるようにして壁際に佇んでいた。人々がシオリに向ける熱意と期待、疑念に満ちた視線は恐ろしいほど強く、アレクはどうにか会場から抜け出せないものかと思案しているようだった。役目を果たした今、シオリとしてもこれ以上この場に留まりたくはなかった。彼らの視線はそう思わせるだけの圧があった。

——神の御座より見下ろす下界の光景。それを知り得るのは神の御使いに相違あるまい。

そこかしこから聞こえる囁き声はそう語っていた。

迂闊《うかつ》だった。あの世界ではあらゆる媒体で当たり前のように目にしていたあの光景も、この世界の人々にとってはそうではないのだ。常人では決して知り得ない光景を知るシオリに疑念を抱いても不思議はない。中にはシオリから話を聞き出そうと接近を試みる者もいた。しかし聖堂騎士団幹部の儀礼服を纏うアレクが放つ尋常ならざる威圧感に怯《ひる》み、近付きあぐねている。

フェリシア達歌姫一座はまだ感謝の念の方が上回るようだったが、それでも思うところはあるらしく、困惑の表情を浮かべている。フェリシアやヒルデガルド、そして二人に寄り添うヘルゲは気遣うような視線をこちらに向けた。

と、人垣を割って二人の聖堂騎士が姿を見せた。その片方は前夜の捕り物に参加したヨアンだ。

「――大変お疲れ様でした。お二方――」

そこまで言って彼はふと口を噤んだ。その視線はアレクを捉えている。借り物衣装とは到底思えない威厳ある佇まいに気圧《けお》されたようだった。

「……失礼しました。どうぞこちらへ。辺境伯閣下と大司教猊下《げいか》がお待ちです」

彼は敢えて有力者二人の名を持ち出した。口調も恭しく改められている。恐らくはこの場を切り抜けるための芝居だろうが、二人が身分ある者と思ったのだろう人々は渋々ながらも諦めたようだ。

聖堂騎士の一人がフェリシアに近付き、そっと何かを耳打ちした。それを横目にヨアンは二人と一匹を促し、足早に控え室を出る。彼は大司教とコニーの指示を受けて来たと言った。

「後で少し時間を取る。彼女達と話なり挨拶なりはしたいだろうからそのときに。ひとまず今はこの場を離れよう。部屋を用意した」

やがて二人と一匹は構内の奥まった場所にある、上品な設えの建物に案内された。

「大司教館だ。猊下や高位聖職者の執務室と私室がある。許可を得た者しか入れない場所だ」

人目に付かない場所を選んだ結果がこの大司教館らしい。ヨアンは聖堂騎士が両脇を護る空き部屋の扉を開くと、卓の上を指し示して言った。

「着替えと茶菓を用意してある。コニー司祭が来るまで休んでいてくれ。もうしばらく掛かる」

「……お気遣いありがとうございます」

慌ただしく、しかし優雅な動作で立ち去ったヨアンを見送ったシオリは、長い溜息を吐いた。

「疲れただろう。よく頑張ったな」

「……うん、ありがと。さすがに疲れた。アレクとルリィもお疲れ様」

多少苦労しながら儀礼服を脱いだシオリは、同じく着替えを済ませたアレクから手渡された薬草茶を一口飲んだ。保温器具で温度が保たれていた薬草茶の甘みが、ゆっくりと身体に染み渡っていく。二口三口と飲みながら、シオリはちらりと恋人を見た。紫紺の瞳はいつも通りに鋭く、強い光を宿している。

(――泣いてた……ような気がしたけど)

あの最後の大曲の終盤。突然縋《すが》るようにシオリを抱き締めた彼の顔を、そのときは確かめることはできなかった。しかし微かに聞こえた歌声が震えていた。嗚咽《おえつ》交じりのようにも思えた。そして、ぽつぽつと振ってきた、温かな雫《しずく》。大合唱に感動していたのとも違う、もっと別の感情が滲んでいたあの歌声。あの交響詩の何かが彼の琴線に触れたのだろうか。曲が終わり拍手と称賛の声が響く中、後ろを振り返ろうとしたシオリをさらに強く抱き締めて、その顔を見ることを阻止しようとした彼。

けれどもその話題に触れることをアレクは良しとはしないだろうから、シオリは黙っていた。

「……うん？　どうした？」

じっと見つめられていることに気付いたのか、アレクが振り返る。

「ううん、見てただけ。アレクは疲れてないかなって」

「俺はそれほどでもないな。さすがに昨日の騒ぎには閉口させられたが」

そう言いながら笑った彼は、シオリの項《うなじ》の後れ毛に指先を伸ばして弄ぶ。

しばらくは静かな時間を過ごした。時折茶器が受け皿に当たる音以外に聞こえる音はない。ルリィも黙々と焼菓子――聖女のケーキと言うらしい――を消費していた。

やがて廊下の先から聞こえた足音が部屋の前で止まった。扉が軽く叩かれ「どうぞ」と声を掛けると、幾分疲れた表情のコニーが顔を覗かせた。

「お待たせしてすみません」

「いいえ、お忙しいでしょうから」

生誕祭当日、催事責任者の彼は多忙を極めているに違いない。合間を縫ってやってきたらしく、再びすみませんと謝罪の言葉を口にしながら、眼鏡を押し上げて彼は苦笑いした。

「本当にありがとうございました。お陰様で音楽会は大成功でしたよ。聴衆と一体になったあの大合唱と臨場感溢れる幻影は感動の一言に尽きます。神々や聖女様もきっとお喜びでしょう。全力を尽くしてくださった皆さんと、お二人には感謝してもしきれません。それから勿論《もちろん》ルリィ君も」

「お役に立てて光栄です」

依頼人からの言葉を尽くした心からの謝意に、本当にやり遂げたのだと実感した。足元のルリィが誇らしげにぷるんぷるんと震える。それを見て笑ってから、コニーはふと真顔になった。

「お二人に依頼して本当に良かった。事件は解決し、音楽会も……大反響でしたから」

その雀斑《そばかす》の浮いた顔に、どこかうっとりとした微笑が浮かぶ。

「――あの幻影。本当に素晴らしかった。列席された方々も絶賛しておられました。特に『ストリィディア』のあの景色に大司教猊下は大変深い感銘を受けられたようです。辺境伯閣下もしきりに気にしておられましたよ。強引な手段を用いて貴女に接触しようという輩が出るのではないかと」

アレクとは浅からぬ付き合いだという辺境伯クリストフェル・オスブリングは、顔見知りとなった女性の安寧と平穏が脅かされることは自身も望むところではないと、そう言ったという。

コニーは息を呑むシオリを真剣な面持ちで見据えた。

「あの幻影に興味を抱いた方は多いでしょう。現にその使い手について、既にいくつか問い合わせを頂いています。この様子では今後も問い合わせは増えるでしょう。幻影魔法の技術そのものもそうですが、シオリさんが映し出したあの光景――決して常人が知り得るものではありませんから」

聖女再来。既に一部ではそのように囁かれているとコニーは打ち明けた。

「それなんだが、シオリの居所については口止めをお願いしたい。今回の参加者達にもだ」

「私からもお願いします。お役に立てて嬉しいですが、あんなに注目されるとは思わなくて……」

自己紹介である程度の素性を知られてしまってはいるが、それでも可能な限り個人情報は秘匿しておきたかった。仕事の引き合いが増えるのは喜ばしいが、注目されたい訳ではない。仕事に差し支えるのも困る。

「勿論、我々が参加者の連絡先を明かすことはありませんし、皆さんもそのあたりは承知していると思います。しかし釘は刺しておきましょう」

ずり下がった眼鏡を押し上げたコニーは、彼特有の少し困ったような微笑を浮かべた。

「ですが、一部の方には東方人女性ということは知られてしまっていますから、その気になればいくらでも突き止められるでしょう。それに身分的に断り辛《づら》い相手から接触がないとも限りません。辺境伯閣下もそのあたりを随分と気にしておられましてね。もし今後困ったことになるようでしたら、閣下のお名前を出しても構わないということでした。今回の演出も、辺境伯閣下自ら依頼したということになさるおつもりのようです。大司教猊下も賛同されました」

「えっ……それは」

音楽会の補助要員として受けた依頼が随分と大事になったものだ。大物からの過ぎた気遣いに気後れするシオリの肩を、アレクが宥めるように抱き寄せた。

「お前には重いだろうが、せっかくだから利用させてもらおう。閣下には俺からも礼を言っておく」

恋人の言葉に少しだけ心が軽くなる。

「う……ん。分かった。ありがとうございます、コニーさん。アレクも」

ほっと息を吐くシオリを眺めていたコニーは視線を逸らし、窓に顔を向けた。垂れ込める曇天の切れ目から淡い色合いの青空が覗き、優しくも神々しい陽光が差し込んでいる。

「──あの天の御座より見下ろす雄大な世界……あれは本当に美しかった……」

感嘆と驚嘆を滲ませたその声。どこか夢見心地に空を見上げていた彼は、ほう、と息を吐く。

「失礼。少し話は変わりますが、教団では孤児院や医療施設などへの巡回僧による慰問活動を行っておりまして、中にはシオリさんのように幻影を使った語り聞かせをしている者もいます。それほど大掛かりなものではなく、絵本の挿絵のようなごく小さな幻影ですけどね」

薬草茶を口に含んだコニーは、へにゃりと表情を崩して笑った。

「この慰問活動に『活弁映画』を是非取り入れたいという意見が出ております。あんなお話をした後で恐縮ですが、今後研修の講師という名目でお呼びするかもしれません。それは構いませんか？」

もっとも習ったからといってあれほどの幻影を繰ることができるかどうかは分かりませんが、そう付け加えて彼は苦笑する。

「ええ、そういうことでしたら、勿論」

その答えに彼は嬉しそうに笑い、ありがとうございますと弾んだ調子で言った。

「――さて、名残惜しいがそろそろお暇《いとま》させてもらいたい」

短くも濃密な会話を交わした後、頃合いかとアレクが切り出した。コニーはほんの一瞬寂しげな顔をしたけれど、それも束の間、いつもの柔らかな微笑みを見せる。

「……ええ。随分無理にお願いしてしまいましたし、これ以上お引き留めはできませんね。僕もすぐに戻らなければなりませんが、せめてお見送りいたしますよ。馬車を用意しましたから、乗って行ってくださいね」

「悪いな」

「お気遣いありがとうございます」

「とんでもない。これくらいはさせてくださいよ。お二人には本当に感謝しているんですから」

大司教館を出た二人と一匹は、コニーの先導で雪景色の中庭に面した回廊を歩き出す。時折擦れ違う白装束の聖職者達と目礼を交わしながら歩くうちに、回廊の向こうに佇む人影に気付いてシオリは足を止めた。フェリシアとヒルデガルド、そしてその背後を護るようにして立つヘルゲと聖堂騎士ヨアンだ。約束通り、ヨアンは別れの挨拶のためにと彼女達を連れ出してくれたようだ。

金と銀の歌姫が仲良く並び立つ姿にシオリは微笑んだ。人の悪意に歪められ、引き裂かれようとしていた二人の絆。それが今はこうして共にある。在るべき場所に在るべき形で在るということ、それはとても幸せなことだ。

「二人とも、ほんとにありがとな。あんたらのお陰で無事歌い切ることができたんだ」

「それにこうしてフェリスとの友情も取り戻せたんです。残念ながら二人の仲間と別れることになってしまったけど――でも、代わりに失《な》くしたと思ってた絆を取り戻すことができました」

「本当なら俺達でなんとかしなけりゃならなかったことを二人が解決に導いてくれたこと、俺達の演奏をもり立ててくれたこと……絶対に忘れないよ」

あの幻影に関して訊きたいことがあるだろうに敢えて触れず、彼らは感謝の言葉だけを口にした。

「お前達はこれからどうするんだ？」

アレクの問いにフェリシアは答える。

「オレ達は……出発の日までゆっくり休むことにした。ほかの連中は祭りを楽しむ予定らしーけど、まぁこればっかりはしょーがねぇよな」

彼女は言外に自重するのだと言った。彼女達は被害者ではあるが、主催者にとっては祭りを台無しにしかけた加害者側の人間なのだ。仲間内から犯罪者を出した立場としては、誠意を見せるためにも自粛しなければならなかった。それに音楽会を無事に終えた今は、騎士隊の本格的な事情聴取も控えている。短く嘆息した彼女は、沈みかけた空気を振り払うようにニッと笑ってシオリの手を取った。

「……ほんとにありがとな。あと――カリーナの奴が、悪かった」

微笑んだシオリは小さく頷く。ほんの少しだけ泣き笑いのような複雑な表情を見せたフェリシアの肩を、ヘルゲが遠慮がちに抱き寄せた。

「ルリィちゃんもありがとね。またいつか会いに来てもいい？」

ヒルデガルドに抱き締められて満更でもなさそうに触手を振っていたルリィが、ぽよんと跳ねる。

こちらも別れを済ませたようだ。

たった二日間の、しかし濃密なときを過ごしたこの場所に別れを告げる。束の間の「仲間」だった金と銀の歌姫とフルート奏者、そして聖堂騎士に見送られながら、静かにその場を立ち去った。

「――行っちまったなぁ」

回廊を曲がり、完全に二人と一匹の姿が見えなくなるまでその後姿を見つめていたフェリシアは、薄く微笑みながらぽつりと呟いた。

たった二日だけ一緒に過ごした彼らに抱いた想い。大役を果たした達成感と共に抱いたそれは、確かに友情と呼べるものだ。いつかまた会えるだろうか。互いの活動拠点は遠く離れている。気楽に会いに来られるほど近い場所ではない。だからこそ別れがひどく惜しいのだ。

――それに、胸をちくりと刺すこの小さな痛みは、決して寂しさからくるものだけではない。

「……フェリシア。お前、実は少しあいつが気になってただろ?」

ヘルゲの指摘にぎくりと肩を揺らしたフェリシアは、うるせーよと言い掛けてから思い直して苦笑いした。

ヒルデガルドとヨアンは目を丸くしている。

「まーな。あいつ、オレの色仕掛けにこれっぽっちも靡《なび》かなかった。それどころか今のオレの方がオレらしくていいなんて言いやがったんだぜ」

惚れろっつってるようなもんだろーが。そう言ってやると、ヘルゲは微妙な顔をした。

「心配すんな。あの二人の間に割り込む隙間《すきま》なんかありゃしなかったし、オレだってその気はこれっぽっちもねーよ。ただ……ちょっと羨《うらや》ましいよなって思っただけだ」

フェリシアの整った顔に、痛みと羨望《せんぼう》を伴う笑みが浮かぶ。

互いを想い合い支え合う、あの二人の深い絆。あんなふうに想い、想われてみたい。歌姫ではない

「ただのフェリシア」を見て欲しい。

それを黙って聞いていたヘルゲは、不意に姿勢を正してフェリシアに向き直った。手を取り、指先に軽く触れるだけの口付けをする。

「……じゃあ、俺を選んでみないか？」

「はぁ？」

「お前に惚れ直したんだ、フェリシア」

何冗談言ってんだと言い掛けて、ひどく真剣な彼のその表情に口を噤む。

「俺は強い女が好きなんだ。一本筋の通った気の強い女がな。カリーナとやり合ったときのお前の啖《たん》呵《か》――あれに惚れた。惚れ直した」

淑《しと》やかでいてどことなく気が強そうな女だとは思っていたが、ここまで強いとは思わなかったと、そう言いながらヘルゲは笑うのだ。

「一度は振られたけどな。今度こそ口説《くど》き落としてやる」

目を丸くして絶句したフェリシアは、やがてくつくつと笑いだした。そして挑発的に言う。

「――いいぜ。やってみろよ、色男」

にやりと笑ったヘルゲは腕を差し出した。それに自らの腕を絡めて微笑み合う。それはロマンチックとは程遠い、互いを挑発するような笑みだ。

――そうして連れ立って歩く二人と、嬉しそうに笑いながら追い掛けるもう一人の歌姫。それを護りながら歩く聖堂騎士もまた、にこやかに微笑んでいた。

7

三角帽子を目深に被《かぶ》って黒髪を隠し、人目を避けるようにして歩くうちに、ようやく見覚えのある裏門が見えてくる。宵闇《よいやみ》に沈んだその場所には、来たときに乗ったものと同じ、紋章がない雪馬車がひっそりと待っていた。

「――本当に、ありがとうございました」

「いいえ、こちらこそ」

差し出された白い手を握り返す。気の良い青年司祭と熱く固い握手を交わし合った二人は、雪馬車に乗り込んだ。扉が閉じられる間際、コニーが静かに声を掛けた。

「良い聖夜を」

聖職者らしい別れの言葉。ルリィが触手を振った。二人もまた微笑む。

「良い聖夜を」

ルリィに手を振り返したコニーが微笑みながら頷くのを合図に扉が閉じられ、雪馬車はゆっくりと滑るように走り出した。生誕祭を祝う色とりどりの魔法灯が夜の街を照らす中、人々や馬車が行き交う街路を走っていく。明るく照らされた街を行く人々は皆楽しげで、平和そのものの光景だ。

やがて雪馬車は冒険者ギルドの前で停車した。アレクの手を借りて降り、その後ろからルリィがぽよんと弾むようにして地面に着地する。走り去る雪馬車を見送ったシオリは大きく溜息を吐いた。そして恋人にじっと見下ろされていることに気付いて、口元を押さえる。

「あ、ごめん……つい」

「いや、構わないさ。なかなかの強行軍だったからな」

さすがの俺も疲れたと、そう言いながら彼はシオリの背をぽんぽんと叩いた。

既に終業時間は過ぎていたが、ギルドの窓からは煌々《こうこう》と灯りが漏れていた。窓越しに同僚がまだ何人も残っているのが見える。

「やっぱり忙しいんだね。皆まだ帰ってないみたい」

「そうだな。もうしばらくは忙しい日が続きそうだ」

生誕祭前後は道案内や近隣の村までの護衛依頼が多く、ギルドは遅い時間まで開いている。もっとも当日の依頼受付は締め切っているはずだから、残っているのは依頼を終えて帰還したばかりか、あるいはこの後連れ立って街に繰り出すために同僚を待っているかのどちらかだろう。

扉を開けて中に入ると、親しい何人かが振り返って軽く手を振った。それから再び話の輪に戻っていく。話の中心になっているのは、オロフを始めとした出稼ぎ組のようだ。

「いやぁ、しかし凄かったよな」

「だなぁ。歌にはあんまり興味はなかったが、俺ぁ感動してうっかり泣いちまったよ」

「道案内のついでに一緒にどうだって会場まで引っ張り込まれたのには参ったけどねぇ。噂《うわさ》のフェリシアちゃんの歌も良かったが、あの幻影魔法は凄かったよなぁ。神様になったみてぇな気分だった」

彼らの話題が幻影魔法に及び、シオリはぎくりと身を竦ませた。幻影魔法を本格的に使うようになったのはここ一年ほど。だからシオリがその使い手であることを知る同僚は、実はまだそれほど多くはない。活動期間が冬だけのオロフ達はなおさらだ。

なんとはなしに耳を傾けていたザックが意味深長にシオリを見た。しばらく考え込んでいた彼は、やがてがしがしと赤毛の頭を掻きながら苦笑いする。心配性の兄貴分は、妹分がまた無理をして大掛かりな魔法を使ったのではないかと疑っているようだ。事実その通りで気まずくなったシオリは曖昧《あいまい》な笑みを浮かべ、ザックが待ち構えているカウンターに歩み寄った。

「お疲れさん。また何かやらかしたらしいな」

「やらかしたって……人聞きが悪いなぁ」

「……まぁ、大分目立ったのは否定できんからな」

「目立った？　裏方って話だったが違うのか」

ザックは物問いたげな表情だ。何かと目立つ東方系のシオリが殊更目立つ場所に引き出されたのかと思ったようだが、どうやらアレクを気遣ってもいるらしい。身分を隠しているらしい彼をだ。

「裏方は裏方だよ。護衛と舞台演出を手伝っただけだし、舞台の袖に隠れてたもの。でも……」

事件のことなど公にできない内容が含まれる依頼の詳細を語るには、人目があるこの場では都合が悪かった。アレクの目配せにザックは頷き、顎《あご》でマスター室を指し示した。個室で報告を聞くというとこらしい。二人と一匹は彼に促されて、ザックの代になってからはあまり使われることがないマスター室に足を踏み入れた。

「――なるほどなぁ。まさかそんな事件に巻き込まれてるたぁ思わなかった」

一通りの話を聞き終えたザックは、眉間《みけん》を揉《も》みながら長い溜息を吐いた。囮《おとり》捜査紛いのやり方で下手人を捕らえたと聞いたときにはさすがに腰を浮かせたけれど、アレクと騎士隊の包囲が完璧《かんぺき》であったこと、危険はないという確信があったことを伝えてどうにか分かってもらった。

「これが一番いい方法だと思ったし、護ってくれる人が沢山いたから立候補しただけだよ。何もないときに素人が首を突っ込むようなことは絶対にしないから安心して、兄さん」

過保護な兄貴分は渋々ながらも納得してくれたようだ。シオリの身に危険が及ぶことを何よりも恐れているザックが、本当は自分自身の手で妹分を護りたいと思ってくれていることには薄々気付いていた。それが、あの【暁】の事件で護れなかったという罪悪感からきているだろうことにもだ。

四年前、出会ったばかりの頃は警戒心を見せることも少なくはなかった。けれども一年を過ぎる頃には態度が軟化し、今では兄代わりだ。異世界でたった一人という心細さを緩和してくれた彼に感謝こそすれ恨む気持ちなど微塵《みじん》もないというのに、ザックはあの事件を境に過剰とも思えるほどシオリを気に掛けるようになった。

(――でもね)

シオリは膝の上に置いた手を握り締める。

「……あのね、兄さん。今まで色々嫌なこともあって、正直辛いって思ったことも何度もあるよ。でも、今の私は結構……ううん、とても幸せなんだよ。兄さんみたいに見守ってくれる人が沢山いて、友達も沢山できて、それに……こうして寄り添ってくれる人がいるんだもの」

ぽつぽつと言葉を選ぶように伝えた想い。

ザックは小さく息を呑み、隣のアレクが背を優しく撫でてくれた。ザックに与えられた焼菓子を嬉しそうに取り込んでいたルリィが、足元をぺたぺたとつつく。

「四年前は何も持っていなかった私にも、大切なものが沢山できた。色々失くして空っぽになってた心を満たしてもらったから、自分を見つめ直す余裕ができたの。もう少しで自分を取り戻せそうな気がするんだよ。それに、そばにいて護ってくれる頼もしい人がいるから。だから、ね」

あまり心配しないで。

ザックは目を見開き、それからしばらくの沈黙の後に苦笑しながら頷いてくれた。

「――ああ、分かったよ。悪かったな。もっとお前を信じてやるべきだった」

「ううん、私にも皆を不安にさせるようなところが沢山あったと思う。私の方こそごめんなさい」

「いや、絶対にそれはお前のせいだけじゃねぇからな。だから気にすんな。お前がお前らしくいられるんなら、俺は……兄として、嬉しい」

兄として、と。その部分を妙に強調して言ったザックの空色の瞳が微かに揺れたような気がした。

抜けるような夏の青空の色をした瞳を揺らめかせ、そして緩い弧の形に細めて笑う。腰を上げたザックはシオリとアレクの肩を一つぽんと叩き、冷めかけた紅茶を淹《い》れ直してくれた。

「……それにしても、妬み嫉《そね》みで同僚に毒を盛るなんざ、恐ろしい女もいたもんだな」

湯気の上がる紅茶を一口飲んだ彼はふっと短い息を吐く。

嫉妬心を拗《こじ》らせた末に、心の隙《すき》に付け込まれて犯した罪。主犯ではないらしいが、あの事件でカリーナが果たした役割は大きい。相応の罰は与えられるだろう。

（……早く出てこられるといいな）

根からの悪人ではないだろう彼女が最後に流した涙、そして「ごめんなさい」というその言葉を信じたい。沢山の無関係な人間を巻き込んだ彼女を許せないという者は多いだろうけれど、カリーナにはそれでもきっと待つ人がいるから。罪を償い悔い改める気持ちがあるのなら、きっといつかは。

「……それでその、問題の幻影魔法なんだが」

一度途切れた会話をアレクが再び繋《つな》いだ。

「おう、『活弁映画』な」

「うん。なんか思ったよりもずっと反響があって……色んな人に興味を持たれちゃったみたいで」

気まずい思いで話を切り出す。

「俺も何度か見せてもらったことはあるけどよ。あれは確かに結構な娯楽になるぜ。それにしてもクリ……辺境伯や大司教が出てこなきゃならねぇほどだったのか？」

「まぁ、正直凄いの一語に尽きるな。最後の合唱で出した幻影、あれは物議を醸すぞ」

一旦言葉を切ったアレクは、ザックを見据えた。

「――神の視点から見た世界。天上界からの眺めだ」

「天上界……神の視点だぁ⁉」

ザックは目を剥《む》いた。何か言い掛けて口を噤み、それから顎先に手を当てて考え込んでしまった。

そんな兄となんとも言えない表情で自分を眺めている恋人を前に、シオリは頭を抱えた。その足元を、ルリィが宥めるようにぺしぺしと叩く。

（あのときは何の気なしにやっちゃったけど……）

空から遥か下界を見下ろす光景、そんなものは空を飛びでもしない限りは決して見ることができないものだ。現在この世界には空飛ぶ魔法も飛行魔獣に乗る技術もないと聞く。せいぜい風魔法で多少身体を浮かせることができる程度だ。飛行技術の研究自体はあるようだが、まだまだ道楽の域を出ないようだ。そんな技術水準の世界で成層圏を越えた空撮映像を見せればどうなるか。

「既に貴族からいくつか問い合わせが来ているらしい。大司教も相当に感銘を受けたらしくてな。そんな連中の相手をするのは荷が重かろうと、辺境伯閣下自らが指名した使い手だから手出し無用という方向に持っていくつもりのようだ」

唸《うな》り声を上げて黙りこくったままのザックに、アレクは続けた。

「辺境伯には俺から礼を言っておく。しばらく会ってなかったからな。時期的にすぐには無理だろうが、都合を付けて挨拶がてらご機嫌伺いでもしてくるさ」

「ご、ごめんね。なんだか私のせいで大事になっちゃって。いつかは……いつかは全部話さなきゃいけないって思ってるけど、でも、まだ……私」

素性を明かす覚悟がまだできてはいない。異世界から来たと明かしたことで自分の立場がどうなるかが分からない。怖いのだ。

アレクと、一拍遅れてからザックが苦笑いした。

「……いや、気にすんな。お前が最大限に頑張って依頼をこなしてくれたってことだからな。それは誇っていい。それ以上の面倒事はマスターである俺の仕事だと思っときゃいい」

「……うん。ありがとう」

二人の保護者は揃《そろ》って微苦笑し、それからふと真顔になる。

「しかし当面は嗅《か》ぎまわる者がいるだろう。いずれは事件も公になるだろうし、そっち方面の情報欲しさに接触しようとする輩もいないとも限らん。しばらくはあまり一人で出歩くなよ」

「仕事はなるべくアレクと一緒に受けろ……つっても今更かもしれねぇが。ルリィも頼むな」

足元のルリィが任せろと言わんばかりに力強くぷるるんと震えた。頼もしい友人だ。

「分かった。気を付けるよ」

神妙な顔で頷くシオリに頷き返したザックは、次の瞬間にはいつもの陽気な笑みを浮かべた。

「さて、そんじゃあ、報告は以上か？」

「うん」

「おう、分かった。そんじゃ今回の報酬な。改めて、お疲れさん」

依頼料の後金は後日纏めて支払われることになっている。そのときにその後の顛末《てんまつ》も語られるかもしれないが、二人としてはこれで依頼を完遂したことになる。報酬を受け取りザックに帰宅の挨拶を済ませた二人は、なおも音楽会の話題で盛り上がる同僚の脇をすり抜けてギルドを後にした。

「……ようやく終わったね」

「そうだな」

既に何かに警戒しているのか、アレクはシオリの肩を強く抱き寄せている。公衆の面前でここまで親密さをアピールする彼の態度は少々落ち着かないけれど、シオリは黙ってされるがままに歩いていた。街路には仲睦《なかむつ》まじく寄り添っている恋人達の姿がちらほら見える。このまま密着して歩いていても、誰も気に留める者はいない。

――だから、もう少しだけ。

シオリは頬をそっと彼の胸元に摺《す》り寄せた。滅多にはしない甘えた仕草に彼は少し驚いたようだったけれど、すぐに相好を緩めて三角帽越しの黒髪に口付けた。視線を交わして微笑み合った二人は、うろうろと屋台を物色しているルリィを見て再び笑った。

「夕食はどうする？　どこかで食べてから帰るか……と言っても、しばらくはやめとくか」

「そうだね……それにちょっと人混みは疲れたから、家で食べたいし」

道すがらの屋台で鹿肉のパイやトリスサーモンの酢漬けに雪苺《ゆきいちご》のリキュール漬け、ルリィ用には牛や一角兎《いっかくうさぎ》の串焼きを見繕い、最後に小さな木製のカップに入ったホットワインを二人分買った。ホットワインの値がやけに高いことに首を傾げるシオリの横で、代金を支払ったアレクが笑う。

「このカップは記念に持ち帰っていいんだ。高いのはカップ代込みだからだな」

「あ、そうだったんだ。お祭り価格なのかと思った」

木を削り出して作ったカップには聖女のシンボルが彫られている。可愛らしい蔦の葉と小鳥、小さな三日月。郷里の母が好みそうなデザインだとシオリは思った。

「毎年デザインが違うんだ。第一、第二街区では金属製や陶器製、気合の入ったものだとミスリル製や魔法石製のとんでもなく高いのもあるぞ。毎年全種類買って集めてる奴もいるらしい」

「ええぇ……家中カップだらけになりそう」

そんな他愛のない会話をしながらアパルトメントの扉を開ける。管理人のラーシュは既に自室に下がったようで人気はなく、カウンターに呼び鈴が置かれている。階段を上がり、部屋の鍵《かぎ》を開けた。アレクは当たり前のように付いてくる。シオリはひっそりと微笑んだ。こうして連れ立って歩き、一緒に帰宅することが日常になりつつあることが嬉しかった。

「せっかくだからお風呂入ってく？」

彼の下宿は共用風呂でその都度《つど》女将《おかみ》に頼まなければならず、仕事帰りでは面倒なこともあるだろうと何度か風呂を貸したことはある。そのまま食事をご馳走して、長椅子で転寝《うたたね》してしまった彼を泊めたことも何度かあった。

「なんなら泊まっていって。疲れたでしょ？」

アレクは一瞬考えてから頷いた。初めの頃こそ遠慮していた彼も、最近ではあまり躊躇《ためら》わなくなった。徐々に縮まる距離が嬉しい。

（……あ、でも……なんだか誘ってるみたいかなぁ）

心を通わせた今、その先の関係に進むことに異存はない。けれどもまだ心の準備ができていないことも事実だ。手足にいくつも残った傷痕を見せることにはまだ抵抗がある。彼がそれを慮《おもんぱか》ってくれていることも知っているから、ついそれに甘えてしまっているのだけれど。

もっとも、気持ちの整理を付けたところで自分から誘うのもどうかと気恥ずかしくなり、シオリは紙袋に赤くなった顔を埋めてしまった。

「大丈夫か？　随分疲れてるようだな」

「あ、ううん。疲れはしたけど、恥ずかしくて、うん、なんでもない」

「……うん？」

妙な受け答えになってしまい、アレクは首を傾げている。

ぺしぺし。お腹《なか》が空いたのか、ルリィが早くしろと急《せ》かすように紙袋を叩いた。

「お前、大聖堂でもギルドでも焼菓子食いまくってたじゃないか。この上まだ食べるのか？」

呆れたように指摘するアレクに、おやつと食事は別腹だとでもいうように不満げにルリィが身体を揺すった。それを見て二人は噴き出した。

楽しい笑い声が響く中で手早く食卓を整えて、生誕祭の屋台料理を二人と一匹で楽しむ。温かく穏やかで、楽しい聖夜を大切な人達と過ごせることがこんなに嬉しく貴いものだとは思わなかった。

パイ料理を分け合うアレクとルリィを眺めながら、シオリは新しい揃いのカップのホットワインをこくりと飲み下した。

——食事と入浴を済ませて夜がいくらか更けた頃。大好きな風呂でほかほかになったルリィは、簡単な伸縮運動をして早々に眠ってしまった。シオリはと言えば風呂に入って眠気が飛んでしまったのか、まだ少し眠る気にはなれないでいた。

（……幸せ……）

就寝前に軽い果実酒を飲みながらアレクと語らい、合間に啄むような口付けを交わす。

見知らぬ世界に飛ばされて、もう二度と手に入らないと思っていた、温かく穏やかな時間。

（もし、アレクと一緒になったら……きっとこれが日常になるんだろうなぁ）

一緒。家族。

ふと、頭の片隅にある光景が過《よぎ》った。暖かな日差しの降り注ぐ明るい庭で笑い声を立てて遊ぶ自分と兄を、父と母が見守っている光景。その両親の姿が不意に、自分とアレクのものに変わった。

「シオリ」

低く優しい声に呼ばれてシオリははっと我に返る。

「随分と幸せそうな顔をしていたぞ。何を思っていた？」

「あ……えっと」

幸せな妄想に耽る顔を見られていたことに気付いて赤面しながら、しどろもどろに答えた。

「家族を思い出してた。子供の頃、私と兄さんが遊んでるところを父さんと母さんが見てて……」

家族との、幸せな想い出を。

「……家族、か」

目を細めてシオリを見つめたアレクは、ふと視線を逸らして窓の方を見る。カーテンの隙間から外の喧騒《けんそう》や色とりどりの魔法灯の光が漏れて、人々が生誕祭の夜を楽しんでいることが窺《うかが》い知れた。

「──あの最後に歌った『ストリィディア』」

「うん？」

何かを思い出したのか、唐突に彼は語り始める。

「あの歌の中にな。俺の名前が隠れていた」

アレクは手にしたグラスの果実酒を一口飲み、ぽつりぽつりと語った。

「俺にはミドルネームがある。実家住まいの頃にしか使わなかった名だが、家を出るときに父が教えてくれたんだ。亡くなった母が付けてくれた名だと」

「……お母さんが？」

「ああ。実家に古くから残る慣わしらしくてな。ファーストネームは父親が、ミドルネームは母親が付けるんだそうだ」

言いながらグラスを軽く揺らす。淡い紅色に色付いた果実酒が、甘く優しい香りを放った。

「前にも言ったが、音楽鑑賞にはそれほど興味がなくてな。第二の国歌のあの交響詩を、実はあまり真面目に聴いたことはなかったんだ。だから今日《きょう》初めて真剣に聴いて、その言葉に気付いて……多分母は、この歌の歌詞から俺の名を付けてくれたんじゃないかと、そう思ったんだ」

「……そっか」

だからなのかとシオリは一人納得した。

交響詩の終盤、突然口ずさみ始めた彼。ミドルネームの由来に気付いて、溢れる想いを押し留められなくなったのか。歌が終わってもなお、シオリを強く抱き締めて離そうとしなかった、あのとき首筋に掛かった彼の湿り気を帯びた吐息を思い出す。

アレクは切なげに微笑んでいた。亡き母親と過ごした懐かしい日々を思い出しているのだろうか。

「……ねぇ。そのミドルネーム、聞いてもいい？」

「ああ」

元々そのつもりでこの話をしたんだと彼は笑った。

「フレンヴァリ。王国の古い言葉で『優しい大地』という意味だ」

フレンヴァリ。優しい大地。祖国の解放と再生を歓《よろこ》び祝い、そして豊かな実りと繁栄を祈り願う歌の中で、そのフレーズは何度も繰り返されていた。

――この祖国のように優しく強く在れ。そして豊かな人生を送れますように。

愛しい我が子への最初の贈り物に込められた、母親の祈りと願いを感じたような気がして、シオリは彼の胸に頬を寄せた。背に逞《たくま》しい腕が回される。

「とても、素敵な名前だね」

「ああ」

「優しくて強くて温かい……アレクにぴったりの名前だよ」

「……そうか。ありがとう」

一度強く抱き締めた彼は静かに身体を離し、指先でシオリの顎をそっと上向かせる。端正な顔が近付いて、唇が自分のそれに触れた。先ほどまでの遊びのようなそれとは違う、深く濃厚な口付け。熱い舌先が絡み合い、果実の甘い香りが溶けて混じり合う。吐息までも奪われるような激しい口付けで

頭の芯《しん》までぼうっとなった頃、ようやく唇を離されてシオリはうっとりと息を吐く。

「……なぁ、シオリ」

腕の中にシオリを閉じ込めたまま、耳元でアレクが囁いた。

「今度はお前が歌ってくれないか。俺の名前が隠された、あの歌を」

「え……私が？」

「お前の声で、俺の名を呼んで欲しいんだ」

「うん……でも。私、あの歌はまだちゃんと覚えてないよ？」

旋律だけは耳に焼き付いてしまった。しかし歌詞は不明瞭《ふめいりょう》だ。けれども彼は食い下がった。

「俺が教えるから。終盤だけは覚えたんだ。そこだけでいいから聴かせてくれ」

紫紺の瞳の熱量に絆《ほだ》されてこくりと頷く。

「……蕾は開き、花は香り、大地は黄金に実りゆく」

彼が歌うままに、その後を追うようにして口ずさむ。

——蕾は開き、花は香り、大地は黄金に実りゆく
そして巡りくる正常なる冬は眠りと癒し
無垢なる夜は安らかに過ぎゆき
明待鳥は歌う、光満ち溢れる朝の再来を
実りあれ、栄えあれ、幸あれ
ストリィディア、我が祖国、優しき大地《フレンヴァリ》

「ストリィディア、我が祖国、優しき大地《フレンヴァリ》」

強く優しい恋人の名を抱く歌。

「幸あれ、ストリィディア。我が祖国――優しき大地《フレンヴァリ》」

覚えやすく耳に馴染《なじ》むその旋律は、やがてアレクの補助を離れて独唱になる。

「我が祖国、優しき大地《フレンヴァリ》。優しき大地《フレンヴァリ》」

シオリは歌を紡いだ。柔らかな歌声で何度も恋人の名を紡ぐ。子守唄のように優しく響く歌にやがて彼は微睡《まどろ》みはじめ、シオリは身を預けられるまま一緒に長椅子に倒れ込んだ。愛しい人の栗毛《くりげ》を優しく撫でて、寝息が聞こえ始めるまで歌い続けた。

『詩織』

ふと、兄の、母の、父の、友人達の、自分の名を呼ぶ声が聞こえたような気がした。

詩織。詩を紡ぐ人。立派でなくてもいい、優しく温かな詩を織りなせるような、豊かな心を持つ人に育って欲しいと付けられたその名前。

(名前通りの人になれたかどうかは分からないけれど)

歌いながらシオリは微笑む。

(私はこの人と一緒に、優しくて温かい想い出を紡いでいきたい)

その想いが伝わったのか、眠ったはずのアレクが微かに微笑んだ。そして、呟く。

――俺の歌姫、と。

幕間一　聖職者達の思惑

1

今にも雪が降り出しそうな灰色の雲が垂れ込める朝。北の領都トリスは生誕祭を終えて二日目を迎え、ようやくいつもの落ち着きを取り戻し始めていた。飾りは取り外され、立ち並んでいた露店の多くは路上から姿を消した。次に市内が混み合うのは、旅装姿の観光客は疎《まば》らで、通りを歩いているのはほとんどが普段着の市民だ。大聖堂の年越し行事がある年末年始の頃《ころ》だろう。

「大分落ち着いてきたね。道案内とか護衛依頼はしばらくは少ないかな？」

「ついでに討伐依頼も減るといいが……まぁ、これは難しいか」

市内を巡回する騎士にちらりと視線を向けてアレクが言う。きびきびした動きの彼らには一見隙《すき》がないように見えるけれど、その顔には隠し切れない疲れが見えた。期間中は特別警邏《けいら》のほか、観光客狙《ねら》いの盗難や酔客の乱闘などの対応で大忙しだったようだ。

顔見知りの女騎士が敬礼しながら苦笑気味に通り過ぎた。ルリィと一緒に手を振り返したシオリは小さく溜息《ためいき》を吐《つ》く。

「騎士さん達も忙しそうだものね。難民の対応とかも増えてるんでしょ？」

あまり大きな声では言えないが、王国全土の騎士の何割かを国境地帯へ派遣したことで、現在国内の治安維持が手薄になっているという。新聞の帝国内乱関係の記事では、それに関連した問題提起や読者への注意喚起などもちらほらと見かけるようになった。

国境付近の難民の一部が領内に入り込んできているのだ。多くは仕事を求めてのことらしいが、物乞《ものご》いや野盗に身を落とす者も少なくはない。難民の女子供を目当てに人買いらしき怪しげな輩《やから》も集まっているらしく、治安の悪化を不安視する声は多い。不審者や難民を見かけたら速やかに騎士隊へ通報するよう冒険者ギルドからも指示されていた。

「国内に定着した帝国人を頼ってくる者もいるだろうから全《すべ》てを取り締まるのは難しいだろうが……そのあたりは国や騎士隊が上手《うま》くやってくれることを期待するしかないだろうな」

俺《おれ》達は冒険者としてできることをするまでだとアレクは言ったが、その横顔は憂いに満ちていた。王国民として、そして多分元貴族として思うところがあるのだろうとシオリは思った。

「お前も気を付けろよ。移民も目を付けられやすい。それに音楽会でのこともある」

「うん、分かった。気を付ける。当分は一人歩きしないようにするから」

買い出しなどで少々不便なこともあるだろうが、ここは日本とは違うのだ。トリスは夜でも出歩けるほど治安が良い街ではあるが、それでも日本とは比べるべくもない。如何《いかが》わしい繁華街や人気のない裏通りには強盗が出ることもある。表通りでも女衒《ぜげん》らしき男に声を掛けられたことは一度や二度ではない。道に迷った観光客を装う男達に、怪しげな店に連れ込まれそうになったこともある。

「まぁ、大抵は俺も一緒にいるし、ルリィもいる。極端に不安がらなくてもいいからな」

「うん、ありがと」

両脇《りょうわき》を固めている恋人と友人が頼もしい。しゅるりと伸びた触手を握り返しながら、アレクを見上げて微笑《ほほえ》んだ。

向かった冒険者ギルドでは、兄貴分のザックや職員が書類仕事に没頭している。談話室では待機中の同僚が、依頼票を眺めたり報告書を纏《まと》めたりとそれぞれのやり方で過ごしていた。何人かが挨拶《あいさつ》を寄越し、それに軽く会釈して返す。

纏めた書類の縁を机の上で軽く叩《たた》いて整えたザックが、右肩をぐるりと回して凝りを解《ほぐ》しながらこちらに視線を流して苦笑した。何かに気付いてしゅるりと棚の隙間《すきま》に潜り込んだルリィを、努めて視界に入れないようにしながら彼は手招きした。

「おはよう、兄さん。朝から精が出るね」

「おう、おはよう。細々とした依頼が多かったからな。報告書類やら請求書やらがまだ大量に残ってんだよ。大した内容じゃねぇが、いかんせん数が多くてな」

ほとんど確かめもせずに判を押すだけのいい加減なマスターもいるらしいが、ザックは全てきっちりと目を通しているようだ。そのあたりは先代マスターのランヴァルドもかなり几帳面《きちょうめん》だったようだが、彼自身が重大な不正をしていたことが問題視され、マスターの選定基準や業務内容、王都のギルド本部への定期報告のやり方に一部変更があったようだ。

（……きっと本部でもそれだけ重く受け止めたんだろうな）

自身が被害者となったあの事件で法的に処罰された者は誰《だれ》一人としていない。主犯格だったランヴァルドは解雇処分、かつての仲間は自主的にほかの支部に移籍した程度だ。しかし一時は騎士隊案件となり、本部からも調査員が出向いてきたほどの事件だ。大陸北西部の主要国家のほとんどに支部を置く規模の組織としては、無視できなかったのだろう。

「……例の楽団の事件、トップ記事だったぜ」

「もうか？　早かったな……と言いたいところだが、鳴り物入りでやってきた歌姫一座に何かあったのは一目瞭然《りょうぜん》だったからな」

ぼんやりと【暁】の事件を思い出していたシオリは、彼らの言葉ではっと我に返った。カウンター上に置かれたトリス・タイムズを覗《のぞ》き込む。

歌姫フェリシア・アムレアンとエルヴェスタム交響楽団が巻き込まれた傷害事件を伝えるトップ記事には、フェリシアとヒルデガルドの姿絵が添えられていた。幸いなことに、囮《おとり》となったシオリに関する記述は見当たらない。コニーや騎士隊が隠してくれたのだろうか。

「……カリーナ・スヴァンホルムとランナル・オルステットは近日中に王都へ護送……大聖堂とホールは近々話し合いの場を設ける……か」

国内有数の歌劇場エルヴェスタム・ホールの歌姫を狙った陰謀劇は、二人のマネージャーの逮捕によって終焉《しゅうえん》を迎えた。有力貴族の援助で成り立つ音楽会を危うく台無しにされるところだった大聖堂は、この陰謀劇の首謀者が所属するホールに厳重に抗議するつもりのようだ。しかし結果として音楽会は大成功を収め、大司教オスカル・ルンドグレンと最大の支援者トリスヴァル辺境伯の意向もあり賠償請求は行わず、事件のために支払った経費分の請求のみになるだろうということだった。

「……実に寛大な処置だな」

些《いささ》か皮肉交じりに呟《つぶや》いたアレクは、そのすぐ次の記事に目を走らせた。

「――幻影魔法による荘厳な演出、天上界より見下ろす風景、正体不明の術者は聖女か神の御使いか……か。完全な色物記事だな、こっちは」

苦笑気味にぼそりと言った彼。気まずくなったシオリはゆるゆると視線を逸《そ》らす。

「その御使いとやらがどうも東方人じゃねぇかって話が出てるらしくてな。記者らしい連中が昨日《きのう》あたりから何人かうろちょろしてやがるんだ。ちょいとばかりきつく締めておいたが……」

「あれだけ多くの人間がかかわったんだ。大方参加者の誰かが漏らしたんだろうさ」

「う……ごめんなさい」

つい謝罪の言葉を口にしてしまったシオリの肩をザックが叩く。

「まぁ、適当に誤魔化しとくが、いざとなったら辺境伯の名をチラつかせてやりゃあいい」

「……うん」

どうやら高位貴族の「庇護下《ひごか》」に入ってしまったらしいシオリは曖昧《あいまい》に笑うしかない。

——と。馬車が停車する音が聞こえた。窓の外に見えたのはギルド前に横付けする荷馬車だ。

「お？　小包か？　……にしちゃあいつもと時間が違うようだが」

速達かもしれないとザックは腰を上げたが、荷馬車から降りた人物の顔を見た二人は、あ、と小さく声を上げた。纏う外套《がいとう》こそ配送業者のそれだが、帽子の下から覗く銀髪や眼鏡《めがね》に見覚えがある。

「コニーじゃないか」

帽子のつばをぐいっと押し下げて被《かぶ》り直した彼と、窓越しに視線が合った。にやりと笑ったコニーは、一抱えほどもある木箱を手にギルドの扉を開けた。

「ちーっす。急送便っす！」

姿形も声も間違いなく先日別れたばかりのコニーだったが、口調がまるきり配送業の若者風だ。呆《あっ》気《け》に取られている二人に歩み寄った彼は、何食わぬ顔で木箱を掲げた。

「ザック・シエルさん宛の荷物っす。ちょっと重いんで、良ければ部屋まで運ぶっすよ」

内密に話したいと暗に彼は言った。ザックは「シオリ、アレク。悪ぃが仕分け手伝ってくれ」とさり気ない言葉を掛けてマスター室を指し示した。そのままコニーを引き連れて、言われるままに室内に入る。卓の上に木箱を置いたコニーは帽子を取り、ふっと苦笑した。

「こんな成りですみません。記者さん達がうろついてるものですから、出入りの業者に協力してもらいましてね。大丈夫、信頼できる人ですから彼から漏れることは決してありませんよ。荷物も本当はシオリさんとアレクさん宛なのですが、念のためお二人の名前を出すのは控えておきました」

「いえ、ちょっと驚きましたけど……お気遣いありがとうございます」

「なかなかの演技派だな。役者としてもやっていけるんじゃないか」

揶揄《からか》うアレクの言葉に、やめてくださいよと彼は照れ臭そうに鼻の頭を掻《か》いて笑う。

エルヴェスタム交響楽団の事件や幻影魔法の使い手目当ての記者が多く、容易に外出できない状況らしい。やむを得ず顔馴染《かおなじ》みの宅配業者に頼み、業者を装って出てきたということだった。

「そういう訳ですのであまり長居はできません。後金のお支払いと、あの後のお話を少し」

サイン済みの小切手で相当の金額が上乗せされた後金の支払いを済ませたコニーは、ザック手ずから淹《い》れた紅茶を一口啜《すす》って口内を湿らせた。

「お話……と言ってもあまり多くお話しできることはないんですけどね。事件については報道された内容程度のことしか僕らも聞かされていませんから」

フェリシア達は昨日の朝早いうちに騎士隊に移送されたようだ。聴取を終えた後は王都に戻ることになるが、混乱を避けるために変装して出発させることになるだろうということだった。

「僕のように出入りの業者か――騎士に化けて出てくるかもしれませんね」

そう言ってコニーは笑った。

「……それで、シオリさんのことなんですけどね」

どうやらこちらが本題らしい。緊張するシオリの肩をアレクが抱き寄せ、害虫駆除を終えていつの間にか室内に入り込んでいたルリィが足元を撫《な》でる。

「やはりあの後も問い合わせがありました。取材は問答無用でお断りしていますが、それでも引き下がらない方には辺境伯閣下のお名前を使わせて頂きました。それで大抵の方は諦《あきら》めてくださいましたが、当分は十分に警戒された方がよろしいかと」

「そう……ですか。なんだか大事になってるみたいで……すみません」

「いいえ、どうかお気になさらず。これだけ反響があったのも、シオリさんの尽力あってこそですからね。しかし、多くの方々が気にしているのは最後のあの幻影ですから……」

眉尻《まゆじり》を下げて笑う優しげなその瞳《ひとみ》が、どことなく探るようなものに見えたのは気のせいだろうか。

音楽会直後はそれほど気にも留めていなかった。でも新聞記事やコニーの言葉に、自分で思う以上の厄介事になっていることに気付かされてしまった。成層圏から見下ろした大陸の形が分かるほどのあの景色は、この世界の技術水準では到底知り得ないものだ。もしかしたら、自分の「正体」に探りを入れてくる者がいるのではないか――。

無言の視線に耐え切れなくなったシオリは、膝《ひざ》の上でぎゅっと手を握り締める。

「――失礼ながら、東方はほとんど未開の地域です。近年ようやく開かれた地域ですから、僕らが知らない技術を持っていたとしても不思議ではありません。東方人の貴女《あなた》が見せてくれたあの景色はきっとそういった類《たぐい》のものなのでしょう。少なくとも僕は――僕や大司教猊下《げいか》はそう解釈しています」

　現実的に考えればそう解釈するよりほかに説明は付かないとコニーは言った。

「あの幻影について執拗《しつよう》に言及する方が現れたとしても困ることがないように、猊下は協力を惜しまないとのことです。大聖堂所有の絵画には神々の世界を描いたものも沢山ありますからね」

「……えーと、つまり……？」

「あれは秘蔵の絵画に描かれた風景だということにしましょう。多少こじつけ臭くはなりますが押し通します。このあたりは辺境伯閣下のご意向も伺わなければなりませんがね。それでものは相談なのですが」

　コニーは眼鏡を押し上げてにこりと笑った。

「音楽会は毎年開催することに決まりました。そしてトリは参加者と聴衆による『ストリィディア』の合唱です。その演出として、シオリさんにはあの神々の視点の幻影をお願いしたいのです」

「ははぁ……」

「なるほどな」

　アレクとザックは唸《うな》った。

　生誕祭のために大聖堂秘蔵の絵画を一部解禁し、それを幻影で投影したと吹聴することでシオリに何らかの特別性がある訳ではないとアピールするつもりなのだ。それでもしばらくは周辺がうるさいかもしれないが、時が経《た》ちその理由付けが浸透すれば、それはいずれ「真実」となるだろう。

「……すみません。何から何までありがとうございます」

「いいえ、本当にお気になさらず。僕らの都合でお呼びしたのに色んな騒ぎに巻き込んでしまって、むしろ申し訳なく思っているのですよ。ですから貴女はどうか普段通りに過ごしてください」

「……はい。ありがとうございます」

「辺境伯閣下は俺も馴染みなんでな。こっちからも話を通しとくぜ」

「それはありがたい。僕からもお願いします」

どことなく不穏な空気が漂っていた室内も、これでようやく穏やかになった。

残りの紅茶を飲み干したコニーは、さてと言って立ち上がった。

「では、僕はそろそろ戻ります。忙《せわ》しなくて申し訳ありませんが……どうかこれからもよろしくお願いいたしますよ」

互いに固い握手をして短い別れを済ます。

「……っと、しまった。これを忘れていました」

立ち去りかけた彼は、卓の上に置いた木箱を指し示した。

「出資者の一人、エンクヴィスト伯からの贈り物です。いたく感動したと大絶賛でしてね。参加者の皆さんにも召し上がって頂ければ良かったのですが、今朝《けさ》届いたので間に合いませんでした。しかし結構な量を頂きまして……せっかくですからご尽力くださったお二方にお裾《すそ》分けです。昨日獲ったばかりだそうですから新鮮ですよ。でも」

そこで言葉を切ったコニーは、意味深長な笑いを浮かべた。

「……いや、まぁ、すぐ開けてみてください。国内第二の水揚げ量を誇るモーネ湖産の最高級品だそうです。新鮮ですから生で食べられますよ。では」

帽子を被り直して目立つ綺麗《きれい》な銀髪を覆い隠す。

「そんじゃー、あざーっした！」

部屋から出たコニーは、来たときと同じように配送業者を装って出ていった。

(本当に役者の素質がありそうだなぁ……)

半ばぽかんとしてそれを見送ったシオリは、彼が置いていった木箱に視線を移す。

「なんだろう？　鮮魚か何かみたいだけど……って、どうしたの、アレク」

言いながら何気なく見た彼の顔は、不味《まず》いものでも食べたような妙な表情になっていた。

「いや……モーネ湖産と聞いて中身の見当が付いたんでな」

引き攣《つ》った笑いの彼に開けてみろと促され、輸送用の保冷箱を開ける。ふわりと漂うのは磯のような水辺の香りだ。内容物を保護している雪を手で払い、中から黒々とした大きなその物体を引きずり出した瞬間、ぬらりと伸びた乳白色の触手がぺとりと手に張り付く。

「わ、わああっ、何これっ！」

「うおっ!?　っと、危ねぇっ」

恥も外聞もなく悲鳴を上げたシオリは飛び上がり、咄嗟《とっさ》にアレクにしがみついた。ごとん、と硬質で重い音を立てて卓の上に落ちたそれをザックが慌てて押さえる。

「こ……え、貝なの？　何これ、貝？」

動転しているシオリを見下ろしたアレクは噴き出した。

「ああ……そうか、見たことがないんだったな。シェーナ貝だ。噂《うわさ》の」

「これが……？　ええええええ……」

——それは巨大な貝だった。一抱えほどもある真っ黒な二枚貝。体長四十センチメテルはあるだろうか。牡蠣《かき》を巨大化したような貝だ。貝殻の隙間からでろりと軟体動物のような中身が見えて、ぞっと身体《からだ》を竦《すく》ませる。

興味深そうに触手を伸ばしたルリィがちょいちょいとつつくと、ひゅるんと中身が縮こまった。

「成貝は四、五メテルほどにもなる。こうなると身が硬くなって食えたもんじゃないし、とんでもなく獰猛《どうもう》でな。産卵の季節は漁船を襲うこともあるから、棲息《せいそく》域近辺のギルドにはよくこいつの討伐依頼が入るんだ。しかし稚貝はとろりとして美味《うま》いぞ」

「ち……稚貝？　稚貝なのこれ？」

しかも魔獣扱い。うぞぞと怪しげに身体をくねらせてシェーナ貝が身動《みじろ》ぎした。何故《なぜ》だかその貝に見つめられているような気がして、ふるりと震えたシオリはますます強くアレクにしがみつく。

「き、気持ち悪……」

「見た目はアレかもしれねぇが美味いんだぜ。モーネ湖産の最高級品となりゃあ、高級料理店にでも行かねぇ限りは食えねえ代物だ。炙《あぶ》ったチーズみてぇにとろっとして濃厚でな」

青くなって尻込《しりご》みするシオリとは裏腹に、ザックは楽しげだ。

シオリとアレクは顔を見合わせ、互いに引き攣った笑みを浮かべた。コニーが去り際に見せた表情の意味がここに来て知れたからだ。

「……あの、兄さん。私達はちょっと遠慮するから、皆で食べて」

「おっ、いいのか？　最高級品だぜ？」

――二人が巻き込まれたあの事件は、この貝が原因となって発症するシェーナ風邪が発端だった。

結果としてあれはシェーナ風邪ではなく毒物によるものだったが、その症状を詳細に聞かされたばかりの二人にしてみれば些か厳しいものがある。色々思い出して美味《おい》しく食べられない気がした。

「なんか……中《あた》るんじゃないかって思っちゃう」

シオリとしては、これだけグロテスクな巨大貝はそれだけで遠慮したい。

「そうかい。そんじゃあ、遠慮なく頂くぜ。こりゃ昼飯が楽しみだな」

回収したシェーナ貝をいそいそと木箱に収め直したザックは、職員に指示して食堂に運ばせた。

そんな彼を眺めていた二人は無言で顔を見合わせ、なんとも言えない表情のまま苦笑いを浮かべるしかなかった。

2

――その晩、トリス大聖堂構内に建つ大司教館のとある一室。

茶器に注がれた熱湯がこぽこぽと音を立て、ふわりと甘い花の香りが漂う。癖のない、果実のような爽《さわ》やかな香りだ。乾燥した花弁がゆっくりと蒸らされて、茶器の湯が鮮やかに色付いていく。

待つこと数分。茶漉《ちゃこ》しを引き上げると、純度の高い宝石のように透き通った紅玉色の液体が小さく波打った。そこに黄金色の蜂蜜《はちみつ》をとろりと垂らして匙《さじ》で溶かし入れた男は、穏やかな笑みを浮かべて茶器をコニーに差し出した。

「さ、温かいうちに飲みなさい」

「ありがとうございます。頂きます」

茶器に口を付けてゆっくりと啜る。ほんの少しの酸味と花の香り、そして蜂蜜の甘みがじんわりと広がった。熱が胃の腑《ふ》に染み渡り、幾分冷えた身体が温まっていく。

「……美味しい」

溜息と共に漏れた正直な感想に、男は優しく目を細めた。

「焼菓子もあるよ。食べるかい？」

「いえ、お気持ちだけで」

甘いものは嫌いではないから正直なところ多少は心惹《こころひ》かれたが、就寝前だからと遠慮しておいた。

男はそうかいと呟きながら焼菓子の缶を戸棚にしまい、席に着いて自らも薬草茶を啜る。

「うん、やはり今回のブレンドは大成功だ。色も香りも味も申し分ない」

自画自賛。ほくほく顔で手ずから調合した薬草茶を啜る男に、カップに隠れてひっそりと笑う。

目の前のこの男、オスカル・ルンドグレンはこのほど大司教に就任したばかりだ。先代が急病で長期間不在になる可能性が高いとあって、一大イベントとも言える生誕祭に最高責任者が不在というのも体裁が悪いと急遽《きゅうきょ》指名されたのだった。生誕祭直前の就任にはひと悶着《もんちゃく》あったが、どうやら先代が半ば強引に捻《ね》じ込んだようだ。

——神樹《イグドゥル》教団は森羅万象とそれらに宿る神々や精霊、そして彼らと現世とを繋《つな》ぐ聖人を奉る、大陸北西部最大の宗教団体である。しかし教義の解釈の違いから多くの派閥に分かれ、ときには激しく対立する一枚岩ではない組織だ。その派閥の一つである革新派は、伝統を守りながらも時代に合った教えをという理念を掲げている。先代とその懐刀であるオスカルは、革新派の重鎮とも呼べる存在だ。

国が豊かになるにつれて人心が信仰から遠ざかる中、トリス大聖堂が広く認知されて信者や参拝客を増やしたのは革新派の努力の賜物だった。先代は推し進めてきた改革をここで終わらせたくはなかったのだろう。己の病が長引きそうだと察し、早々にオスカルを後継に推薦したのだ。些か強引ではあったが結果としてそれは法王聖庁に受理された。もっとも、正式な着座式は未《いま》だ執り行われておらず、正しくは大司教代行の状態だった。

そんな交代劇の中心にあった当の本人は、今目の前でのんびりと薬草茶を啜っている。聖衣から寛《くつろ》いだ部屋着に着替え、自ら育てて調合した薬草茶をにこにこと啜るオスカルは、到底革新派の重鎮には見えない。のほほん、という表現が一番しっくりくる。しかし見た目通りの男ではないことをコニーはよく知っていた。そうでなければ革新派を率いる立場に収まっていられる訳がない。

「……それで、シオリさんとはお話できたのかな？」

「ええ。記者や野次馬がうろついていてちょっと出るのには苦労しましたが、運送屋に化けて状況の説明だけしてきました」

「運送屋」

目を丸くしたオスカルは、次の瞬間声を立てて笑う。

「はは、それは……やるものだなぁ。まさか聖職者が姿を偽って出てくるなんて思わないからね」

そうかそうかと愉快そうにひとしきり笑うと、彼は深く椅子《いす》に腰掛け直してコニーに向き合った。

「それで、彼女は何と？」

「非常に恐縮していました。『活弁映画』の技術や『神々の視点』を提供することに同意もしてくれましたよ」

もったいぶったり出し渋ったりするような様子も見せず、いとも簡単にシオリは頷《うなず》いた。そうすることがさも当然であるかのように。むしろどこかほっとした様子でもあったのだ。

（欲がないよなぁ……）

大聖堂からの提案は「神々の視点」は大聖堂所有の書物を再現したものとすること。即ち元からあの光景は大聖堂所有のものだということにすると、そういうことだ。つまり、彼女自身の特別性がなくなるということなのだ。彼女が望みさえすれば教団は喜んで好待遇で迎えるだろうに。

「……オスカル様は、彼女を教団に招こうとは思わないのですか」

「彼女を？　どうしてだい？」

「だって、どう考えてもあれはただの幻影ではありませんよ」

空からの風景を空想で描いた絵画は多い。教団が所有する書物にも神話に基づいて描かれた世界図があるほどだ。しかしそのどれもが想像の域を出ない。天文学が発展した現代では、実際にその光景を目にしたことがなくとも空想の世界だと分かるほどのものだ。

だが、徐々に遠ざかる大地と海の境界がくっきりと描写されたあの光景は。全貌《ぜんぼう》が分からぬほどに水平線が巨大な弧を描くあの恐ろしいほどの雄大な光景は、想像だけで描き出したものにしてはあまりにも現実味を帯びていた。これこそが実在の「世界」なのだと認識させるだけの迫力があった。

それは天上人でもなければ到底知り得ない光景。それを知る彼女が只者《ただもの》ではないことは明白だ。

「確かに、彼女を取り込むべきだという意見も出てはいるのだよ。神の視点を知る彼女を聖女として保護するべきではないかとね」

コニーは唇を噛《か》んだ。自分で訊《き》いておきながら、その言葉が孕《はら》む残酷さに気付かされたからだ。

保護すると言えば聞こえは良いが、実態は軟禁に近いものになるだろう。俗世との接触を断ち、聖域に押し込め信仰に必要なものだけを与えて、そうして祭礼や儀式のときだけ人々に顔見せさせる

――布教のための広告塔。籠《かご》の鳥だ。そうなることが容易に想像できて、コニーは低く呻《うめ》く。

「頭の固い連中は聖女だと祭り上げて鳥籠の小鳥にしてしまうだろう。生きとし生けるものは自由であれ――聖女サンナ・グルンデンの教えに背く行為だ」

無論、文明社会の人間として生きる以上数多《あまた》の法律に従い、立場や柵《しがらみ》に囚われるのは致し方のないことだ。だがその魂まで縛ることはできない。縛ってはいけない。魂の在り方まで他人が決めてはならない。それが自由を貴ぶ慈愛の聖女サンナの教えの一つだ。

「そういうものを捻じ曲げて何かを神聖視させる行為、私は好きではないのだよねぇ。信仰とは本来自発的なものだ。他者に強要されるものでも勧められるものでもない。あくまで心の拠《よ》り所とするものなのだから、布教活動そのものが不自然極まりないんだ。ましてや人間を神か何かに祀《まつ》り上げようとするのはちょっとどうかと思うんだよねぇ」

時代が時代なら異端審問に掛けられかねない発言だが、世界各地で近代化が進むこの時代、宗教に対する自由な考えは一般的になりつつある。神の実在の是非についてもだ。だがシオリが見せた下界を睥睨《へいげい》するあの幻影は、そんな考えを遥《はる》かに凌駕《りょうが》するほどのものだった。人々が騒ぐのも無理はない。

「――君は覚えているかな。二年くらい前だったか。冒険者の女性が仲間に殺され掛けたっていう事件があっただろう。足手纏《あしでまと》いになるからと迷宮に放置されたっていう」

「え？　……あ、はい。ありましたね、そんなことが。あれは……酷《ひど》い事件でした」

新聞記事で報道されたその事件は一時期大聖堂でも話題になっていた。倒れた仲間を魔獣の住処《すみか》に捨てるという人を人とも思わぬ所業に多くの同輩は憤り、深く嘆き悲しんだものだ。彼女のために祈りを捧げる者もあった。幸い彼女は救助され、一命を取り留めたということだったが。

「……その女性、シオリさんだったそうだよ」

コニーは目を剥《む》いた。

「えっ……そうだったんですか⁉　いや、そういえば東方人だって噂もありましたか。だとすれば本当に……痛ましいことです」

記憶にある彼女は常に微笑みを湛《たた》えていた。そんな恐ろしい事件の被害者にはとても見えなかった。二年かそこらで心の傷が癒えるような事件では決してなかったはずだ。それを押し殺して彼女は微笑んでいたのだろうか。

「パーティという密室で、彼女はほとんど奴隷のような扱いを受けていたそうだ。幸いにして彼女は助かったが……そんな彼女を恋人から引き離してまた密室に閉じ込めて、教団の都合で動く人形にしようだなんて間違ってても言えないよ。仮に、本当に彼女が神の御使いだったのだとしてもね。罰当たりもいいところさ」

「……そうですね。その通りです」

素直に頷くコニーにオスカルは、ふふ、と笑った。

「君のそういう宗教に染まり切らないところ、実に好ましいね。聖職者としての心構えを大切にしながらも、感覚は世俗に極めて近い。この開かれたトリス大聖堂に相応《ふさわ》しい人材だ。高潔過ぎては人々の心に寄り添うことはできないのだからね。その気持ち、これからも大切になさい」

コニーは深々と頭を下げた。それを見たオスカルは満足そうに頷く。

「まぁ、彼女に関しては技術供与だけでも十分な実入りだ。生誕祭は盛り上がるし巡回僧の慰問活動も充実するし、それに何と言ってもねぇ、私達の娯楽にもなるじゃないか。『雪の姫と七人の騎士』

とか『お菓子の家の人食いトロル』も良かったけど、あの『ペルシッカの騎士』、いやぁあれは実に迫力あったなぁ」

「はぁっ!?」

コニーはつい聖職者という立場、そして大聖堂の最高責任者の前だということも忘れて頓狂《とんきょう》な声を上げた。このオヤジ、ちゃっかり孤児院の慰問覗き見してやがったな。

「僕だってまだ見たことないのに、一体いつの間にそんなことしてたんですか！」

先代の片腕として働いていた彼は常に忙しく、とても抜け出すような暇はなかったはずだ。それを一度や二度ならず三度までとは。

「それは秘密です」

ぐぬぬと歯軋《はぎし》りするコニーを前にして、にやりと笑ったオスカルはそう言い放った。

「ま、それはさておき」

さておくなと言いたいのを我慢して、真顔になった彼を前に姿勢を正す。

「シオリさんはね、多分下手《へた》に手を出してはいけない人だとも思うんだよ。辺境伯閣下ほどのお人が自分の名前を出してでも一般女性を護《まも》れだなんて、普通は言わないと思うからね」

その気になれば、教団を押し退《の》けて彼女を適当な理由で拘束し、知識や技術を搾り取ることもできる立場だ。身寄りのない移民の女と四大辺境伯家の筆頭にはそれほどの立場の差がある。それをクリストフェルは、彼女ができる限り平穏に過ごせるよう心を砕いているのだ。

「それは……でも、どうしてでしょうか」

「うーん、理由までは分からないけれど。何らかの事情があって元々彼の保護下にあった人なのではないかなと思う」

それはつまり、彼女は異国の要人である可能性があるということだ。

「それにしてはあんな酷い事件の被害者になったりと腑に落ちないところもあるのだけれどね。なんにせよ、手出し無用と暗にそう仰《おっしゃ》ったのだから、そうするよりほかはないね」

「……そうですね。でも……また会いたいなぁ」

シオリだけではないアレクも、そしてルリィも興味深い者達だった。自分にはない考えや知識を持ち、一緒にいて楽しいと心底思わされたのだ。訊きたい話は山ほどある。

「それは勿論《もちろん》良いと思うよ。是非そうなさい。ただの友達付き合いなら、彼女にとっても良いことだと思うからね」

静かに微笑んだオスカルの後押しに、コニーは相好を崩して頷いた。

「はい！」

何やら訳ありらしいシオリだが、どのみちあの幻影魔法絡みで会う機会が増えるのだ。その間に友好を深めていけばいい。そうして自分が知らない話を聞けたらいい。

残った薬草茶を啜りながら、今まで以上に充実するだろうこれからの日々を思ってコニーはにっこりと微笑んだ。

幕間二　使い魔ルリィの日記

■十二月七日　朝
今日《きょう》はシオリに緊急の指名依頼があった。問題が起きたからシオリに手伝って欲しいらしい。孤児院のイェンスの紹介で来たというコニーに連れられて、大聖堂まで行った。そこではイェンスが待っていてくれた。この人はシオリを気遣ってくれるとっても良い人だから好き。

今回の仕事は音楽会のお手伝いらしい。自分の出番はしばらくなさそうだ。だからイェンスと一緒に害虫駆除に行くことにした。シオリにはアレクがいるから安心だし、なんとなく今はイェンスに付いていった方がいい気がしたし。

イェンスが連れていってくれたのは大きな厨房《ちゅうぼう》だった。なんだか床下に巣食ってて、流し台の下の隙間《すきま》から沢山入ってきてるみたいだったから、巣ごと殲滅《せんめつ》してやった。すっきり。

皆に喜んでもらえて、ご褒美に水浴びと特別なケーキを食べさせてもらった。生誕祭のときにしか食べられないんだって。すごくふわふわしてて美味《おい》しかった。また来年も食べられるといいな。

■十二月七日　昼から夜中
シオリのところに戻る途中で、ちょっと寄り道。孤児院のトビーが迷子を連れてきたらしい。なんとなく気になったからイェンスと一緒に行くことにした。迷子の人はヒルデガルドと言って、凄《すご》く不安そうだったから自分の身体《からだ》を触らせてあげた。しまいにはぎゅっと抱き締められてびっくりしたけど、喜んでもらえたみたいで良かった。

ヒルデガルドはフェリシアの友達らしい。心配で会いに来たんだって。イェンスや騎士の人は困ったみたいでコニーに相談することになったけど、結局ヒルデガルドはフェリシアに会えなかった。なんだか面倒なことになってて、聖堂騎士の人達のところで護《まも》ってもらうことになったようだ。

迷子の子供みたいに心細そうだったから、シオリにお願いしてヒルデガルドの護衛をすることにした。でも、本当に護衛してて良かった。夜中に嫌な予感がして警戒していたら、変な奴《やつ》が訪ねてきてヒルデガルドを襲おうとしたからぺろりと飲み込んでやった。このまま食べてやりたかったけど、後で色々調べないといけないから駄目のようだ。残念。ペルゥに聞いたみたいに、服を溶かしてやれば良かったかな。

襲って来た奴はヒルデガルドの相棒だそうだ。ずっと仲良しだと思ってたから、急にこんなことになって凄く驚いて泣き出してしまった。そうだよね。同胞に裏切られると悲しいよね。シオリもそれで辛《つら》い思いをしたから、自分も凄く悲しくなった。その夜は一緒に寝てあげたら、少し落ち着いたみたいだ。でもヒルデガルドは物凄く寝相が悪かった。朝起きたら下敷きにされてて、身体の上に涎《よだれ》の水溜《みずた》まりができていた。ヒルデガルド……。

■十二月八日　朝
ヒルデガルドは朝から騎士隊の人に話を訊《き》かれてちょっと疲れたみたいだ。昨日《きのう》のことも思い出したみたいで元気もない。だからコニーが心配して、友達のフェリシアと会えるようにしてくれた。

大聖堂の人が、コニーは行動力とか決断力があって皆に凄く信頼されてるんだって教えてくれた。

大聖堂にお参りにくる人達にも人気なんだそうだ。うん。凄くいい人なのは自分にも分かる。

ヒルデガルドはフェリシアに会えて凄く嬉《うれ》しそうだった。あのカリーナという人と昨日ぺろりとしてやった人のせいで疎遠になっていたらしい。仲直りできて良かったね！

二人とも、お礼とお詫《わ》びを兼ねて音楽会で皆で合唱したいと言った。皆びっくりしてたけど、乗り気のようだ。コニーもいいって言ってたし、シオリも頑張るって。音楽会、楽しみだなぁ。楽しいことが大好きなスライムにとってはいいご馳走《ちそう》だ。

■十二月八日　昼から夕方
音楽会、凄く綺麗《きれい》で楽しくて嬉しい気持ちになった！　蒼《あお》の森に住んでた頃《ころ》に近くの村で人間が歌ってたりしたの聴いて、楽しいな、面白いなって思ってたけど、人間が沢山集まって色んな楽器を鳴らしたり歌ったりするのも凄かった。自分は歌えないから踊ってみた。皆で一緒に踊るのはとっても楽しかった。スライムは楽しくて嬉しいことが大好きだ。森で虫の声や鳥の歌声を聞くのも好きだったけど、人間の音楽も凄く綺麗で迫力があって大好きになった。皆が泣いて喜ぶくらいに凄かったなぁ。いつか森の同胞達と一緒に聴きたいなぁ。歌えないけど跳ねたり踊ったりはできるから、いつか参加させてくれると嬉しいな。

でも、最後の曲ではなんだかアレクの様子が変だった。途中でちょっとびっくりしたような顔をしてたけど、そのうちに一緒に歌い出した。最後の方は少しだけ泣いてたみたいだ。皆みたいに楽し過ぎて泣いたっていうのとは違うみたい。心配になって足を撫《な》でたら大丈夫だって言ってたけど。

それにしても、シオリの幻影は凄かった。なんでずーっと高い空の上からじゃないと見られない景色を知ってるんだろう。やっぱりシオリは不思議な人だなぁ。本当に天使様か女神様かな？

アレクはよく俺《おれ》の女神とか聖女とか言ってる。さっきは俺の歌姫って言っていた。うーん、アレクの中でシオリって一体何者になってるんだろう。

■十二月×日
アレクは時々シオリの部屋にお泊まりする。逆にアレクの部屋は狭いからお泊まりはあんまりできないみたいだ。何回か遊びに行ったことあるけど、キッチンは小さくて狭いしお風呂がなかったから、確かにシオリはお泊まりしにくいかも。「いっそ二人で住む部屋を探してみるか……いやしかしまだ……」って時々ぶつぶつ言ってる。もう番《つがい》も同然なんだから一緒に住めばいいのにと思う。

「しかしまだ片付けなければならない問題が……いやしかし同居も捨てがたい……」

一緒に住めばいいじゃない。

「いや、しかし同じ部屋で暮らしたら、手を出さない自信が……」

シオリは嫌とは言わないと思うなぁ。でも、凄く大事にしてるのは分かるよ！

「しかし同居……同居か……据え膳……いやしかし……」

アレクって時々凄く面倒だなぁと思う。

■十二月×日
孤児院のイェンスがシオリを訪ねてきた。色んな騒ぎでうっかり厨房長の言付けを忘れてたたって。

月に一回、大聖堂の害虫駆除をお願いしたいっていう言付けだ。シオリは「ルリィが大丈夫ならいいよ」って言ってくれた。やったぁ！　お仕事頑張るよ！

■十二月×日

朝からシオリとアレクをこそこそ付け回している変な人がいた。これが噂《うわさ》の質《たち》の悪い新聞記者とかいうのみたいだ。物陰で特ダネがどうとかぶつぶつ呟《つぶや》いてるから、ちょっと牽制《けんせい》しておいた。

ペルゥに聞いてた服を溶かす方法を試してみたら凄い効果があった。全部溶かしちゃったら寒いと思うから下半分だけにしてあげたけど、仕事熱心なのかなんなのか溶かしてることに全然気付かなかったみたいだ。二人をこそこそ追い掛けて通りに出たら、皆は悲鳴上げるし怒鳴りつけるしで、その人は凄くびっくりしたようだった。ついでに下半身を見て自分も悲鳴を上げていた。そのうちに顔に青筋立てた騎士がやって来て「わいせつ物チン列罪」だとか言って引き摺《ず》っていった。ペルゥが教えてくれた通りだ。うーん、凄いな。次から不審者はこうやって無力化しようと思った。

■十二月×日

最近シオリはアレクにマッサージをおねだりする。手の大きさとか力加減がちょうどいいし、按摩《あんま》師《し》に頼むよりはずっと安心するからだって。マッサージ中のシオリは凄く気持ち良さそうだ。

「んっ、もうちょっと優しくっ……」

「……っ、ああ、すまない、強過ぎたか。こ、こうか？」

「あっ、うんっ、気持ちいい……」

なんでもいいけど、なんでアレクってマッサージ中ずっとハァハァ言ってるんだろう。終わったらすぐお風呂にすっ飛んでいっちゃうし。手紙届けに来たザックも何故《なぜ》か「付き合ってんだからするなとは言わねぇがせめてもっと暗くなってから、いやそれよりもうちょっと声を控えてだなにょごにょ言いながら逃げ帰ったのはなんでだろう。階段の下で「ちょっと壁が薄過ぎやしねぇか？」とか「お若い人の部屋でナニが聞こえたって誰《だれ》も気にしませんって」とか、ザックとラーシュがわぁわぁ騒いでるのが聞こえる。うーん？

■十二月×日
シオリとアレクは最近ますます仲がいい。凄く幸せそうにしていて自分も嬉しい。

でも、二人とも大きな隠し事があるみたいだ。

シオリは「アレクと身分が違うし私は異世界人だから、本当にこれから先もずっと一緒にいられるか少し心配なの。でもアレクが心配するな、約束するって言ってくれたから……私はアレクを信じるよ」って言ってた。アレクは多分身分が高い人で、どこの誰だか分からない人とは番になれないかもしれないんだって心配なんだそうだ。でもアレクが約束してくれたんならきっと大丈夫だよ！

……ところで、異世界人って？　え、シオリってこの世界の人じゃないの⁉　本当に女神様かなんかなの⁉　うーん、自分の友達はなんだか凄い人だったみたいだ。

アレクもシオリの正体が気になってるみたいだ。シオリは空から来た人だから、空の上から見た景色を知ってるのかもしれないって言っていた。でもシオリがどこの誰でも、ずっと一緒にいるって。

それより、自分が王様と兄弟《きょうだい》だっていうのが負担なんじゃないかって心配してるみたいだ。

大丈夫だよ！　シオリはアレクのことが大好きだし信じてるって言ってたから、きっと大丈夫！

それに二人がどこの誰でも、大事な友達だよ。だからこれからも仲良くするよ！

第二話　遥けき彼方の祈り

1

「下宿を畳む⁉」

ギルドからほど近い古びた下宿屋――通称蔦《つた》屋敷の玄関口で、気後れする様子の女将《おかみ》に呼び止められたアレクは柄にもなく頓狂《とんきょう》な声を上げた。話を切り出した女将は申し訳ないといった体で「急で悪いんだけどねぇ」と眉尻《まゆじり》を下げる。

「大事に住んできた家だけどすっかり傷んじまってね。侵略戦争で一度崩されたらしくて、あちこち継ぎだらけなんだよ。さすがにもう手の施しようがないって大工にも言われちまったのさ。それに娘が臨月なんだけど、向こうの親御さんは両方とも亡くなっちまってて手が足りないし、あたしはこの通りもうずっと一人だからね。良かったら一緒に住まないかって娘婿も言ってくれてるんだよ」

そういう訳でこれを機に下宿を畳むことにしたらしい。ほかの下宿人には既に話を通したようだ。急な話ということもあり、すぐにでも空き部屋に入居できるよう近隣の大家仲間には話を付けているという。三人の下宿人のうち、一人は今日《きょう》のうちに旅行鞄《かばん》一つを持って転居したらしい。もう一人も案外乗り気で一両日中には出ていくだろうということだった。

最後の一人であるアレクは手渡されたリストに視線を走らせた。この蔦屋敷のような小さな下宿屋が数件のほか、多少値は張るが貸家の住所が書き連ねられている。中にはシオリのアパルトメントも含まれていた。どれも調度付きで、当日入居できる物件だ。女将が示した空き部屋のリストはかなりの数がある。これだけの数に話を通した彼女の誠意のほどが分かる。

「なるほど……な」

短く唸《うな》ったアレクは、分かったと頷《うなず》いた。

「あんたも早く娘のところに行きたいだろう。なんとか明日《あす》中には決めるから、旅支度でもして待っててくれ」

そう言ってやると、女将はほっと息を吐いて顔を綻《ほころ》ばせた。土地と調度類の買い手は決まっているらしく、アレクさえ決めればすぐにでも旅立つ算段のようだ。新しい年を迎えるまであと数日。馬車で一日という娘夫婦の住む村までなら、年内には十分間に合うはずだ。

そうと決まれば明日は物件巡りだ。気に入っているこの下宿も人を呼ぶとなると手狭で些《いささ》か都合が悪く、いずれはもう少し広い場所を探そうと思い始めていたところだった。アレクは胸を撫《な》で下ろしている女将の肩を一つ叩《たた》いて就寝の言葉を掛け、早々に休むために階上の自室へと上がった。


——翌日。大分日の傾き始めたトリスの空の下、アレクはリストを片手に深々と溜息《ためいき》を吐《つ》く。

「すぐ決められると思っていたが……案外難しいものだな」

拘《こだわ》りはそれほどないはずだった。しかし見学した部屋はどれも悪くはないが決定打に欠け、即決には至らなかった。蔦屋敷に比べればむしろ条件は良い部屋ばかりだ。にもかかわらず、未《いま》だに決断できずにいる大きな理由がアレクにはあった。

「……シオリに出会う前だったら二軒目あたりで決めていたところだったが……」

苦笑いと共に独り言《ご》ち、空き部屋のリストに紛れていたアパルトメントの名に視線を落とす。オースルンド・ハウス。家賃は高いが、風呂と台所付きの広い部屋には生活に必要な調度類が一通り備え付けられ、働き者の管理人のお陰で手入れはよく行き届いている。しかも商店が立ち並ぶ通りに面した立地で便利なのだ。懐に余裕があれば喜んで契約する物件だ。

——シオリが入居しているアパルトメント。一室だけ空きが出ているらしいのだが……。

「……恋人になって間もないというのに同じアパルトメントに引っ越すというのはあまりにも……あからさま過ぎないか？」

長身の偉丈夫が往来のど真ん中で虚空に問い掛ける姿はなんとも言えないものがあるが、彼は彼なりに真剣だ。この物件のお陰で、あれこれと適当な言い訳を付けては保留にしているのである。

「いや、しかしせっかくだから見るだけは見てみるか。よし」

何が「よし」なのかは分からないが、ともかく決意したアレクは慣れた道を歩き出した。

オースルンド・ハウスは冒険者ギルドにほど近く、徒歩数分という立地である。見慣れたその扉を押し開けると、すっかり顔馴染《かおなじ》みになった品の良い管理人の男と目が合った。

「おやアレクさん、いらっしゃい。シオリさんなら今日はずっとお部屋にいらっしゃいますよ」

「ああ、いや。今日は別件で来たんだ」

当然のようにシオリの名を口にするラーシュに苦笑いする。勿論《もちろん》用事が済んだら顔を見ていくつもりではあるのだが、それは言葉にせずにカウンターに歩み寄った。

「蔦屋敷の女将の紹介でな。新しい部屋を探しているんだ」

「おや、蔦屋敷の……なるほどそうですか、あちらにお住まいでしたか」

言いながら鍵《かぎ》の束を取り出したラーシュと共に階上に向かう。空き部屋となっているのは最上階の二部屋のうちの一つ。二階と三階は単身者向けだが、この二部屋は所帯向けなのだ。

「しかしご家族で住むには少し不便でしてね。見ての通り最上階ですから、身重の女性や小さなお子さんがいるご家庭では不便なのですよ。年配の方は言わずもがなですね。お子さんのいらっしゃらないご夫婦や、冒険者パーティの拠点として借りる方がほとんどです」

数ヶ月前までは新婚の若い夫婦が住んでいたらしいが、奥方の懐妊を機に転居したらしい。それ以来ずっと空き部屋になっているようだ。

「お一人でも構わないのですが、下のお部屋よりは値が張るものですから空いたままなんですよ」

台所付きの広い居間とは別に寝室があり、給湯器と物干し場付きの立派な浴室まである。一人で住むには確かに広い。しかし居心地は良かった。柔らかな冬の西日に照らされた室内は広々としているが殺風景ではなく、埃《ほこり》除《よ》けの布が取り払われた調度類は深い色合いで落ち着いた佇《たたず》まいだ。寝台の寝具は清潔でふっくらとしていて、今すぐにでも住めるように整えられていた。

「……悪くないな」

この部屋に大分心が傾いているのが自分でも分かった。しかしこうまで居心地の良い部屋に入居してしまったのでは、風呂を借りるという名目でシオリの部屋に泊まる理由がなくなってしまう。所帯向けの部屋に彼女を呼ぶのもやはり何かあからさま過ぎてどうなのかとも思うのだ。

もだもだと思い悩むアレクを見かねたのか、ラーシュが口を挟んだ。

「こういうことを言っては下世話かもしれませんが、いっそのことシオリさんとお住まいになってはいかがです？　いずれは……という心積もりではあるのでしょう？」

「まぁ……それはそうなんだが……」

全《すべ》てにけりを付けたら彼女に妻問いすると、そう決めているのは確かだ。だが。

「……一緒に住んでしまったら、さすがに手出ししないでいられる自信がない」

全てをもらい受けるのは、彼女の心の傷がもう少し癒えてから。己の気持ちの整理を付けてから。

そう決めたのは自身だったが、正直危ういことは何度もあった。幾度となく彼女の部屋で一晩を明かしておきながら、何もせずにいた自分の自制心を褒めてやりたい。

その呟《つぶや》きを聞いたラーシュは何故《なぜ》か瞠目《どうもく》し、そして次には深く考え込んでしまった。

「……おかしいですねぇ……だとするとザックさんは一体ナニを聞いてあんなに大騒ぎなさってたんでしょうねぇ……ナニの声が聞こえるって言ってたはずなんですがねぇ……」

「ん？　なんだって？」

「ああ、いえ、こちらの話です」

何やらぶつぶつと呟いて首を捻《ひね》っている彼に訊《たず》ねるが、にこやかに躱《かわ》されてしまった。

ちなみに手出しはしていないとは言ったものの、撫で回したり肌に口付けたりさり気なく揉《も》んでみたりなど、ほとんど一歩手前のつまみ食いのような悪戯《いたずら》は何度も仕掛けていた訳で、そんな状態で同棲など始めた日には本当に全部頂いてしまいかねない。

再び考え込んでしまったアレクをしばらく眺めていたラーシュは、やがて柔らかく微笑《ほほえ》んだ。

「シオリさんが大事なんですね」

「……うん？」

「そうして彼女のことで悩んでいる貴方《あなた》を見ているとよく分かりますよ。シオリさんのことを本当に大事に思っているのですね」

「まぁ……な」

初めは興味本位だったことも否定できない。しかしそれも束《つか》の間、強く優しい彼女に惹《ひ》かれるようになった自分がいた。己と似たような傷と虚を持つ彼女と過ごすうちに、次第に強まる感情。それをはっきり恋情だと自覚したのは、熱に倒れて彼女に手厚く看病された、あのときだった。

「……そろそろ落ち着きたいと思っていたが、俺には一生無理だろうと諦《あきら》めてもいたんだ。そんなときにあいつと会った。出会ってしまった。俺の唯一なんだ」

支え合い、癒し合い、満たし合う。そんな女との出会いが己の世界に色彩を取り戻した。

「……そうですか」

何度も頷きながら聞いていたラーシュは、そっとアレクの手を握る。

「幸せになってくださいね。お二人で」

この男との付き合いもそれほど長くはない。しかしそんな彼でもこうして行く末を案じ、祈ってくれる。そのことがひどく嬉《うれ》しい。

――トリスの街は移民の坩堝《るつぼ》。諍《いさか》いは多いが、それ以上に心根の優しく温かい者が多い。だからこそ移民や己のような訳あり者が集うのだ。懐の大きな街、トリス。生まれ故郷。

「……ああ。なるさ。絶対に」

アレクの強い決意を秘めた言葉に、ラーシュは満足そうに頷いた。

結局アレクはアパルトメントを契約し、明日にでも引っ越してくると言って帰っていった。

ラーシュは手元の契約書に視線を落とす。力強い筆跡で書き記された、彼の署名。

――王兄との付き合いはこの数ヶ月ほどだ。傷病兵として王都騎士隊を退役し郷里に戻った後も、情報部の外部協力員として時折仕事を請け負っていたラーシュだったが、久方ぶりに指示されたのが帰還した王兄の監視だった。監視と言えば聞こえは悪いが、主に彼の健康や精神状態を観察して報告するという任務だ。

与えられた前情報の一つに、女に淡泊で時折娼館《しょうかん》で過ごす程度だという項目があった。そのつもりで監視を続けたが、それがよもや「天女」と恋仲になるとは思いもしなかった。気紛れかとも思ったが、いくらもしないうちに彼の本気を見て取った。根は生真面目《きまじめ》で情の深い男なのだと知った。

——同じように深く傷付いたシオリとの恋の行く末を、いつの間にか見守る自分がいた。そして祈らずにはいられなかった。

幼くして母親と死に別れ、不遇の少年期を過ごした末に身体《からだ》を壊して療養生活を余儀なくされ、その後も癒えることのない傷を抱えたままこれまでを過ごしてきたアレク。

寄る辺のない土地で一人必死に足掻《あが》き、傷付きながらも血を吐くような思いで生き抜いたシオリ。

単なる男女の情欲ではない、魂の深いところで繋《つな》がるあの二人がどうかこの先も安らかであれ、そしてどうか幸多からんことをと、そう祈らずにはいられなかった。

契約書を書類綴《つづ》りに収め、夕暮れの街を窓越しに眺める。安らぎの夜が迫る中、次々に灯《ひ》を点《とも》していく数多《あまた》の家々。そのどれもが温かい色を宿していた。

2

「ここか？　目当ての本屋は」

「うん。ごめんね、付き合わせて」

「構わんさ。買い出しに付き合ってもらったのは俺《おれ》の方だからな」

眉尻を下げるシオリに、アレクは随分と上機嫌だ。

急遽《きゅうきょ》同じアパルトメントに引っ越して来た彼は、シオリを買い出しにと誘った。下宿を畳み、二日後の馬車で娘夫婦が住む村に旅立つ予定だという女将への手土産《てみやげ》と、臨月だという彼女の娘への安産祈願の品を見繕うためだった。シオリの意見を参考に女向きの品を選びたいということだったが、半分は口実で実際にはほとんどデートのようなものだ。午前中いっぱいを贈り物選びや食材の買い出しで楽しんだ二人は馴染みの店で昼食を済ませ、次はシオリの行きつけの本屋へと向かった。

第二街区、公園通り沿いにあるバリエンフェルド書房。庶民が読書を楽しむようになってからまだ数十年ほどだという王国の出版事情はシオリにはよく分からないが、それでも北部最大の都市トリスのこの書店はなかなかの盛況ぶりだということは分かる。店内の客は目当ての棚の前に陣取り、熱心に本を物色していた。規模は日本の個人書店ほどだが、庶民は読み書き計算ができれば十分という教育水準のこの国では立派な部類に入るだろう。読書家の増加から近年数が増えつつあるという小説本を始め、旅行記や随筆、図鑑や辞典に画集のほか、マナー教本や自己啓発本のようなものまである。あまり数は多くはないが、店の一角に児童書や絵本のコーナーも設けられていた。さすがに学生向けの専門書は取り扱ってはいないようだったが、一般人向けには十分な品揃《しなぞろ》えだ。

そんな書店に数ヶ月ぶりに訪れたシオリを目敏《めざと》く見つけた老店主は、鼻眼鏡《はなめがね》を押し上げてにっこりと微笑んだ。それに目礼してから、ぐるりと店内を見回す。

「……死角は少ないし、これなら多少は離れても問題なさそうだな」

恋人兼護衛役を自負するアレクは思案しながらそう言った。背の高い棚は壁面のみで残りの棚はシオリの背よりも低く、アレクほどの長身なら難なく隅々まで見渡せそうだ。

今後は上流階級との付き合いも増えるだろうからと買いにきたマナー教本。元はどこかのご令嬢だったらしいナディアに直接教わる方が勿論良いが、それとは別に手元に置いていつでも復習できるようにしておきたかったのだ。それならこの著者の教本が良いと勧められて来たが、料理本やアンネリエが挿画を手掛けたという児童書も欲しかった。選ぶのには少し時間が掛かりそうだ。

アレクもまた目当ての本があるらしく、目星をつけた棚から視線を戻すと「ゆっくり選ぶといい」と微笑んだ。

ちなみにルリィは害虫駆除に借り出されて不在だった。パン屋のベッティルの酵母蔵に「黒い虫」が出たらしく、今朝《けさ》方店主直々に迎えに来たのだ。ついでに近隣の商店でも一仕事するらしい。

「じゃ、また後で」

「ああ」

目的の棚を見付けたシオリは、目当ての本を探す。ナディアお勧めの教本とアンネリエ挿画の児童書はすぐに見付かった。料理本も何冊かぱらぱらと試し読みして候補を絞り、その中からさらに厳選して二冊を棚から抜き出す。

ちらりと背後を振り返ると、アレクは選びかねているのかまだ思案しているようだった。視線に気付いて振り返った彼が、声を出さずに「終わったのか」と問い掛ける。首を横に振って答えると、彼は頷いてから再び手元の本に視線を戻した。

「せっかくだから、もう少し何か買おう」

棚を移動し、背表紙の題名を眺めて本を物色した。と、ある一冊の本が目に留まった。手に取りぱらりと頁《ページ》を捲《めく》る。男女別の名前の一覧に、その由来の解説が細かに記されていた。

「名付け事典かぁ……この世界にもあるんだ」

ところどころに名前に関するコラムが添えられている。神話由来の名には神々の逸話を。動植物由来の名にはそれに関する解説を。昨今の名付け事情や名付けランキングなどもある。

「このランキングってどうやって統計取ったんだろ。住民台帳はあんまり正確じゃないっていうし」

なかなかに興味深く、いくつか拾い読みしているうちにあるコラムの頁で手が止まった。ミドルネームに関するコラムだ。

「ミドルネームって、日本人にはあんまり馴染みがないけど海外では結構多かったよね。なんとなく身分の高い人や由緒ある家柄の人が持ってそうな印象あるけど……」

そういえばアレクにもミドルネームがあると言っていた。今は名乗ることのない、隠していた名。こっそり教えてくれた名。フレンヴァリ。

興味を惹かれたシオリは先を読み進める。平民にそうした風習はないが、かつては貴族階級全てがミドルネームを持つ時代があったようだ。代々嫡子だけが受け継ぐ名であったり、願掛けに古い神や英雄の名を付けたり、ほかには嫁いだ娘が旧姓をミドルネームとして残したりと理由は様々だった。

しかし現在ではそれも廃《すた》れ、王族やごく一部の上級貴族のみに残された風習だという。そして公的には名乗らないことが多いらしい。

――公に名乗っているのは現在では王族のみ。

「……王族か、ごく一部の上級貴族……って、やっぱり身分が高いよね」

アレクの実家は家格が高いとは聞いていたけれど――。

得体の知れない焦燥感に、シオリはきゅっと唇を噛《か》む。

続くコラムには王家の名付けに関する内容が記されていた。王家の婚姻では、迎える側の王族が婚姻相手に自身で考えたミドルネームを贈る。そして王家の子は父親がファーストネームを、母親がミドルネームを付ける慣わしだ、と。

「父親がファーストネーム、母親がミドルネーム……」

――覚えがある風習。ごく最近聞かされたばかりだ。アレクは言っていた。実家の慣わしでファーストネームを父親が、ミドルネームは母親が付けたと。

「アレク……」

吐息の端が震えた。本を閉じ、そっと棚に戻す。ほかにも同じような慣わしの家があるのだろうか。それとも。

「……あの」

「おや、どうしました？」

カウンターで書類を繰っていた老店主に声を掛けると、彼は目尻《めじり》に皺《しわ》を寄せて微笑んだ。

「えと、その……貴族や王族の名前とか、最近の出来事みたいなのが分かる本ってないですか」

「王侯貴族の、ですか？」

老店主はぱちくりと目を瞬《まばた》かせる。

「あ……その、この国に永住するつもりなので、少し王侯貴族のこととか、歴史とか勉強したくて。私の故国には貴族制度がなかったものですからあまりよく分からなくて、仕事柄知っておいた方がいいかなと思ったんです」

できれば最近のものをとそう付け加えると、彼はふむ、と小さく頷いた。

「なるほど、それは良い心掛けですね。永住するなら、それもまた大事なことでしょう」

どれ、と腰を上げた老店主は店の奥の棚に案内してくれた。

「ここですね。あまり多くはありませんが……ああ、これだ。それからこれと、これが分かりやすくていいでしょう。ここ二十年ほどのものですから、今でも通用する常識です。単純に王侯貴族の名前を調べたいのでしたら、こちらのヘンネバリ貴族年鑑がいいですね。あとは……この本は貴族家で起きた出来事や逸話なんかを纏《まと》めてあって、読み物としては面白いですよ。まぁ、ゴシップ記事のような些か品位を欠く内容もあるので積極的にはお勧めしませんが、近年の王侯貴族の事情を知るには多分一番分かりやすいのではないかと思います」

「ありがとうございます。ちょっと見てみます」

ぺこりと頭を下げたシオリに目を細めて笑うと、彼はゆっくり選んでくださいと言い置いてカウンターに戻っていった。その背中を見送って、案内された棚に視線を戻す。

勧められた本の中から王国の現代史と貴族年鑑を選んだ。現代史には近代から現代にかけての出来事や歴代の王の功績のほか、ロヴネルやエンクヴィストなどの見知った家に関する記述もある。

貴族年鑑は今年度版。これは貴族の社交に必須らしく、毎年更新されているようだ。参考資料として見るには確かに良さそうな内容だ。しかし今すぐに知りたい情報は見当たらず、もう一冊の本に目を向ける。「新聞記事で読む王国現代史・王侯貴族の事件簿」というタイトルが示す通り、どことなく醜聞の臭いがした。些か品位を欠くという老店主の言葉通りだ。

「ゴシップ記事……か」

でも、それなら知りたいことはすぐ見つかるかもしれない。というよりも、載っているだろうという確信があった。心当たりがあるからだ。

――十数年前に王家で起きた失踪事件は、世間に相当の衝撃を与えたはずだ。きっと載っている。

『二十年近く前、父が病に倒れ、庶子の俺と嫡子の弟のどちらが家督を継ぐかで周りが揉めて収拾がつかなくなって、それで俺が家を出て――』

シルヴェリアでの旅の終わりに、アレクが打ち明けた過去の一部。そしてロヴネル家の主従が話題に出した十八年前の王位継承権争い。その果てに兄王子が失踪したとそう言っていた。

アレクの身の上話と兄王子失踪事件には符合点が多い。王が病に倒れて庶子の兄王子と嫡子の弟王子をそれぞれに擁立した貴族が争い、その果てに兄王子が失踪したとそう言っていた。

で一致してしまった。貴族年鑑にはその兄王子の名は削られてしまったのかそれらしき名は見当たらなかったが、この事件簿はどうだろうか。

本を手に取り、目次に目を走らせる。目的の記事はすぐに見つかった。

「第三王子失踪――出奔か、暗殺か――か」

緊張ゆえか、冷えてじっとりと汗ばんできた手で頁を繰り、その事件の引用記事と解説を読む。内容は概ねアンネリエ達から聞いた通りだ。継承権争いで対立する立場ではあったが二人の兄弟仲は非常に良く、事件直後の王太子と王の落ち着いた様子から、彼らが手引きして兄王子を逃したのだろうという見方が有力だとその新聞記事は伝えている。そして、その問題の兄王子の名前。

「……アレクセイ。アレクセイ・フレンヴァリ・ストリィディア――」

手が震えた。一致するミドルネーム。ファーストネームもほとんどそのままだ。ファミリーネームすらも後半が似通っている。添えられた姿絵は要人の特定を避けるためか鮮明ではなく、顔形はいまいち判別できない。しかし記載されている人相特徴は、栗毛《くりげ》に鋭い紫紺の瞳《ひとみ》。そして事件の日付と失踪時の年齢から計算したその王子の現在の年齢は三十四。

アレクやアンネリエから聞いた話とこの本から得た情報。あまりにも一致点が多過ぎて、むしろ否定するのが難しいほどではないか。導き出された答えは、ただ一つ――。

「シオリ？　どうした、顔色が悪いぞ」

突然背後から声を掛けられて咄嗟《とっさ》に本を閉じた。不自然に見えないように気を付けながら、そっとその本を棚に戻す。

「……ん、ちょっと疲れたみたい。そのせいかも」

薄く微笑みながら言うと、彼は眉尻を下げてシオリを支えるように肩を抱いた。

「一日歩き通しだったたからな。目当ての本が見つかったんなら、もう帰ろう」

「うん、そうだね」

そっと背を押されるように促されて、シオリは本を抱え直した。

3

棚から離れる間際、アレクはちらりと彼女が戻した本に視線を向けた。戻し損ねて僅《わず》かに棚からはみ出たその本の書名には「新聞記事で読む王国現代史・王侯貴族の事件簿」とある。

（……なるほど、な）

書名からして品が良いとは言い難いその本のおよその内容を察したアレクは苦笑した。埃の被《かぶ》り具合や色褪《いろあ》せのない背表紙から察するに、ごく最近発行されたものだと分かる。とすれば、現代史として取り扱う「事件簿」とやらの中には己の事件も含まれているはずだ。

――実のところを言えば、一部始終を見ていた。目当ての本を選び終えたシオリが棚を移動し、ある一冊の本を手にした後に顔色を変え、そして店主と何やら話し込んでいたところを全て見ていた。店主と話しているその隙《すき》に、彼女が見ていたのが名付けの本であることも確かめてしまった。

（……俺のミドルネームから……察したのだろうな）

聡《さと》い彼女なら情報を繋ぎ合わせて、いつかは気付くかもしれないとは思っていた。だが思う以上に早い段階で気付かれてしまったようだ。

（話す時期を早めなければならないかもしれないな。多少……怖くもあるが）

秘密を打ち明けることで――彼女の疑念を肯定することで、自分から離れていくのではないかという恐怖心は拭《ぬぐ》い切れない。だが互いに何者であろうと彼女と共にいたいと強く思う。

（もうあいつを手放せない。あいつは俺の――）

全て。何者にも代え難い、唯一の存在。

支払いを済ませてどこか躊躇《ためら》いがちに見上げるシオリに微笑んだアレクは、その肩を引き寄せ並んで歩きながら店外に出た。

黄昏時《たそがれ》。夏よりもずっと早い時間に訪れる夕闇《ゆうやみ》が、トリスの街を呑《の》み込もうとしている。茜《あかね》から藍《あい》に変化していく空には早くも星が瞬き始め、夜に沈みゆく街の夕景を美しく彩っていた。

無言のまま寄り添って帰宅した二人を、大仕事を終えてエントランスでラーシュと世間話をしながら待っていたルリィが出迎えた。抱えているのは報酬代わりのパンや肉が入った紙袋のようだ。

「おや、お帰りなさい。良いお買い物ができたようですね」

戦利品を抱えた二人を見てラーシュは微笑む。そんな彼に女将への手土産と同じ焼菓子を手渡し、笑顔で受け取った彼に見送られて二人と一匹は最上階の部屋に向かった。アレクの新居だ。

「……お邪魔します」

遠慮がちな彼女の黒髪に口付けて招き入れながら、アレクは口の端に笑みを浮かべた。思えば彼女を自室に招くのは初めてだった。以前の下宿では人を呼ぶには手狭で、女将の手前もあって未婚の女を連れ込むことに多少の躊躇いもあったからだ。

「んと……じゃあ、キッチン借りるね。夕飯作るよ」

引っ越し祝いに新居で夕食をご馳走《ちそう》してくれるという彼女は、外套《がいとう》を脱いでそそくさとキッチンに向かった。俯《うつむ》きがちのその表情はどこか暗い。

（――腹を決めるか）

まだ正体を明かす覚悟はできていない。しかし今ここで己の愛と決意が偽りではないことを示さねば、愛《いと》しい女をこの先ずっと悩ませてしまう。買い物袋を開けて目的の品を取り出したアレクは、どことなく思い悩む様子で食材を手にしているシオリにそれを差し出す。

「シオリ。これを」

それは柔らかい生成り色のワンピースだ。袖口《そでぐち》と裾《すそ》、ゆったりと開いた襟元には紫紺色の糸で雪菫《ゆきすみれ》の花が刺繍《ししゅう》されている。

「これは……？」

言いながらそれをおずおずと受け取ったシオリの顔色は冴《さ》えない。

「これは王国の伝統衣装だ。かつては婚礼衣装だった」

雪の中で力強くも可憐《かれん》に咲き誇る雪菫の花は、王国女性の象徴だった。今でこそ婚礼衣装は大陸南西部風の優雅なドレスが一般的となっているが、生成り色の生地にその雪菫の刺繍をした衣装は、貧しかった時代では精一杯の晴れ着であったのだ。

男は意中の女にその年織り上げたばかりのまっさらな生地を贈り、それを受け取った女が婚礼衣装に縫い上げる。そして雪菫の花から作った染料で染め上げた糸を使い、村の女達が総出でその衣装に雪菫の刺繍を施すのだ。

婚礼衣装を仕立てられるだけの長さの新しい生地も、染料を作るために多くの原料を必要とする染め糸も、どちらも庶民にはとても贅沢《ぜいたく》なものだった。だから婚礼衣装と言っても裾が多少大きく広がる程度の簡素なワンピースだったが、生涯に唯一自分のためだけに持つことが許される贅沢品だったのだ。大切に保管したその衣装は誕生日や祭りなどの特別な日に身に付けて、そうして生涯を終えるときに一緒に埋葬される。まだ王国が貧しかった時代の婚礼衣装は、豊かになった今ではごく一部の地域にのみ残された風習だ。伝統工芸として伝えられる現在では店売りもされていた。

下宿の女将の娘と生まれてくるだろう孫への贈り物を選んだ店でこの衣装を見つけたアレクは、ごく自然にこれを手に取っていた。いつかシオリを迎えるそのときに手渡そうと思ったのだ。それがよもやこんなにすぐ手渡すことになろうとは思いもしなかったが。

「婚礼衣装……」

呟くシオリの瞳が揺れた。

「シオリ」

「……うん？」

「この先何があっても俺はお前と一緒にいる。互いに何者であってもそれは変わらない。色々話すにはまだ覚悟ができてはいないが、何があってもお前と共に生涯を歩みたいと思っている」

シオリは目を見開いた。何か言い掛けて口を噤《つぐ》み、雪菫の衣装に視線を落とす。

「なあ、シオリ。多少順番が前後するが、とりあえずは一緒に住まないか」

「……え？」

その申し出にシオリは驚いたようだった。そんな彼女にアレクは言葉を重ねた。

「勿論無理にとは言わない。お前にも色々思うところはあるだろう。だから抵抗があるなら断ってくれて構わない。本来なら妻問いするのが先なんだろうが、俺としてはいい機会だから一緒に住めればと思っている。今は……恋人として」

「アレク……」

「……こういうのはあまり好まないか？」

二の句を継げずに口を僅かに開いたまま押し黙ったシオリの頬《ほお》に、アレクは静かに手を添えた。

彼女は小さく首を振る。

「アレクの気持ちは嬉しいよ。でも、私――やっぱりアレクに釣り合わないかもしれない。ただでさえ庶民育ちの外国人なんだもの。この上私の素性を知ったら、もしかしたら……」

一緒に暮らしてしまえば、きっともう引き返せないほどに情を移してしまう。それが怖いのだとシオリは言った。だというのにまだ全てを打ち明ける覚悟ができないのだと。

「なんとなく身分が高いだろうなとは思ってたの。でも黙っているうちは一緒にいられるかなって、凄《すご》くずるいこと考えてた。でも、もう……」

「――お前、やっぱり俺の正体に気付いたんだな」

返事はなかった。だが、だからこそそれは肯定を意味している。

「俺の正体を知ったら、きっとお前のことだから、気にして離れていくんじゃないかとは思ってたんだ。だから言えなかった。黙っているうちは一緒にいられると、そう思っていたのは俺も同じだ」

身分違いになるからと離れていったかつての恋人のように、シオリもまた離れていくかもしれないという恐怖心があった。身分を跨《また》いで添い遂げるにはそれ相応の覚悟が要るからだ。王侯貴族と平民の間には、それほどまでの立場の違いがある。

王侯貴族にはその身分に釣り合うだけの重い責任が課せられている。その責任を負うために必要な知識や教養を身に付けなければならない。有事の際には先頭に立ち、自らの命を差し出す覚悟もだ。だが、平民にもまた平民として生きていくための知恵と技術、過酷な環境にも耐えられるだけの体力と精神力がいる。単純に生活水準や教養の違いだけでは測れないものが数多くあり、だからこそ身分違いの交際は敬遠されるのだと、この歳《とし》まで生きてアレクはようやく正確に理解したのだ。

「……黙っていたことに非があるというのなら、むしろ身分違いになると最初から分かっていながらお前に近付いた俺の方こそ責められるべきなんだ。気付かれてしまった今でさえ、まだ打ち明けるのが怖いと思っている。だがそれでも俺とこの先の人生を一緒に歩みたいと思ってくれているのなら、どうか――この衣装を受け取ってくれないか」

当面は恋人として一緒に暮らす。その上で気持ちの整理を付けたそのときには、互いの正体を打ち明けようとアレクは言った。

「お前が言いたくなければ言わなくても構わない。なんならずっと黙っていたっていいんだ。お前が何者であろうと構わない。シオリはシオリだからな。ただ、俺の方は色々と整理しなければならないことがある。だから全てに決着を付け、そして打ち明ける日が来たら——そのときにはお前に妻問いする許可をくれないか」

「きょ、許可って」

許可を得てから求婚するなど妙な話もあったものだが、実のところ異母弟のオリヴィエルもまた、想《おも》い合っていながらどうしても首を縦に振ってはくれなかった王妃——当時婚約者候補の末席にいた彼女に自身の愛が偽りでないことを示すために、わざわざ一騎打ちという手段を用いて求婚の許可を得ていた。四大辺境伯家の最下位だった家の娘、それも貴族の娘としてよりも騎士として生きてきた年月の方が長かった彼女を納得させるためには、彼女自身と一騎打ちして覚悟を示すよりほかはなかったと彼は後に述懐したのだ。

王侯貴族——とりわけ高位の者からの求婚は、それそのものが既に婚約確定と受け止められる風潮にある。それゆえ求婚してしまえば彼女の意思に関係なく事は進んでしまう。それだけは絶対に避けたかったとオリヴィエルは言った。だからこそ敢《あ》えて己に不利な条件を出し、彼女への愛と覚悟を示そうとしたのだ。そして護身程度の技術しかない彼は本職の騎士である彼女に勝つために、相当の修練を積んだと聞く。

「今後の身の振り方すら決めかねている状態でこんなことを言うのは卑怯《ひきょう》かもしれない。だが、俺のお前への気持ちは何があろうと決して変わらない。たとえお前がこの世のものではない、天から舞い降りた天女であろうとも、この想いは決して変わらないと誓う」

ぎくりと身を竦《すく》ませたシオリの身体を抱き寄せ、その頤《おとがい》に手を掛けて上向かせる。

「どこの誰かなんて関係ないんだ。俺はお前という女に出会い、強く惹かれてそして惚《ほ》れた」

見上げるシオリの瞳が魔法灯の光を滲《にじ》ませた。その双眸《そうぼう》にはアレクの姿を宿している。

「愛してる。愛してるんだ。お前を心の底から愛している」

何か言い掛けたシオリの唇が震え、言葉にならないまま吐息となって空気に溶けた。

「シオリ。俺の唯一」

愛しい女。何者にも代え難い、ただ一人の存在。

「……うん。うん、ありがと、アレク」

どうにかそれだけ言葉を絞り出したシオリの双眸から温かな雫《しずく》が流れ落ちた。

「……受け取ってくれるか？　全てに決着を付けたそのときには、改めて指輪を贈らせてくれ」

頷いたシオリは、手にした雪菫のワンピースを胸元に抱き締める。

「――私も好き。愛してる。だから一緒に暮らしたい。私がどこの誰でも受け入れてくれると言ってくれた優しいアレクと、この先もずっと一緒にいたいの。そしていつか聞いて欲しい。私がどこから来た誰なのか……いつか、聞いてくれる？」

囁《ささや》くように、だがはっきり届く声で告げられた言葉。アレクは顔を綻ばせて頷いた。

固く抱き合い、唇を重ね合わせる。身も心も蕩《とろ》けそうになるほどの口付けが、二人の胸を満たしていく。激しく溶け合う吐息の合間に何度も愛を囁いて、思いの丈を確かめ合った。

やがて身体を離した二人は、足元で静かに成り行きを見守っていたルリィを見下ろした。

「そういう訳だから、ルリィ。これからは三人一緒だ。広い風呂もあるぞ」

――おめでとうとでも言うように二本の触手を真上に掲げて何度も振ったルリィは、嬉しそうにぽよんぽよんと二人の周りを跳ね回った。室内に、噴き出した二人の笑い声が響き渡った。

4

大陸の北に位置するストリィディア王国の冬の日没は早く、大晦日《おおみそか》のこの日、午後三時半を過ぎた頃《ころ》にはもうすっかりと日は暮れていた。街に夜の帳《とばり》が落ち、家々に魔法灯の灯《あか》りが点っている。

人々が家路を急ぐ温かな光に照らされた街路を窓越しに眺めていたザックは、微笑を浮かべて手元の書類綴りに視線を戻した。冒険者や各部署から提出された報告書類を纏《まと》めたものだ。頁を繰って目を通し、不備があるもの――と言ってもギルドマスターの手元に届くものはほとんどが修正済みで不備はほぼないのだが――は付箋《ふせん》に要確認箇所をメモ書きして再提出の箱に放り込み、問題がなければ最終確認者としてサインしていく。

「――お疲れさん。直しは年明けで構わねぇからもう上がりにしてくれ。連中はもう始めてんだろ」

一連の作業を終えて事務長に書類綴りを手渡すと、同年代のその男は「マスターも切りのいいところで切り上げてきてくださいよ」と言い置いて出ていった。部屋の扉が閉まるその瞬間、どっと沸く楽しげな笑い声が響き渡る。慰労会の参加者達の声だ。

誰がいつ頃から始めた習慣なのかは定かではないが、いつの頃からか冒険者ギルドの各支部で行われるようになった年末の慰労会は、今では予算にも組み込まれている恒例行事の一つである。ギルドマスターや高ランク保持者からの寄付もあり、登録冒険者数が多い都市部の支部ほど盛大に開かれる傾向にある。王都に次ぐ規模のトリス支部の慰労会もやはり、随分と賑《にぎ》やかなものだった。

「楽しんでるなら何よりだな」

出資者の一人であるザックはそう言いながら席を立ち、いくつかの書類綴りを書棚に収めた。残りは隣接する書庫内の、鍵が掛かる棚に収めていく。取引に関する帳簿や顧客名簿、人事関係書類などの部外秘にあたる書類だ。中には所属する冒険者がかかわった不祥事の記録も含まれている。

──無論、【暁】の事件に関する記録もだ。部外秘と押印されたその書類綴りをほとんど無意識に手に取ったザックは、ぱらぱらと頁を繰っていく。事件の内容や関係者に下された処分などが詳細に記されてはいるが、それはあくまでもギルド内での出来事に限られていた。

処分後の顛末《てんまつ》までは記されてはおらず、主犯格とされる前任のマスター、ランヴァルド・ルンベックの結末については言わずもがなだ。ただ、解雇処分と記録されているのみ。

ランヴァルドが実は国際問題に発展しかねない重大事件の主犯であり、その後極秘に「極刑」に処されたことはごく一部の者しか知らない。記録に残されているとすれば、それは王国騎士団本部かトリスヴァル辺境伯家の極秘書類の保管庫だけだ。

ふと、ランヴァルドの最期の瞬間が脳裏を過《よぎ》る。

──処刑人としてこの手であの男を斬《き》った、そのときの感触も。

あのときの怒りと空虚感は未だに忘れられない。事件を見逃してしまった己への怒りもだ。

「……シオリ」

書類に記された、被害者となった女の名を指先でなぞる。己が保護し、監視対象として預かり、そしていつしか特別な感情を抱くようになった女。

「もう悪夢は終わったんだ。お前には心強い仲間が沢山いる。それに――多分、生涯の伴侶《はんりょ》もな」

恐ろしい死の底から救い出した友人がいる。あの事件に心を痛め、見守ってきた仲間がいる。そして痛みを分かち合い、支え合える恋人がいる。

「お前は一人じゃねぇ。俺達の仲間、俺の妹、あいつの――」

閉じた瞼《まぶた》の裏に、いずれ弟分の妻になるだろう彼女の花嫁姿が浮かんだ。

「――おい、そろそろ終わったか？　皆待ってるぞ」

ノックの音の後に扉が開き、その「弟分」が顔を覗《のぞ》かせた。いつもの装備を解き、代わりに真っ白な前掛けと三角巾を身に付けた姿に思わず噴き出す。厨房《ちゅうぼう》に入ったシオリを手伝っていたのだろう。

時折人手が足りなくなる食堂を手伝う彼女に付いて、彼もまた配膳に手を貸すこともあるのだ。

大人《おとな》しく食堂の「正装」に身を包んでいるその姿が妙に板に付いていていて、可笑《おか》しいやら微笑ましいやらで愉快な気分になったザックは声を立てて笑った。

「……なんだ」

理由は分かっているだろうに、それでもむっとした表情を見せたアレクににやりと笑う。

「まぁ、なんだ。案外似合うもんだなと思ってよ」

「言ってろ」

眉間《みけん》に皺を寄せてそう返したアレクはしかし、すぐに表情を緩めてみせた。

「適当なところで切り上げてあんたも来いよ。若いのがS級冒険者様の話を聞きたがってるぞ」

「話……つったってなぁ」

Ａ級、Ｓ級ともなると新人や若手に話をせがまれることも多いのだが、第一線を引いた身としては些か気恥ずかしくもあった。赤毛の頭を掻《か》きながらそう言うと、促すように背を叩かれる。

「自覚はないかもしれんが、あんたには華がある。いるだけでも場が盛り上がるんだ。いいからさっさと顔を出してやれ。皆喜ぶぞ」

「……そういうもんかい」

どうにも面映《おもは》ゆい心持ちになるが、悪い気はしない。一瞬だけ手元の書類綴りに視線を走らせてから、そっと閉じて書類棚に戻す。それから背を向けて先に戻ろうとしていたアレクに声を掛けた。

「……アレクよぉ」

振り返った彼の栗毛を隠している三角巾がふわりと揺れる。今までの彼からは想像もつかないその姿に、人間切っ掛けがあればどうとでも変わるもんだなと思いながらザックは言った。

「幸せになれよ。二人共な」

彼は虚を突かれたような顔をした。目を見開いていた彼はやがて、力強く頷く。

「――ああ。勿論だ」

そう言ってから彼は笑った。

「驚いた。つい最近ラーシュにも同じようなことを言われたんだ。二人で幸せになれってな」

「へぇ？」

自分と同じように彼らの幸せを願う者がいる、そのことがひどく嬉しかった。

顔を綻ばせたザックはアレクの背を叩く。

「さ、行こうぜ。お前達も適当なところで来いよ。店屋物だけでも十分足りてるんだしな」

追加の料理は食堂の女将とシオリの好意なのだが、支部を束ねる立場にあるザックとしては、裏方仕事も含めた全員を労《ねぎら》いたいのだ。慰労会当日まで彼らに仕事をさせるのは申し訳ないとも思う。

「ああ。もうすぐ料理は出揃う。あんたの言葉も伝えとくよ」

「頼んだぜ」

シオリが待つ食堂に引き返していったアレクの背を見送り、部屋の扉に錠を下ろしたザックは慰労会の会場となっている談話室に足を向けた。

――この一年で命を落とした者、あるいは引退してギルドを去った者もいる。そんな仲間を悼み、惜しんで思い出話に浸る者もいるだろう。それらも含めて過ぎ行く年を振り返り、そして労い合うのがこの年末の慰労会だ。

足を向けた先から聞こえるのは楽しげな笑い声。それらはどれも明るく温かい。色々あった一年だったが、来る新たな年が幸多きものであるようにとザックは祈る。そうしてまた一年後のこの日を、皆で楽しく穏やかに過ごせるといい。

そう願いながら、ザックは仲間達が待つ部屋に足を踏み入れた。

5

「料理はこれで全部です。こっちが塩味、こっちは少し辛めの味付けです。お好みでどうぞ」

そう言ってシオリが大皿を卓の上に載せると、わっと歓声が沸き上がった。油で揚げた山盛りの薄切り芋が良い香りを放っている。食欲をそそる香ばしい香りだ。

「おっ美味《うま》そう！　いただきまーす！」

早速手を伸ばしたのは弓使いのリヌスだ。口に放り込んでぱりぱりと小気味良い音を立て、それを見ていた新人がごくりと唾《つば》を飲み込んだ。

「……お前な」

苦笑したアレクは皿に取り分け、遠慮がちにしていた彼らに手渡してやった。恐縮しつつも嬉しそうに破顔した彼らに微笑してみせてから、料理の大皿を運び込んだ女達に声を掛ける。

「シオリ、お前もそろそろ座れ。あんた達もだ。せっかくだから冷める前に食べよう」

「え、でも」

まだ少し片付けがと言って躊躇うシオリの手をナディアが引き、食堂を預かる婦人達をクレメンスや薬師のニルスが優雅にエスコートする。

女達を見送りながら三角巾と前掛けを取ったアレクは、同僚が各人各様の微妙な表情で揃って己を眺めていることに気付いた。

「……なんだ」

「いやぁ……なぁ」

ぱり、と一口齧《かじ》った薄切り芋の揚げ物を咀嚼《そしゃく》した魔法剣士のルドガーが言い淀《よど》み、隣のリヌスと苦笑し合っている。席に戻ったクレメンスも無言で酒――と言っても緊急依頼に備えて度数が低いものだったが――を傾けたが、こちらもやはり意味深長な笑みを浮かべていた。

「――いやぁ参った！　ひでぇじゃねぇかクレメンス！　俺を置いて自分はさっさと逃げちまいや

がって……っと、なんだ、どうしたよ」

熱狂的とも言える様子で取り囲んでいた若手の輪の中からどうにか抜け出してきたザックは、微妙な半笑いで目配せし合う彼らと渋面のアレクを見比べて怪訝《けげん》な顔だ。

「いや、なに。人間変われば変わるものだと思ってな」

そう言ったクレメンスが薄切り芋を一枚齧り、「む、美味いな」と誰に言うでもなく呟く。

「だから何がだ。なんなんだ、一体」

「お前は付き合いが悪い訳ではないが、どちらかと言えば人付き合いは苦手だっただろう。誰かにあいう気の使い方をするような男ではなかった。それにそのエプロン姿――まさか女目当てにそこまでするようになるとは思いもしなかったぞ」

遠慮する若手に料理を取り分けたり、裏方仕事をこうまで気遣うといったようなことは今までにはなかったはずだと彼は言った。特に女相手となると、慣れるまではどことなく警戒するような態度を見せることが多かったのだと。

クレメンスの言葉に皆しみじみと頷く。

「言っちゃあなんだけど、アレクの旦那《だんな》ってちょっと女や若手に厳しいところがあったよな」

「なー。俺、人付さ合いは得意な方だけどさぁ、旦那にはちょっと声掛け辛《づら》いとこあったなー。実際は話してみるとそうでもなかったけど、なんかちょっと気難しそうでさ」

「そうか？　そうだったか……」

声を掛け辛いなどと言う割には言いたい放題のルドガーとリヌスを前に首を捻るアレクだったが、

「いや、そうかもしれんな」と呟く。思い当たる節は確かにあった。女や若手に苦手意識があることは間違いないのだ。その苦手意識が相手への態度に表れていたに違いない。

「……女や若いの全てが苦手という訳じゃない。だがあまりいい想い出がないせいか、押しの強い態度で来られるとどうにも居心地が悪くなるんだ」

指導をせがまれるときの熱量を帯びた視線、そして女の誘うような仕草がどうにも苦手だった。何かに期待して己に群がる貴族達の記憶が蘇《よみがえ》り、つい素っ気ない態度になってしまう。それが相手に近寄りがたい印象を与えていたのだろう。

「だが、相手の思惑はどうあれ、俺の態度が輪を乱していたこともあったかもしれん。だとしたら改めねばならんな」

演技だったとはいえ王都の歌姫がしてみせたような、露骨に誘うような態度にはまだ慣れることはできないが、不必要な厳しい態度は改めるべきだろう。

「仕事に差し支えたことはなかったとは思うが、これは俺の身贔屓《みびいき》かもしれねぇからな。もし心当たりがあるってんなら改めとけよ。誰しも苦手なもんはあるが、欠点を直すんなら早いうちがいい。こと人付き合いに関してはなおさらな」

己を省みて改めることは大事だと言ったザックは、アレクの肩を叩いて笑った。クレメンスもまたグラスの酒を啜《すす》りながら微笑む。

「──ああいう気遣い方はシオリに似ている。あれほどいつも一緒にいるのだから、少なからず影響を受けているのではないか」

「……ああ。そうだな」

友人達の温かい言葉にアレクは小さく笑った。

彼女は己を癒し、満たしてくれただけではなかった。良い影響まで与えてくれたのだ。

（逆にシオリもまた俺から何がしかの影響を受けているのなら……そうだとしたら嬉しいが）

互いに影響を与え合い、それで物事が良い方向に向かうというのなら、今以上に彼女と共に在りたいと思うのだ。

そんなアレクの想いを察したのかどうか、あーあ、とリヌスが羨《うらや》ましげに声を上げた。

「旦那はシオリのお陰で丸くなるし、シオリは旦那が来てから笑顔が増えたし。いいなー、俺もそーいう相手が欲しいなー」

「護《まも》る相手がいるってのはいいもんだぜ。何をするにも張り合いが出るし、なんていうかなぁ、生活に潤いがあるっつーか」

女達に物欲しそうな視線を流したリヌスに、愛妻家のルドガーが堂々と惚気《のろけ》る。アレクと同じく魔法剣士の彼は、密《ひそ》かに想いを寄せていた三つ年上の幼馴染《おさななじみ》を追い掛けて冒険者入りしたという逸話の持ち主だ。初めは子供をあしらうような態度だったという彼の妻――槍使《やりづか》いのマレナも、熱心に仕事に打ち込みいつの間にか肩を並べるようになっていた彼を好ましく想うようになったという。もっともこれらは全てルドガーの弁だ。話には主観的な脚色が加えられているかもしれないのだが。

グラスの陰で密かに笑ったアレクは、ぱりぽりと薄切りの揚げ芋を食べ進めているリヌスに話題を振った。

「しかし意外だな。お前の仕事ぶりや人柄にその顔立ちなら女が放っとかなそうなものだが。今まで相手はいなかったのか？」

「うーん、よく言われるんだけどねー。何度か声掛けられたことはあるんだけどさ、今までは仕事が楽しくてそういう気分にならなかったんだよね。でも旦那とシオリを見てたらそういうのも悪くないなって最近思うようになったんだ」

指先に付いた塩をぺろりと舐《な》め取ったリヌスはそう言って笑った。

「……なるほど。人間どこでどう影響するか分からないものだな」

シオリとの出会いが己を変えた。彼女もまた同じだった。互いにかかわり合うことで囚われていた過去に向き合おうと思えるようになった。そんな自分達が、ほかの誰かを変える切っ掛けになっているのかもしれない――そう思い至ったアレクは薄く微笑んで目を伏せる。

良くも悪くも、人は互いに影響し合って生きていくものなのだろう。

「……あ。影響って言えばよぉ」

それまで黙々と料理を消費して聞き役に徹していた出稼ぎ組のオロフが、おもむろに口を開いた。

「アレク。お前、行きつけの娼館じゃ底なしで鳴らしてたろ。今だって結構夜はお盛んらしいけど、その割にはシオリもあんまり次の日に影響してなさそうだよな。あれってやっぱセーブしてやってんの？　体格差も大分あるし、底なしのお前にがつがつやられたら持たねぇもんな」

このあまりにも露骨で品のない問い掛けは、せっかくの良い雰囲気だった場の空気を瞬く間に微妙なものにした。リヌスやルドガーなどは興味津々といった体だが、常識人のザックやクレメンスはあからさまに動揺している。初心《うぶ》な年齢などとうの昔に過ぎ去っているはずのザックは口元を引き攣《つ》らせ、クレメンスは平静を装おうとして失敗したのか、グラスの酒に盛大に噎《む》せていた。

それはさておき、指摘された事柄に全く身に覚えのないアレクは眉根《まゆね》を寄せた。

「……何のことだ？」

「何って……ナニ？」

アレクは腕を組み、考え込む。

「彼女とはまだ何もないが一体何のことだ。誰かと間違えてないか」

「まだってところも気にならなくはないが、別に間違っちゃいねーよ」

「そうそう。ブロヴィートから戻ってきてからもすぐにシオリんとこお泊まりしたっていうじゃん。朝帰りで部屋から満足げに出てきたってさぁ」

「それに旦那、シオリんとこに何度も泊まってるだろ。何もねぇってこたぁねぇだろ。なぁ？」

首を傾《かし》げるオロフにリヌスとルドガーも参戦した。同意を求められたニルスなどは「僕に話を振られても」と狼狽《うろた》えているが、いつの間にか後ろを取り巻いていた同僚達もまた深々と頷いている。

「……俺も聞いたぜ。真昼間っから、声を」

ぼそりとザックが言った。

いよいよ本格的に考え込んでしまったアレクを、皆が固唾《かたず》を呑んで見守る。

「――いや、心当たりはないな。彼女とはまだ何もない」

全てを求めるのはもっと彼女の傷が癒えてからだと自らに制約を課したのだ。多少は舐めたり撫でたり揉んだりはしたかもしれないが、声が漏れ聞こえるほどの行為に及んだ覚えは全くない。

「ブロヴィートから戻ってすぐのことなら、あれはシオリが体調を崩したから泊まりで看病してやっただけだ。満足げにというのも、まぁ……多分、そのときに俺とパーティを組むという誘いに乗ってくれたから、多少は顔に出ていたかもしれんが」

ともかく、彼女と事に及んだことはただの一度もない。

「……だがよぉ、あいつの部屋からお前らの声が」

なおもぼそぼそと言い募るザックの足元を、串焼きを抱えていつの間にかそばに来ていたルリィがちょいちょいとつつく。

「お？　なんだ、ルリィ」

ルリィはしゅるりと触手を伸ばすと、彼の背を何度か押す仕草をした。

それをしばらく黙って眺めていたアレクはやがて、ああなるほど、と頷いた。

「多分、按摩《あんま》してやってたときの声じゃないか。心当たりがあるとすればそれだけだな」

「は――」

ザックは絶句し、クレメンスは深々と溜息を吐いてじろりと彼を睨《にら》み付けた。一瞬置いて周囲がどっと噴き出す。腹立ち紛れかザックは力任せにアレクの背を叩いた。

「……っ、何をするんだ！　勘違いしたのはあんただろうが」

ぐっと空気の塊を吐き出したアレクは、その按摩のときに彼女が漏らした声で実はうっかり昂《たかぶ》っていたことなどを盛大に棚に上げて、忌々しげに彼を睨み付けた。

ますます高まる周囲の笑い声に、談笑していたシオリ達が何事かと振り返る。

――年の瀬のトリス支部。こうして些かくだらない話で幕を開けてしまった慰労会ではあるが、それもまたこの催しの醍醐味《だいごみ》であるとも言えよう。ともかく、料理と酒が尽きるまで会話を楽しもうとアレクは思った。

新たな人間関係を築いた今年は終わり、じきに新しい年を迎える。その新たな一年もまた、愛しい恋人やこの気の良い同僚達と過ごして無事に終えられるといい。そうして一年後の今日、再びこの慰労会で皆と楽しく酒を酌み交わせればいい。

そんなふうに思いながら、アレクは未だに仏頂面の兄貴分を肘先《ひじさき》で小突いてやった。

6

同僚が楽しげに語らいながら料理を楽しむ中、ナディアに手を引かれて座らされたシオリは、前掛けを外して背凭《せもた》れに掛けながら幾分気後れするような心持ちでぐるりと辺りを見回した。同じく立ち働いていた食堂の婦人達は気持ちを切り替えたのか、果実酒や料理に手を付け始めている。ほっと息を吐くと、それを見ていたナディアが苦笑気味に料理の皿を目の前に置いた。

「さ、あんたも食べな。働き者で気遣い屋なのはあんたのいいところだけど、あんまり過ぎるのは良くないよ」

「……あ、うん。ありがとう、姐《ねえ》さん」

堂々とこの場に座っていることが躊躇われていたシオリは眉尻を下げる。どうにも落ち着かないのは家政魔導士という仕事柄ゆえだろうか。皆から料理のお裾分けをもらっては嬉しそうに取り込んでいたルリィが、慰めるようにシオリの足を撫でる。

「でも、分からないでもないわよ。完全に補助職だと前線で命張ってる人達と同じようにしてていいのかしらって思っちゃうものねぇ」

その気持ちを察したのかどうか、パン屋のベッティルがしみじみと言った。差し入れに持ち込んだ雑穀パンを綺麗《きれい》に薄切りにして、手早くチーズや燻製《くんせい》肉をトッピングしては次々と配っている。その

手際は見事なものだが、それよりも女性陣に違和感なくしれっと交じり込んでいる彼に驚いたシオリは目を丸くした。何人かは女言葉の精悍《せいかん》な男をどう扱っていいものか悩むらしく遠巻きにしているようだったが、本人はいたって涼しい顔だ。

「私も自分の仕事には誇りを持っているけど、やっぱりねぇ……後ろで護られてるだけでしょって口さがない人もいるから気後れしちゃうわ」

「気後れ……？」

そう言う割にはまったく気後れしている様子のないベッティルにナディアやマレナは首を捻ってい
るが、「分かるわ」とエレンは頷いた。

「今はもう言われなくなったけれど、ランクが低い頃はやっぱり言われたわね。いつも後ろで楽してるんだから給仕しろって」

「エレンさんでもそんなこと言われるんですか」

「ええ。やっぱり直接戦う訳ではないから……そう思う人は一定数いるわね。最近はほとんどなくなったけれど、年配の人だと特にそうだったわね」

治療術師の治癒の力は魔法の中でもかなり特殊で、宗教団体などで活躍する聖魔導士が持つ聖属性の魔力と同じように先天的な能力だ。習って覚えられるものではない。それゆえに治療術師や聖魔導士は希少価値が高く、この能力を持つ者はどこに行っても重宝される。

そんな治療術師にしてさらに女医という肩書を持つ才女のエレンがそうだったというのなら、自分などはよほどだとシオリは思った。世界は違えど、職業による差別意識は共通のようだ。

『営業の連中ったら、事務員をただの雑用係かなんかだと思ってるのよねぇ』

日本の職場でも同僚がそんなことを言って嘆いていたなと思い出して、シオリは苦笑いする。

「王国はこの辺りじゃかなり先進的な国だけど、やっぱりそういう差別はなくならないもんだねぇ。女なんて特にさ」

グラスを傾けながらナディアが嘆息し、それを皮切りにして同僚達も口々に不満を口にする。

「そうね。同じ職業なのになぜか女ってだけで雑用押し付ける人もいるわ」

「騎士だって女性が増えたけど、出世できる人はあまり多くはないっていうし。女の社会進出が進んだとは言っても身体の作りが男とは違うんだもの、どうしたって同じように働けない日もあるから仕方ないと言えば仕方ないわよね。それに結婚して子供ができたらやっぱり女の方が家庭に入らざるを得ないのだもの」

「騎士だったセシリア様が王妃になられてからは随分変わったとは聞くけど、なかなか難しいよね。男の立場になって考えてみれば、やっぱり……分からなくもないわ。だからと言ってことさらにそれを弱点みたいに言われるとちょっと困っちゃうけど」

「そうさねぇ……」

筋力や剣技なら修練を積めばどうにかなるかもしれない。けれども女性特有の事情から、男性と同等の働きをするのが難しい時期が月に一度の頻度であるというのが女性騎士の悩みだ。女性冒険者でも似たようなものだが、こちらは自分の裁量で休みを決められるからまだ大分楽な方ではある。

それにエナンデル商会では女性冒険者向けの衛生用品の取り扱いがある。シオリも密かに世話になっているこの商品のお陰で、女性冒険者が増加したという話もあるらしい。もっとも、月のものの辛さが軽減される訳ではなく、やはり一週間は仕事を休む人が多いのだけれど。

（……あ。アレクと一緒に住むようになったらそれも話しておいた方がいいのかな）

この世界に来てからは心労と重労働のせいか不順気味だ。まったく巡ってこない月もあって、計算して仕事の調整ができないのが辛いところではある。

（ちょっと話し辛いなぁ……皆はどうしてるんだろ）

夫婦で活動しているマレナにでも聞いてみようかとぼんやり考えていると、女の秘め事の話題に遠慮してかベッティルが「私は向こうに行くわね」と男性陣の卓に移っていった。

その背を見送りながら、ナディアは彼が作ったカナッペをつまんでしみじみと言った。

「……あいつ、ああいうところはきっちりしてるんだよねぇ」

女言葉で酵母マニアの変わり者ではあるが、内面は紳士なのだ。そして性の区別をしない生き方を貫く彼には、実は好意を抱く女性も多いようだ。しかし早起きで長時間勤務が基本のパン屋という職業柄、恋人はできてもあまり長続きはしないらしい。本気でパン屋に嫁ぐ覚悟がない限りは、一緒にいるのは難しいのだろう。

「まぁでも、恋人と長続きしないって冒険者にも言えるわよね」

マレナが薄切り芋の揚げ物をぱりぽりと齧りながら言う。

「しょっちゅう留守だし、稼ぎも不安定だし、命の危険だってあるんだもの」

「片方が一般人だと長続きはしないって言いますもんね。女性の方が冒険者だと特に、結婚するなら仕事辞めろって言われちゃいますもん。出産と育児を考えたら死ぬかもしれない仕事なんてとんでもないっていうのは分かりますけど、キャリアを捨てててってなると中々簡単にはいきませんよねぇ」

しみじみと言うのはベテランの受付嬢、ルイス・フォルシアンだ。彼女は内勤ではあるがやはりこの仕事に誇りを持っており、辞めて家庭に入ってくれという恋人を振って以来ずっと独身だという。望んで続けた仕事を、辞めろと言われて素直に頷く気にはなれなかったそうだ。

しかし、体力の衰えが目立ち始める三十代半ば頃から一線を退いて内勤や新人指導に回る者、あるいは転職を考える者は多い。加齢による運動能力の低下は避けては通れない。身体が資本で死と隣り合わせの冒険者は、この年代に差し掛かる頃から身の振り方を考え始める者が多いという。例外中の例外として八十を過ぎてなお現役で活躍している冒険者がトリス支部に一人在籍しているが、そんな彼でさえ還暦を迎えると同時にA級からB級に降格するよう自ら申請したという。若い頃と同等の働きができないからというのがその理由だ。

「……身の振り方、かぁ……」

自分はこれから先も冒険者を続けるつもりだ。やむを得ない事情があったとはいえ、ここまで頑張ってきたという思いもある。しかし自分の年齢を考えれば、十年後にも同じように働ける自信は正直あまりない。アレクはどうするのだろう。そして、自分は？

「――身の振り方って言えばさ、シオリ」

微妙に盛り下がってしまった場の雰囲気を振り払うように、ナディアがさり気なく話題を変えた。

「あんた、アレクと一緒に住むって聞いたけど本当なのかい？　あいつ、あんたのアパルトメントに引っ越したって言うじゃないか」

「え……あ、うん。一人じゃ広いから良かったら一緒にどうかって……」

急な話ということもあって年内にはさすがに無理だけれど、年明け早々に部屋を移るつもりだと告げると、その台詞《せりふ》を全て言い切る前に同僚達がわっと歓声を上げた。

「凄いですね！　アレクさん、勢いが留《とど》まるところを知らないわ！」

「これはもう秒読みかしら！」

「あんなにガード堅かった二人がまさか一緒になるなんて！」

「わ、わあぁっ⁉」

興奮気味に盛り上がる同僚の勢いに押されてシオリは仰《の》け反《ぞ》った。恋話はどこの世界でも最高の娯楽なのだ。ちらりと振り返って見たアレクも同じように取り囲まれ、何やら熱心に話し掛けられている。向こうも似たような話題になっているのだろうか。

視線に気付いたのか、ふとアレクが振り返った。目が合った彼はふっと柔らかく微笑み、それからまた話の輪の中に戻っていく。たったそれだけのことだったけれど、少し嬉しくなったシオリもまた薄く微笑んだ。

「恋人かぁ……私も欲しいわぁ……」

場の雰囲気に当てられたのかそれともあまり酒に強くないのか、表情をとろりと緩めて卓に突っ伏したエレンがぽつりと呟く。

「おや」

目を丸くしたナディアが、次にはぽってりとした色っぽい唇を笑みの形に引き上げた。

「仕事一筋のエレン先生もとうとう身を固める気になったのかい」

有名ファンタジー小説のエルフのような美しさの彼女は、トリス支部でもたったの五人という治療術師ということもあって言い寄る男は多かったらしい。しかし彼女は自分の力を役立てることに生き甲斐《がい》を感じており、その能力を最大限に生かそうと数年冒険者業を休業してまで医師免許を取るための勉強に費やしたほどの熱心さだ。ふんわりとした容姿だけに惹かれて近付くような半端な男は、恐怖の女医モードで一刀両断だという。ブロヴィートの事件のときもアレクをたじたじさせるほどの迫力だったなと思い出して、シオリはこっそりと噴き出した。

「今までは仕事が楽しくて恋愛する気にはなれなかったの。でも、シオリ達を見てたらなんだか私も欲しくなっちゃったわ。いいわよね、あんなふうに支え合える関係って」

うっとりと細めた彼女の目が男達の輪に向けられた。誰か目当ての男でもいるのだろうか。しかしその視線が誰を捉えているのかまでは分からなかった。

「でも、エレンさんなら恋人希望の人が殺到しそうですね」

シオリの言葉にエレンはくすりと笑う。

「そういうの、悪い気はしないけれど……やっぱり仕事にはきっちりとした人がいいわね。そして普段は一緒にいて楽しい気持ちにさせてくれる人がいいわ。仕事熱心で陽気で話し上手で気遣い上手な笑顔の素敵な人がいいの」

「へ……え？」

高過ぎる理想の恋人像の体裁を装ってはいるが、その実妙に具体的だ。身近な誰かを思い描いているような気がして首を捻るシオリに対して、エレンはくすくすと楽しげに笑うだけだ。そのうちに女達の話題はやがて、それぞれの好みの男や理想の男性像の話に移っていった。

「ねぇシオリ」

果実酒の炭酸割りを一口飲んだエレンが囁く。

「幸せになってね」

グラスを握るシオリの手に触れた彼女の指先から、ふわりと温かで優しい光が溢《あふ》れて消えた。家事仕事で荒れた手が一瞬で滑らかになる。

「……あ」

「大怪我《おおけが》でもなければ治癒魔法は使わない方がいいのだけれど、今日は特別」

エレンはトパーズのように輝く銀青色の瞳を細めて微笑んだ。

「一年間お疲れ様、シオリ。また来年もよろしくね」

「……はい。エレンさんも」

仲間の心からの労いが嬉しくて、シオリは破顔した。ルリィが串焼きの肉を取り込みながら、愉快そうにぷるんと震える。

——この気のいい仲間達と新たな年を迎え、そして誰一人欠けることなくまた無事に一年を終えられるといい。そう祈りながら、シオリは楽しい話の輪の中に入っていった。

7

ギルドの仲間達と慰労会を十分に楽しみ、皆で協力して会場の後片付けを終えた頃には七時を過ぎていた。家で待つ家族がいる者は慰労会の終了を待たず早々に帰宅していったが、そうでない者はこの後も親しい仲間と楽しむために夜の街に繰り出していった。

一年の最後の日、大晦日。王国では古い時代から、この日の夜は仕事を早くに切り上げて家族や親しい友人と過ごす習慣があった。持ち寄ったご馳走を食べながら夜遅くまで語らって過ごし、日付が変わる頃に外に出て、祝砲代わりに打ち上げられる魔法の光を見ながら新しい年を迎えるのだ。

トリス大聖堂の聖魔導士隊が打ち上げる「光の環《わ》」は王都ストリィドに次ぐ規模と言われ、遠く離れた場所からでも空に咲く光の花を見ることができるという。その年越し行事目当てにわざわざ泊りがけで訪れる観光客も多く、市内は楽しげに行き交う人々で溢れていた。

念入りな入浴を済ませ、打ち上げまでのひとときをアレクの部屋で過ごしていたシオリは、窓の下に見える雑踏を眺めていた。ほとんど夜中とも言える時刻ではあったが、「光の環」目当ての人々が大聖堂を目指して歩いていく。空高く打ち上げられる聖なる光は開けた場所ならどこからでも見えるというが、大聖堂の尖塔《せんとう》を背景にした「光の環」が最も美しいのだという。

幸い今日は晴れ。ふんわりとした薄い雲が少し浮かぶ以外に遮るものは何もなく、澄み渡った藍色の夜空には星々が煌《きら》めいている。

「――俺達もそろそろ出るか？」

香辛料をたっぷりと入れたホットワインを飲み干したアレクが、シオリの背中越しに通りを見下ろして言った。窓際に張り付いたルリィもぷるぷると震えながら、夜の楽しい外出を待ち構えている。

「うん、そうだね。どこで見る？」

「せっかくだから大聖堂まで足を延ばしてみるか」

大聖堂までは多少距離はあるが、歩いても十分に行ける距離だ。

「うん。行ってみよう。コニーさんに会えるかな」

「どうだろうな」

アレクは笑った。

「毎年あそこは混雑するからな。いるかもしれんが、近寄るのは難しいんじゃないか」

「そっか。そうだよね」

そんな取り留めもない会話をしながら防寒具をしっかり着込んでアパルトメントを出た二人と一匹は、大聖堂に向かって歩き出した。

ザック達も来ているだろうか。それとも室内から楽しむことにしただろうか。慰労会の後飲み直すと言って彼らが向かった馴染みの店は、川沿いの眺望の良い立地だ。川に面した席から眺める「光の環」もまた風情があるという。そんな店なら今夜は満席になっていそうなものだが、きっとクレメンスあたりが前もって予約していたのだろう。

何もなければシオリ達も誘われていたかもしれないが、彼らは無粋な真似《まね》はしたくないからと言って三人で出掛けていった。水入らずで過ごせと気を使ってくれたようだ。

「あいつらに気を使われてしまったな」

「うん」

アレクに肩を抱かれて歩く横で、ルリィがぽよんぽよんと嬉しそうに弾んでいる。

「あっルリィちゃんだ！」

父親に肩車されている小さな少年が声を上げた。ギルド近くに住む顔見知りの一家の末っ子だ。いつもは早く寝るように言い聞かされている子供達も、生誕祭と大晦日は夜更かしを許されているようだ。彼らも連れ立って「光の環」を見に行くのだろう。

「……平和、だな」

歩く人々をしばらく無言で眺めていたアレクがぽつりと言った。言葉だけを見ればこの平和な光景を喜ぶようでもあったが、その声色にはどこか憂うる響きを含んでいた。

「……ああ、すまない」

この楽しい雰囲気に水を差したように思ったのだろうか。アレクは謝罪の言葉を口にした。

「今年の夏まで何年か国を離れて仕事をしていてな」

「ああ……うん」

確か四年ほどだっただろうか。自分がこの世界に来るよりも少し前に、上得意の依頼を受けて旅立ったのだと聞いていた。そうして数年ぶりに帰還した彼が最初に受けた依頼で、自分とアレクは出会ったのだ。

(でも、そんなに何年も掛かる仕事ってなんだろう？)

遠い国で仕事をしていたのだろうか。

「……少し難しい案件でな。あまり治安の良くない貧しい国で仕事をしていたんだ」

「貧しい国……」

と言っても、この世界に来て僅か数年の自分には王国以外の事情はあまりよくは分からない。貧しいと聞いて即座に思い浮かぶのが、隣のドルガスト帝国くらいだ。

「その国は貧富の差が激しくてな。潤っているのは一部だけで、庶民の暮らしなどそれはもう……口に出すのも憚《はばか》れるほどに酷《ひど》いものだった」

「……うん」

アレクが言う貧しい国というのがどの国のことなのかは分からないが、帝国出身だという食料品店のマリウスは言っていた。

一部の特権階級を潤すために民に課せられた税は尋常ではなく、自らが育てた農作物ですら口に入れることを許されなかったという。雑草が付けた僅かな実や柔らかい木の根を井戸の水で煮込んだだけの、味のない粥《かゆ》で食い繋ぐ日々だったと。終わりの見えない絶望の日々に見切りを付け、どうせこのまま死を待つだけならと、妻と生まれたばかりの娘、老いた父親を連れて逃げてきた――シオリが知る朗らかなマリウスからは想像もできないほどの壮絶な過去だ。

残念ながら父親は越境して間もなく力尽きたというが、生き延びた彼の妻と娘は時折店先に立って元気な姿を見せている。子供が四人に増えて笑顔が絶えない賑やかな日々を送っているマリウスは、きっと今は幸せなのだろう。

夏の太陽のように明るい彼の笑顔が脳裏を過った。彼もまた家族と共に、市内のどこかで「光の環」の打ち上げを待っていることだろう。

「……衛生的とは言えない水と雑草を煮炊きして食い繋ぐのが精一杯のあの国では、人々がこうして年越しを楽しむなんて余裕は全くなかった。年を越すために今年は家族の誰を間引くか……そんな相談をするほどだったんだ。あの国に行って笑顔らしい笑顔など、あの数年で数えるほどしか見たことがなかったよ」

大分言葉を選んではいるが、実際にはもっと酷いものだったのだろうということが彼の表情からよく分かった。そんな酷い国で、彼は一体どんな仕事をしていたのだろうか。

アレクの胸元に、そっと頬を押し付ける。シオリの肩を抱く手の力が強まった。

「守秘義務にかかわるからあまり色々は言えないが、ともかく酷い場所だった。それに比べてこの国は平和だ。豊かで活気に溢れている――そんな国の民であることを、俺は誇りに思うよ」

「……アレク」

彼が本当に王族なのだとしたら、この国を豊かにするために民の先頭に立って改革を推し進めてきた歴代の王の血が流れているはずだ。特に先代、先々代の王は近年の歴史書に名と功績が載るほどだという。多分、アレクの父と祖父だ。

ちらりと見上げた彼の顔は、穏やかで優しい。

「……私も」

温かな色の光を放つ街路灯に照らされたトリスの街並みと、新たな年に期待を膨らませて大切な誰かと歩く人々の顔を眺めてシオリは呟く。

「私も落ちてきたのがこの国で良かった。親切で優しい人達に巡り合えて良かった。皆に会えなかったら、私――きっとアレクにも会えなかった。きっとどこかで野垂れ死にするか身売りでもするしかなかったって思うから」

身一つで落ちてきた何一つ持たない自分は、豊かで優しい国の穏やかな気性の人々に会えたからこそ、こうして生き延びることができた。

そう言うとアレクは目を丸くした。しばらく考え込むようにじっとシオリの顔を見つめる。ルリィもまた何か言いたげにぷるんと震えた。

「……それ。また言ったな」

「え？」

訊き返したシオリを、街路灯の光を映して不思議な色に輝く瞳が見下ろした。

「落ちてきた、と。シルヴェリアの旅の最中にも言ったぞ、お前」

「えっ……」

その旅路の、いつどのタイミングでその台詞を言ったのかは思い出せない。けれども、さっきは何の気なしに口にしたことは覚えている。確かに言った。無意識に、落ちてきた、と。

シオリは慌てた。その言葉は意味深長で、彼が不思議に思うのも無理はない。

「……あの、ええと……」

どう言い訳したものかと狼狽えるシオリの黒髪に、アレクは苦笑気味に口付けた。

「今すぐにも部屋に引き返して問い詰めたいくらいには気になるところだが……いつか教えてくれるんだろう？　俺の、天女」

前も今も、彼はシオリを「天女」と呼んだ。

――ああ、この人は多分もう、気付いているのだ。自分が人知の及ばぬ領域からやってきた、異質な存在だということに。

「……シオリ」

温かく優しい低い声がシオリの鼓膜を震わした。

「前も言ったが、俺はお前が何者であろうとも、お前を手放すつもりはない。それに」

彼は微笑む。

「お前だって俺の正体に気付いているんだろうに、聞かずにいてくれている」

だからおあいこだと、そう言ってシオリの額に口付けを落とす。

――人々がどよめき、夜空に温かな乳白色の光の筋が走った。音もなく空高く上がったそれはやがて、ぱっと弾《はじ》けて光の環を夜空に描き出した。街が照らされ、人々の瞳に星の瞬きのような輝きを宿す。歓声が上がった。

「む、しまった。間に合わなかったか」

大聖堂前の広場には辿《たど》り着けなかったが、それでも建物の合間から見えるその「光の環」は美しかった。否、特別な場所ではないこの街中の、人々の息吹と生活が感じられる家々の合間で見るからこそあの光は尊いのかもしれない。あの聖なる光は、信者もそうではない人々も、この地に住まうもの全てを遍《あまね》く照らしている。

「――最初の年は一人で見たの」

「うん？」

唐突に落とした言葉の意味を図りかねてかアレクが訊き返した。

「光の環。初めてここで迎えた年越しは、王国に来て二ヶ月くらいしか経ってないときだった。だから、最初の年は一人で見たの」

ここでの生活に慣れることに精一杯で、夜は勉強しているか疲れ切って眠っているかのどちらかだった。あのときはナディアが気遣って声を掛けてくれたけれど、まだ互いに距離感を模索している時期で、遠慮して断ってしまった。親しい人と一緒に過ごす慣わしだという大晦日に、来て間もない余所者《よそもの》の自分が入っていくことが憚られたのだ。

勉強中に外の喧騒《けんそう》が気になって窓から覗き見た、光の環。新年の到来を親しい人々と喜び合う彼らが上げる歓声が響き渡る中、ぽっかりとその場から切り抜かれて捨て置かれたかのように、部屋で一人佇む自分。何の縁もなくただ一人きりであるということに胸が圧《お》し潰《つぶ》されそうになった――あの日のことは今でもよく覚えている。

「次の年からは兄さん達と一緒に見たの。でも、実家に帰ったり古いお友達のところに行ってたりして、誰かがいない年もあったから寂しかった。いつかは兄さん達も実家に戻ったり家庭を持ったりして、その人達と年末を過ごすようになるんだろうなって思ったら凄く寂しかった」

新米で余所者の自分がベテランの彼らと親しくしていることをよく思わない同僚が一定数いるらしいことに気付いてからは、そして【暁】の事件が起きてからは、より一層新たな人間関係を築くことに臆病《おくびょう》になった。

——人は一生のうちに幾度も出会いと別れを繰り返すもの。皆が皆と仲良くできるなどとは思ってはいない。多分、数えきれないほどの出会いと別れの中で、生涯にわたって長く付き合えるような友に出会えることはそれほど多くはないだろう。それは理解していた。でも。

「色々あり過ぎて、誰かと仲良くなってもまた良くないことになるんじゃないかって、それが凄く怖かった。何度も人間関係を築き直すって凄く労力がいるから、それくらいならいっそ自分一人でいる方がずっと楽だった。寂しいけどその方が楽だったから、ルリィや兄さん達以外とはあまり深くは付き合わないようにしてた。でもね」

気遣わしげに見下ろすアレクを正面から見つめる。

「そんな気持ちを変えてくれたのがアレクだった。人間は人とかかわらずに生きていくことなんてできないんだって、色んな人達と支え合ってこそ生きていけるものなんだって……支えてくれる人達がいたからこそ、私は立っていられたんだって気付かされたの」

だから。

「ありがとう、アレク。この世界に生まれて、私と出会ってくれてありがとう。私の心を開いて、一緒にずっといてくれるって言ってくれてありがとう。色々大切なことを思い出させてくれて……一緒に新しい年を迎えてくれて、本当にありがとう」

――私の愛しい人。全てを捧げても良いと思えるほどに愛おしい人。

「愛してる、アレク。今年も……これからもずっと、よろしくね」

「――ああ。こちらこそ」

静かに話を聞いていたアレクは破顔し、シオリを力強く抱き締める。

「生きていてくれてありがとう。俺と出会ってくれてありがとう。俺の心を癒して……過去と向き合う勇気をくれてありがとう。俺もお前を愛している」

頬に手が添えられ、引き寄せられるままに口付ける。

すぐそばで「わぁ」と小さな歓声が上がった。しかしそれもすぐに喧騒の中に溶けて消えていく。多くの人々が家族や友人と祝いの言葉を掛け合う中、口付けを交わす恋人達もいる。そんな彼らに紛れて二人もまた、熱く溶け合うように唇を重ね合った。

足元のルリィが嬉しそうにぽよんと跳ねた。

再び光の環が打ち上げられ、新たな年を迎えたトリスの街を明るく照らす。

柔らかで温かい光に満ち溢れたこの街は、シオリにとって第二の故郷だ。そんな街で愛しい人と出会えた僥倖《ぎょうこう》を、そして共に新年を迎えられたことの喜びを胸に夜空を仰ぐ。

「シオリ。ルリィ。いい一年にしよう」

「うん」

足元で陽気にぷるんぷるんと身体を揺らしていたルリィが、しゅるりとアレクの肩によじ登った。

まるで肩車をしているようで、シオリはくすりと笑う。

（——まだ気持ちの整理は付けてないけど、でも、それでも……凄く幸せだなぁ……）

二人と一匹で見上げる夜空は優しく穏やかな紫紺の色だ。その空に数多の光が打ち上げられ、これまで以上に大きな環を描き出した。最高潮に達した大通りは人々の歓声と笑顔で満ち溢れている。

（来年は皆で一緒に見たいな）

この優しく美しい夜空に咲く大輪の花を、いずれ家族になる人や友人達と見られるといい。

そしてこの幸せでいる光景を、懐かしい人々にも伝えたい。もし本当に神という存在があるのならば、この想いを、幸せでいる今の姿を伝えて欲しい。伝わるといい。

（詩郎兄さん、父さん、母さん、皆……明けましておめでとう。色々あったけど——私はここで、ちゃんと幸せでいるよ。こっちでの兄さんもできて、友達も増えて、今は恋人もいるの）

自分を忘れてとは言わない。けれども幸せでいるから、優しい人達に囲まれているから。だからどうか、皆も心安らかでいて欲しい。

——あの世界に残してきた懐かしい人々の、そしてこれから共に生きゆく愛しい人々の幸福と平穏を、遥《はる》けき彼方《かなた》の地にて希う。

アレクの逞《たくま》しい腕がシオリを強く抱き、足元のルリィが触手を掲げて楽しそうに何度も振る。

その姿を柔らかな光が優しく照らし出していた。

番外編

番外編　雪菫の誘惑

午前四時。喉《のど》の渇きを覚えて目を覚ましたアレクは、ゆっくりと身体《からだ》を起こす。脇机《わきづくえ》に置いた果実水をグラスに注ぎ、一息に飲み干す。シオリ手製のそれは優しく身体に染み渡り、ほっと息を吐《つ》いた。

何か楽しい夢でも見ているのか、時折ぴこんぴこんと楽しげに身体を揺すっているルリィを見て小さく噴き出しながら、隣で眠るシオリに視線を向ける。

漆黒の睫《まつ》毛《げ》に縁取られた瞼《まぶた》は静かに閉じられ、薄く開いた唇は穏やかな吐息を漏らしている。安らかな眠りの中にある彼女の顔は無防備で、それが本来の年齢よりも幾分年若く見せていた。その身に纏《まと》う生成り色のワンピースは、襟元や袖《そで》に刺繍《ししゅう》の雪菫《ゆきすみれ》が咲く古《いにしえ》の婚礼衣装だ。

己が贈ったその衣装を身に付けて眠る彼女に、口元が綻《ほころ》ぶ。

――つい先日、ほとんど求婚同然の言葉と同居の誘いを受け入れてくれたシオリ。そんな彼女とは出会ってから半年にも満たない。しかし数ヶ月掛けて育んだ想《おも》いは深く、今はこうして同じ褥《しとね》で眠るまでになった。そして明日《あす》――否、今夜からはそれが毎日となるのだ。

無意識に手を伸ばしたアレクは、彼女の襟元を飾る雪菫の刺繍に触れた。王国の女の象徴、雪菫の花。雪の中でも慎ましく可憐《かれん》に咲き誇るその紫紺色の花は、愛と貞節を表すとされている。花婿の襟とベルトにも刺繍されていた雪菫は、互いへの愛を貫く誓いの印でもあったのだ。

誓いの花を身に纏うシオリは美しかった。宝石やレースなどといった大仰な飾りのない清楚《せいそ》な衣装だからこそ、ひっそりと、しかし凛《りん》と咲く百合《ゆり》の花のようなシオリにはよく似合っていた。

カーテン越しに透ける街路灯の光が夜の青に沈む室内に射し込み、寝台に横たわるシオリの姿を仄《ほの》かに照らし出している。ゆったりと開く襟元からは細い首筋と華奢《きゃしゃ》な肩、そして鎖骨の先のなだらかな谷間が覗《のぞ》き、寝乱れた黒髪が数本その乳白色の肌の上に纏わり付いていた。纏う衣装の清楚な印象と相反してその寝姿はひどく煽情《せんじょう》的だ。

アレクはごくりと喉を鳴らした。彼女はきっと知らないだろう。古い時代の婚礼衣装だと教えたそれが、婚儀の夜にはそのまま初夜の衣装となることに。

静かに伸ばした指先で彼女の頬《ほお》に触れる。滑らかな肌はしっとりと吸い付くようで、アレクの指先を柔らかく受け入れた。しばらくその感触を楽しんでいたアレクは、次に親指の腹で唇に触れた。指先に掛かる吐息が温かい。その吐息を呑《の》み込むように、唇を己のそれで塞《ふさ》ぐ。何度か優しく啄《ついば》むうちに、無意識にか彼女の唇からくぐもった声とあえかな吐息が漏れた。それがまるで誘っているようにも思えて自制心が揺らぐ。

「――ここでこのまま全《すべ》て俺のものにしてしまいたくなるな」

正直危ういときは何度もあった。心を通わせ合ってからこれまでに幾度となく夜を共にしたのだ。その間、シオリのしどけない寝姿に自制心を揺さぶられたことは一度や二度ではない。

しかし全てをもらうのは彼女の心がもう少し癒えてからだと決めていた。彼女自身が手足に残る傷《きず》痕《あと》を気にしているからというのもある。それならば、心の憂いを取り払うまで待っても良いのではないかと思うのだ。

「とはいえ……少しくらいは味見したい……と思わんでもないな……」

アレクの卑猥《ひわい》な独り言には存外手厳しいルリィが起きていたなら「寝言は寝てから言え」と突っ込

みの一つもあっただろうが、そんなスライムも今は夢の中だ。

悪戯《いたずら》心を起こしたアレクはシオリの首筋に触れた。温かくとくとくと脈打つ首筋は細く、その下にくっきりと浮き出た鎖骨の線が情欲を誘う。指先をするりと動かして鎖骨をなぞると、彼女は眠ったままぴくりと反応して微《かす》かに眉根《まゆね》を寄せた。たったそれだけのことだったが、その表情が閨事《ねやごと》の最中を思わせて理性がぐらつく。

――と、シオリの瞼がふるりと震え、ゆっくりと瞳《ひとみ》が開く。カーテン越しの街路灯の灯《あか》りを滲《にじ》ませて仄かに光る瞳がアレクを捉えた。

「……ん、アレク……？」

寝起きで舌足らずになった口調でシオリは訊《き》いた。

「……どうしたの？　起きちゃった？」

彼女は半ば寝惚《ねぼ》けながらも、眉尻《まゆじり》を下げて気遣うような表情になった。悪夢でも見て起きたのかと心配してくれたようだった。

「ん、いや……少し喉が渇いて起きただけだ。せっかくだからお前の寝顔を堪能していた」

「堪能……」

ゆっくりと瞼を瞬《まばた》かせたシオリはやがて、細い腕を伸ばしてアレクの首に掛けふわりと笑う。

「私も……アレクを堪能したい」

眩暈《めまい》がするほどに艶《なま》めかしい微笑《ほほえ》み。アレクの自制心は呆気《あっけ》なく霧散し、堪《たま》らずその小さな唇を吸い上げて襟元から手を差し入れた。誘ったのはお前だと言い訳しながら手を妖《あや》しく這《は》い回らせる。

ワンピースの下の薄い下着に覆われた肌は、布越しでも分かるほどに柔らかかった。痩せ過ぎではないかと危惧《きぐ》していたが、幾度となくその身体を抱き締めていたアレクは、付くべきところの肉付きはそれなりに良いことを知っていた。思う以上に女を主張する身体なのだ。

最後の秘密を明かし合ったその日にはこの身体を思うままに堪能したいと思いながら、せめて今は布越しに――と逸《はや》るアレクの耳に、「すぅ」という寝息が聞こえた。もぞりと頭を動かしてその顔を覗き込む。シオリはなんとも幸せそうに微笑んだまま眠り込んでいた。どうやら寝惚けていたようだ。先ほどの誘い文句も単なる寝言。

「……」

お預けを食らったような気持ちにもなったが、それ以上に眠る相手に一人盛っていた自身の滑稽《こっけい》さにはたと気付いたアレクは、寝乱れたシオリのワンピースをそっと直してやった。

――あと数時間もすれば新しい年を迎えて最初の朝だ。シオリの手料理で新年初めての朝食を済ませた後は、アレクの新居への引っ越しだ。同じ部屋で寝食を共にする生活が始まる。だからこれからは毎日一緒に眠るのだ。不安に心が沈む日も、悪夢を見て魘《うな》された日も、そんなときも寄り添って眠る人がそばにいる。

今焦らずともいずれは――とそこまで考えたアレクは、つまるところこれからお預け状態の日々が始まるのだということに気付いて一人絶句した。愛《いと》しい女の可愛《かわい》い寝顔や寝乱れた姿を前に生殺しの日々。さっきのように、寝言に誘い文句まで飛び出すかもしれないというのにだ。

「……これは……精神修行の日々が……始まりそうだな……」

彼女の全てをもらうのはもっと傷が癒えてから、互いの心の整理を付けてから――そんな誓約を自らに課しておきながら「初夜の衣装」を贈ってしまった自分が恨めしい。

「ん……」

シオリが寝返りを打ち、ぱさ、と捲《まく》れた裾《すそ》から魅惑的な白い脚が覗いた。

「……くぅっ……」

自制心がぐらんぐらんと揺れて呻《うめ》き声を漏らすアレクの肩を、ぽむ、と叩《たた》く者があった。ぎくりと振り返った彼が見たものは、青い闇《やみ》に浮かぶ夜の海色に染まった巨大な目玉――。

ひゅっと息を呑むアレクだったが、よくよく見ればそれはルリィだった。目玉のように見えたのは大きな核を内に浮かべた瑠璃《るり》色の身体である。暗闇で見るスライムはなかなかに不気味だ。

床から伸び上がったルリィは、じっとりとこちらを見つめている。こんな夜更けに何を一人で身悶《みもだ》えているんだと言わんばかりだ。

「あ、ああ、すまない。考え事で目が冴《さ》えてしまってな……」

慌てて言い繕うアレクを胡乱《うろん》げに眺めていたルリィだったが、いいから早く寝ろと宥《なだ》めるように何度か肩を叩くと、ぽちゃんと音を立てて床に広がり眠ってしまった。この間、およそ四十秒ほど。どうやらこちらも半ば寝惚けていたようだ。

長い長い溜息《ためいき》を吐いたアレクは、ゆっくりと横になってシオリを強く抱き寄せる。魅惑的な寝姿を極力見ないようにしてさっさと寝てしまえばそれで済むのだ。

(――済む……だろうか?)

柔らかな肌の感触、洗髪料の甘い香り、微かな吐息。己を誘惑する全てに必死に抗《あらが》いながら、結局その日は朝までまんじりともしない時間を過ごすことになったのである。

あとがき

こんにちは、文庫妖です。本をお手に取って頂きまして、誠にありがとうございました。「家政魔導士の異世界生活」も今作で五作目。多くの方々に支えられて五巻まで出すことができましたこと、この場を借りてお礼申し上げます。

二人の関係がまた大きく前進する今回の「聖夜の歌姫」編を「小説家になろう」で連載開始したのは、二〇一九年二月のことでした。現在世界規模で騒がれている問題は影形もなかった頃のことです。シオリ達が遭遇する事件の切っ掛けになる「感染症騒動」を、現在の諸状況に鑑みて扱うべきではないのではないかと実は結構悩んだのですが、物語の主軸ではないということでこの点には修正を加えないまま掲載することになりました。世間的にデリケートな話題をフィクションで取り扱うことの難しさを、ほんの僅かではありますが考えさせられた今作でした。

さて、今回の物語を経て、二人は遂に一緒に暮らすことになりました。しかし、人生の伴侶となるまでにはまだ解決しなければならない大きな問題が残されています。「支え合う」ということの意味を知っている二人は、今後は自分自身だけではなく相手が抱えた問題にも向き合っていくことになりますが、何者であろうとも相手を受け入れると誓った彼ら（と一匹）の深い愛情とその行く末の物語をこの先も紡いでいけたらなと思います。

それでは最後になりましたがお礼を。

今回もなま先生にはとても素敵な挿絵を描いて頂きました。聖夜に相応しい輝くような美しさの表紙や、ふわふわと甘く良い匂いがしそうな、それぞれタイプが全く異なる女の子達。そして今回のお気に入りのシーン、聖堂騎士と聖女に扮したアレクとシオリを見たときには感動のあまりに変な声が出ました。本当にありがとうございました！

また、執筆を支えてくださった上に怪しげな萌え話まで聞いてくださった編集担当様や、家政魔導士のお話をコミカライズで盛り上げてくださっているおの先生やコミックご担当様、そしてこの作品を応援してくださっている読者の皆様方のお陰でここまで物語を続けることができました。本当にありがとうございました。

それでは、またいつかお会いできますように。

文庫妖

家政《かせい》魔導士《まどうし》の異世界生活《いせかいせいかつ》
～冒険中《ぼうけんちゅう》の家政《かせい》婦《ふ》業《ぎょう》承《うけたまわ》ります！～ 5

2021年5月5日　初版発行

初出……「家政魔導士の異世界生活～冒険中の家政婦業承ります！～」
小説投稿サイト「小説家になろう」で掲載

著者　文庫 妖

イラスト　なま

発行者　野内雅宏

発行所　株式会社一迅社
〒160-0022 東京都新宿区新宿3-1-13 京王新宿追分ビル5F
電話　03-5312-7432（編集）
電話　03-5312-6150（販売）
発売元：株式会社講談社（講談社・一迅社）

印刷所・製本　大日本印刷株式会社
ＤＴＰ　株式会社三協美術

装幀　小沼早苗（Gibbon）

ISBN978-4-7580-9360-6

Printed in JAPAN

おたよりの宛て先

〒160-0022 東京都新宿区新宿3-1-13 京王新宿追分ビル5F
株式会社一迅社　ノベル編集部
文庫《ふぐるま》 妖《よう》 先生・なま 先生